U0034000

神的載體

游善鈞

目次

游善鈞《神的載體》解說

日本名推理評論家／玉田誠

本作《神的載體》，是將投稿第四屆島田莊司推理小說獎入圍複選的遺珠作品改寫的版本。在眾多才氣洋溢的投稿作品中，特別是薛西斯的《H.A.》以及本作《神的載體》這兩部作品，不僅故事深具魅力，兩位作者於內容大綱中詳盡闡述的創作理念與志向，也讓評審之一的我為之感動不已。《H.A.》致力於How done it的呈現，是一部將本格推理的遊戲性發揮至極的傑作。至於本作《神的載體》，則可以稱之為超越21世紀本格的定義，藉由過往作品前所未見的奔放奇想來拓展本格推理可能性的傾力之作。

如同作者在作品大綱中陳述自己是在解析建構21世紀本格的概念後撰寫本作一般，本作以二〇三〇年的近未來為舞台背景建構故事中的世界，向讀者凸顯21世紀本格的意象。在近年台灣推理的創作系譜中，若是提到人工智慧與機器人為題材的創作，就會想到寵物先生的《吾乃雜種》、如果是以人類意識為著眼點的作品，則有林斯諺的《無名之女》和《馬雅任務》等作品。相對於讀者可以在寵物先生的《虛擬街頭漂流記》和林斯諺的『無名之女』這些描繪21世紀本格思維的作品世界中深刻地感受到對台灣這塊土地的情懷，而本作所描繪的近未來舞台，則是聚焦在由尖端科學技術以及人類偏差的理性所支配的反烏托邦世界。

在獵奇殺人事件的偵辦層面，除了和本格推理一樣具備刑警追查這種固定要素之外，因本作背景設定爲已將人工智慧投入犯罪搜查及解析的近未來社會，呈現給讀者的假設與推理也就不能用一般的方式去處理。與其從推理的角度去檢視那些自現實面枷鎖解放的諸多奇想，也許將之視爲SF來解析會更能理解箇中意涵。此外，在擔綱主角的刑警深入調查案件的過程中，竟逐步墜入宛如惡夢般的世界，這樣的描寫也讓人明確地感受到心理懸疑要素的樂趣。當筆者接觸到這種非類型的、或者也可以稱之爲複合類別作品的強烈風貌時，突然讓我想起一位日本作家・山田正紀。

山田正紀，是以《狩獵神明》（神狩り）、《寶石小偷》（宝石泥棒）等傑作廣爲人知的SF界鬼才作家，但希望大家別忘記他同時也是推出《女囮搜查官》系列，以及《妖鳥》、《螺旋》、《推理歌劇》（ミステリ・オペラ）等多部本格推理傑作的推理作家。在山田氏的創作中，也有一些是同樣以事件的發生與解決作爲故事主軸，但是投入SF式的獨特構想，最後很難將之歸類於推理或是SF的作品存在。若我們檢視山田氏以《推理歌劇》爲首，之後陸續推出本格推理傑作的二〇〇〇年代創作階段，《Psych-o-ctopus》（サイコトパス）以及《Chaoscope》（カオスコープ）應該是其中最具代表性的作品。其中《Psych-o-ctopus》一作更是他在後記中列爲作者本身喜愛的作品，故事描述女作家接受了一名關押在拘留所中的男人「希望你能幫我找到我支離破碎的身體」這種奇特的委託，之後被捲入難解的事件之中。宛如惡夢般的情節推展，之後如同SF作品的奇想天外風格般，收束於混沌未明的眞相。

山田正紀的這類作品和本作《神的載體》的共通特質在於，同樣是在事件發生後進行搜查解析的現實基礎上構築推理的結構及推演，並且藉由超越讀者想像的SF奇想來有效撐起故事的強度與魅力。也就是說，在推理的格式下來到眞相謎團揭曉的終點時，讀者將被其奔放的構想引領至SF領域的高峰——這和以

SF為題材且依循本格推理邏輯的「SF推理」又是不同的產物。我想本作品的強烈風格和其中孕育而出的奇妙讀後感應該可以說是本作最大的魅力。而作品從SF領域擴及推理領域所交織出的惡夢與迷惑，相信能帶給讀者從未體驗的沉醉。我相當期待這位連結起SF和推理之間失落的環節，並且為台灣推理界帶來新氣象的作者今後的活躍發展。

【各界名家好評】

人類發展的究極頂點位在何處？生命演化的終末盡頭止於何方？《神的載體》將人類的意識、信仰、思考、情感、欲望徹底解剖，探尋「人何為人？」、「人何為神？」的動機之根，完成了一場天才們的鬥智之舞。

——推理作家、評論家　既晴

從舊約聖經「創世記」與「出埃及記」的神話典故中，能得到啓發架構出如此獨具特色的近未來科幻世界，以及另類的辦案模式與法律制度，作者除了心思細膩、文筆流暢更充滿了驚人的前瞻想像力！無論是描述冰冷的高端科技或濕熱的肉體摩擦，完全拿捏得恰到好處！

——推理、旅遊作家　提子墨

對於我們「這個時代」的讀者而言，這並非一本「容易」閱讀的小說。請作好突然變得一無所知的心理準備，前往探索那個充滿想像力，而又顯得理所當然的未來世界——以及，一場幾乎超越了所有理解力的犯罪。

——第四居島田莊司獎得主　雷鈞

以詩歌一般回環往復的意象，勾勒惡夢一般盤根錯節的殘酷事件。不論蛻去千萬次血肉之軀，作者筆下描繪的終究是那顆脆弱的人心。

——推理／輕小說作家　薛西斯

第一章
歷經漫長等待

1

金屬邊框雕刻精細的及地全身鏡中，映照出一名身穿華麗曳地婚紗的纖細女子，綴著晶亮碎鑽的純白色婚紗將女子的皮膚襯托得更爲細緻白皙，似乎連嘴唇也益發水嫩粉紅——與其說是女子，從那略顯青澀的臉龐和稚氣未褪的眼神，第一個接受到的感覺，卻更貼近「少女」。

「好美——」

聽到近乎驚呼的讚嘆聲，少女肩膀細細顫了一下，頓時睜大眼睛，搧動長長的眼睫毛，挑起目光，和站在鏡中自己身後、穿著簡便印花T恤和牛仔褲，一身俐落打扮的女人對上視線。

「瀚儀姊……」少女雙頰泛紅，輕啓塗抹粉色唇蜜的雙唇，害羞地從喉嚨擠出細微聲響。

喀——緊接著伴隨清亮皮鞋聲響，一名穿著筆挺黑色西裝、頸戴鮮豔領結的男子冷不防竄進鏡中。男子有著運動員的體格，身材高大肩膀寬闊，即使站在最後頭，仍然比號稱一七五的林瀚儀高將近一個頭。

男子怔愣雙眼發直，深深被鏡中宛如來自另一個世界渾身散發出朦朧光芒的新娘吸引住了目光，半晌發不出聲來。

「管健旭！」林瀚儀高聲喊道，隨即轉過身，管健旭還來不及回過神，她便往他厚實的肩頭使勁推了一把，雙唇下意識略微噘起：「出去啦！」

「我、我……我爲什麼不能看？」管健旭不由得咕噥道，往後踉蹌，一連退了好幾步。

林瀚儀朝管健旭猛地伸出手，敲門似的扳起手指，如他所願一般，在已經緊緊閉上眼睛等待的他額頭上輕輕叩了一下：「要是現在看了，婚禮當天不就沒有驚喜了嗎？」

「不會的，不用擔心——」一旁的年輕女店員瞇細眼，微笑說道：「婚禮當天的感動，是沒有任何事比得上的。」

身穿一貫淺紫色套裝制服的女店員姿態優雅，雙手交疊在前，左手無名指上的戒指雖然克拉數不大，但反射出的輝芒，對絕大多數和林瀚儀身處同樣處境的女人而言，已經足夠刺眼。

「就是說、就是說，瀚儀姊又沒結過婚，怎麼會知道嘛！」管健旭幫腔，順勢抗議道。

「阿健——」少女匆匆拉起裙襬，扭過身制止道。

「你這死小子——」話聲未落，毫無預警，林瀚儀忽地抬起腿，往管健旭的小腿足脛發力踢了一腳。

沒料到她會突然出招，意料之外的攻擊，疼痛猝不及防更顯劇烈，讓他反射性弓起身子，甚至蹲下來，用力搓揉方才被踢的地方：「眞是過河拆橋——想當初是誰一直巴結我！」林瀚儀的聲音從頭頂上壓輾過來，噴吐出的氣息讓管健旭塗抹髮雕的堅挺髮尖一顫一顫。

眼見衝突爆發、氣氛尷尬：「不、不好意思，我去櫃檯接一下電話。」眼尖的女店員倉促說道，按了按左耳的耳機，藉故離開。

「瀚儀姊……妳還眞的踢喔——」管健旭嘟囔道，抬起頭看著將雙手環抱在胸前的林瀚儀。

林瀚儀挑起眉瞄了少女一眼，又掃回管健旭身上：「我哪次跟你玩假的？」

管健旭眼角一彎，咧嘴露出大大的笑容，少女這才感到安心，感到這一身雪白婚紗原來是如此輕盈，心想在所有認識的人裡頭，就只有他——只有他，敢這樣和瀚儀姊開玩笑。

即使自己和瀚儀姊已經認識將近十年，來往密切，在認識管健旭以前，自己甚至將對方視作在這個世界上唯一僅存的親人——但不知道爲什麼，每次和瀚儀姊單獨相處，儘管確實是打從心底感到愉悅溫暖、甚或感激對方的陪伴，卻總是無法眞正放鬆全副身心，每每在自己以爲「終於能做到」的那瞬間，心底便會冷不防浮現另一股聲音，從潛意識裡隱隱約約滲透出來。

她不知道將這種感覺稱之爲「疙瘩」究竟精不精準？但如果是，形成這「疙瘩」的原因，就只有那一個……對，一定就只有那一個了，也就是她們之所以相遇的原因——

都已經十年了，還忘不掉嗎？不是要自己忘掉的嗎？明明、明明最重要的部份已經——

「小杏、小杏——小杏！」

被叫喚小名的少女，霎時間從思緒中抽離開來：「瀚、瀚儀姊……」膝蓋微微一軟，後頸滲出透薄汗水髮絲沾黏開來，她眨了眨眼，呢喃回應。

林瀚儀輕輕搭住小杏的手：「妳沒事吧？臉色看起來不大好……還盜汗，該不會沒吃午餐吧？」

「Bingo！不只沒吃午餐，她連早餐都只吃了半顆水煮蛋。」疼痛宛如忽然間消失了一樣，管健旭彈起身子，像個小孩似的躲在林瀚儀身後打小報告。

「半顆水煮蛋？」林瀚儀斜睨了管健旭一眼，鬆開小杏的手，扭過身逼近他質問道：「你這個死小子——就讓她吃半顆水煮蛋而已？」情不自禁將重心往前挪，幾乎要踮起了腳尖。

「不、不關阿健的事……是我……」朝林瀚儀的背伸出手，但指尖始終沒有觸碰到她，小杏輕輕晃動身子，低垂了頭，細聲嘀咕道：「是我……是我自己想減肥……這樣……穿婚紗才好看啊……」大概是心虛，她愈說愈小聲了。

「拜託！你們還有兩個月才要結婚——現在就這樣，怎麼可能撐到婚禮那天啊？」林瀚儀大聲嚷嚷道，聲音大到她自己都覺得有些滑稽：「而且、就算眞的要減，也應該是這個死小子減！」她再度出手，像是要捅出一個洞，往管健旭的腰部使勁戳了一下。

管健旭先是蜷縮起身子，重新打直腰背的同時，不甘示弱俐落解開西裝排釦，一把抽出白襯衫衣襬說道：「少、少看不起人，雖然大四這年胖了不少，好歹以前也是游泳校隊代表，還是有腹肌——」說著，他撩起衣襬，皮帶褲頭擠出兩團腰間贅肉，擦拭窗玻璃般，他上下摸了摸不甚明顯的腹肌。

「別丟人現眼！」覺得有礙觀瞻，林瀚儀抿緊唇、撇開臉，扣住管健旭的手腕，強行將他的襯衫衣襬往下拉。

就在這時候，手機鈴聲乍然響起。

自從認識瀚儀姊以來，這一直都是她的手機鈴聲——小杏不由得心想。

某回阿健按捺不住好奇詢問這是什麼歌？瀚儀姊一臉詫異，似乎對彼此間的世代差異感到震驚——那是十年前，曾經紅極一時、獲得當年奧斯卡最佳外語片的挪威科幻電影《伊甸出走》（Out Of Eden）的主題曲，中文歌名好像翻譯爲〈歷經漫長等待〉（Long Time Ago）。

當時瀚儀姊是這樣回答的。

畢竟是十年前的電影，又沒有在國內上映，甚至連DVD都找不到，再加上小杏和管健旭當時也才剛從國小畢業，沒看過這部電影也很正常——林瀚儀大概是如此解釋雙方的代溝，好讓自己的心情舒坦些。又或者，那是她第一次扎扎實實意識到，儘管和小杏以「姊妹」相稱，但實際上自己的年紀甚至可以當他們的媽媽。

有些話，小杏當時想說，可一旦錯過開口的時機，卻反而需要比原先更大的勇氣，才有辦法說出口，以至於都已經過了好幾年，這些話始終壓在她的心底。恐怕再也沒機會說了吧——小杏忖道。

當時小杏想說的，是自己雖然沒看過那部挪威科幻電影，卻對這首歌曲十分熟悉——因爲那是她哥哥最喜歡的歌曲。

關於自己的童年記憶，小杏記得的，總是哥哥的事。

每個人都說哥哥是天才——百年難得一見的天才。

在哥哥九歲那年，剛開完生日派對不久，爸爸媽媽帶著他們來到兩人任教的T大學，參加由T大學人科所，也就是「人類科學研究所」，開發的智能測驗；沒想到，哥哥居然測出比愛因斯坦更高的智商，不只登上新聞版面，據說當時還在學術圈引起了一陣騷動。

這些成就，是那時年幼的小杏無法理解的事，眞正讓她印象深刻的，是從那次測驗以後，哥哥就沒有再和自己一起去學校了——她這才第一次清清楚楚意識到：每天都和自己吃相同食物、洗同一塊肥皀、睡在同一張床上的哥哥，原來眞的就和其它人說的一樣，是天才，是一個與眾不同的存在。

如果沒有發生那些事，哥哥一定、一定、一定會成爲比愛因斯坦更了不起的人吧？說不定能操控時間穿越空間回到過去去到外來，說不定自己未來的孩子，還會在課本裡頭讀到哥哥的事蹟、在日常生活中使用哥哥的發明——

儘管提醒、要求甚至逼迫自己徹徹底底忘記關於哥哥的事，往新的人生邁開腳步，但每當聽到瀚儀姊手機鈴聲響起的那瞬間，在小杏的內心深處，總會驀地浮現一股複雜的情緒，當中蘊含、揉雜著沒有人可以傾訴的驕傲、失落，還有恐懼。

「喂——」林瀚儀靠坐在沙發扶手上翻攪凌亂的手提包，找了好一會兒才終於撈出手機，她接起手機，將手提包往沙發裡一扔、站起身的同時下意識脫口說道：「什麼事？我人在婚紗店……」時間彷彿凍結，她瞬間怔愣住，對方想當然耳說了什麼話，只見口才辨給的她難得結巴：「結、結、結、結婚？不是啦！拜託，是要跟鬼結喔？」看起來似乎很煩躁，她歪著頸子抓了抓那頭挑染暗紅色的俏麗短髮，手腕上的銀製手環輕盈晃動折射出一圈一圈反光：「記得啊，不是三點嗎？我當然記得……現在是——」她拖長尾音，挑高眉尾看向小杏。

小杏跳舞般側過身子的同時，順勢帶起左手，讓林瀚儀方便看清楚自己手腕內側的手錶，自己則看也沒看錶面便悄聲說道：「2點24分39秒。」

這種報時方式是小杏的特殊習慣——彷彿在她體內存在著一座鐘。

她不需要看手錶就能答出時間，準確得教人懷疑這個世界的時間，是不是只是從她體內延伸出來的定義。

一旁的管健旭無論聽幾次都會忍不住莞爾，並且相信瀚儀姊肯定也是因爲這樣，才會和自己一樣故意不戴手錶。在還沒有對這舉動懷抱著難以割捨的期待心情以前，他曾經問過小杏：「爲什麼擁有這種天賦還要戴手錶？」而且還是那麼老舊的款式？她沒有回答，只是將那錶面朝向著自己像是藏起一個祕密般的手錶，輕輕貼抵住身體。

「啊，都已經快兩點半了——」林瀚儀衝著手機驚呼一聲，將管健旭的思緒一把拽了回來，她忙不迭又說：「我馬上過去……從這裡……大概——大概需要二十分鐘吧？如果他先到的話……就……就……就讓他等！」她爽朗說道，不等對方回應便切斷通話，隨手將手機扔回大方敞開著的手提包。

「要去科發所？」管健旭偏著頭發問。

「嗯，要過去一趟。」林瀚儀模仿管健旭的動作，偏著頭回答。

管健旭索性將頭偏得更低更斜：「今天是禮拜天耶！」

林瀚儀自然不會認輸，頭硬是偏得比管健旭更低更斜，彷彿整個世界都跟著傾斜似的：「打擊犯罪可是全年無休的喔！」

「還打擊犯罪哩！拍電影喔。」管健旭倏忽打直腰桿吐槽道，旋即眼睛一亮邀功似的比手畫腳：「交給『Eva』去處理不就好了？」

林瀚儀也隨之站直身子，一面咋舌，一面將食指湊到管健旭面前，雨刷般左右搖擺：「那個人和Eva八字不合，讓他們兩人獨處太危險了。」

「那個人？誰啊？」管健旭一如往常，纏著林瀚儀問個不停。

「一個問、題、學、生。」一字一字清晰說道，林瀚儀瞇細眼看著管健旭的表情，好像是在說：你也是一個問題學生。

「問題學生？」管健旭眨了眨眼睛：「啊——警察吧？」

「不跟你說了，再不過去就趕不上『補考』了。」林瀚儀擺了擺手說道。

「『補考』？」管健旭繼續咕噥道：「警察也要考試喔？」

「你以為出社會就沒事啦？接下來你就知道，人生就是由一連串考試環環相扣起來的。」林瀚儀煞有介事說道，迅速皺了一下鼻子，拍了拍管健旭帶著薄荷味鬍後水的臉頰，逕自扣上手提包金屬釦，順勢提起，朝小杏輕輕抬了一下下顎說道：「小杏，不好意思，我先走一步，晚上看要不要一起吃飯，我知道有一家美式餐廳的漢堡還——」

「今天可能沒辦法，要去阿健家跟他爸媽吃飯。」小杏眼神低垂，細聲打斷林瀚儀的話，她瞄了管健旭木然的側臉一眼，收回視線，喀喀喀蹬著高跟鞋往前踩了幾個小碎步，按住林瀚儀的手說道：「瀚儀姊，我才不好意思，妳明明這麼忙，我還硬拉妳來陪我挑婚紗——」

「不忙啦，我很開心……」反過來按住她的手，林瀚儀搖了搖頭，定定回望小杏說道：「我很開心在這麼重要的時刻，妳能想到我。」

「還好妳不是男的，要不然我一定會把妳視爲眼中釘。」像是對感人場面過敏，管健旭在一旁鼓譟道。

「『眼中釘』？拜託！你是哪個年代來的啊，說法也未免太落伍了吧？」林瀚儀調侃道，從小杏手中抽回手，戳了戳管健旭厚實的胸膛。

「我——」

「而且，拜託！眞的要比的話，你可輸慘了，還有啊——」林瀚儀不讓管健旭有反駁的機會，瞇細眼睛，身子前傾湊近他，壓低聲音繼續說道：「不管是男是女，這年頭可都不能大意——」語畢，她調皮地快速眨了好幾下眼睛。

林瀚儀指的，正是儘管這十多年來受到護家盟、下福盟、宗教甚至某些教育單位等眾多團體抗議，但終於在今年年初情人節前夕，正式通過立法的「多元成家法案」。

「瀚、瀚儀姊——妳不要嚇他啦，妳別忘了，他雖然個頭大，膽子卻比我還小！」小杏輕笑出聲緩頰道，伸出手，從林瀚儀面前橫越，握住管健旭指節粗大分明的手。

感受到小杏掌心的溫度，神情緊張的管健旭這會兒才放鬆嘴角，露出安心宛如瑪德蓮般酥綿香甜的笑容。

2

才剛關上車門，手機便傳來收到簡訊的通知聲。

「瀚儀姊午安，我剛剛是開玩笑的，希望您不要介意，接下來要說的事，倘若有冒昧之處，還請見諒——」或許是家庭教育的緣故，不管是小杏剛介紹兩人認識，或者已經熟識到可以掐捏彼此臉頰的程度，每次見面後，林瀚儀總是會收到他傳來的簡訊，口吻禮貌像是另一個人。

兩人才剛交往不久的時候，林瀚儀曾經向小杏問過這件事，小杏也立刻用力點頭表示贊同：「瀚儀姊果然也這樣覺得——他書寫和說話根本是兩個人！約出來見面前，我還一直擔心他是個很難相處、很有距離感的人呢！好像是因爲他爸媽的關係……他們都是大學教授，家教感覺很嚴格，要是嫁到這種家庭，恐怕會很辛苦吧？」

都是老師，和妳爸媽一樣——那時候，林瀚儀差點脫口而出，幸好及時忍住吞回肚裡。

「不過……才剛開始交往而已，擔心這麼多也沒用——瀚儀姊，妳說對吧？說不定沒多久就會分手了呢。」言猶在耳，一年多以前、在流理臺前俐落切著翠綠蔥花侃侃說出這番話的小杏，當初一定想不到自己居然會大學一畢業，就決定嫁給對方了吧——

林瀚儀剛得知消息時猜想該不會是「奉子成婚」吧？小杏一聽連忙用力搖頭否認：「怎、怎麼可能！不是啦！不是！」雙手還在胸前拼命劃叉。

聽小杏說兩人是在網路上認識的，是透過一款名爲「Forest Friend」的交友APP。這款APP，可以透過自己輸入的各項資料，將附近也同樣使用此軟體的人，經過計算加權後，將契合度由高至低排列出來。

乍看之下沒什麼特別的，但這個APP眞正特殊的地方在於，「資料蒐集」當中，有一項名爲「意識分析」，也就是說，這個APP除了分析人們自行輸入的各項資料例如基本的出生年月日、興趣和科系外，還會「自動」和其它社群軟體聯接獲取資訊，並且檢測手機裡曾經發出的簡訊內容、網路信件、甚至是瀏覽、查詢的所有關鍵字和網頁，甚至是搜尋過的地圖、走過的路線，全都會一併列入計算——

Forest Friend，幫你找出潛意識中的最佳伴侶！

當初設計這個APP的公司，便打出這樣的口號。

這APP在那時候還引發熱烈爭議，有人認爲這是侵犯人權，因爲「意識分析」是無法手動關閉的選項，一旦使用了這APP，便會感覺自己無所遁形。

然而，因爲是付費下載的APP，相關法令條款的說明也十分清楚，基本上是願者上鉤的商業買賣。後來各大論壇和網路平台陸陸續續出現大量好評推薦文，更是推波助瀾，似乎透過這個APP，每個人眞的都找到了屬於自己的精神伴侶，靈魂的另一半。

但更最重要的，或許是推出這款APP的公司「The One」，該公司對外的公關宣傳相當高明，使得民眾對該公司的保密措施和科技能力產生強烈的信任感，從原先的質疑，逐漸轉爲持開放態度——但這都不是一朝一夕就可以獲得的成果。

根據「The One」研發部的部長嚴拓在某一期知名周刊的採訪中提到，在正式推出這款APP前，歷經了將近十五年的研發期，當中必須排除的技術障礙多到咋舌門檻高到嚇人，期間好幾個投資方撤掉資金退出研發，一度陷入財務危機瀕臨破產，有好多次都想放棄——

索性不枉費這些時間和金錢的巨額投入，截至目前爲止，推出近四年，在APP的熱門、評價和轉載等排行榜上，「Forest Friend」依舊獨佔鰲頭；眼明手快腦筋靈敏的電視台嗅到這股商機，搭上這股熱潮，順勢撥出結合「Forest Friend」的綜藝交友節目。

「要是、要是那時候妳沒有離開，說不定……說不定『Forest Friend』會更早開發成功……說不定今天接受雜誌專訪的人，就不是我——而是妳了吧？」某天深夜，林瀚儀接到嚴拓打來的電話，聲音聽起來含糊不清，或許是喝醉了吧——林瀚儀心想，但她沒有回應，便掛斷電話。

從那次以後，嚴拓就再也沒有打過來了。

思緒從遙遠的過去拉回到眼前管健旭傳來的簡訊。

收件匣裡類似的簡訊已經有上百封了吧——林瀚儀不禁莞爾忖度，繼續讀下去：「因為家父家母的緣故，認識一些和您閱歷相當、同時品行高尚、家世背景良好的男士，如果不打擾的話，您願不願意和他們見一次面呢？」

「不願意，因為我——」林瀚儀停頓了一下，踟躕半晌，把「因爲我」三個字刪掉，只傳了「不願意」這三個字回去，隨即將手機塞進手提包。

想了將近二十分鐘，還是只能回這三個字啊——林瀚儀暗自調侃著自已，從車裡跨出，砰一聲關上車門，踩著亮黃色球鞋快步往科發所走去。

※※※

林瀚儀站在金屬門扉前，燈光亮起，一瞬間便掃遍她全身上下，旁邊的透明螢幕顯示「林瀚儀」，輕盈卻堅硬的合成金屬門無聲開啓，連一絲空氣也沒有驚擾。

「博士，妳終於來了！」一名戴著紅色粗框眼鏡的女研究員，睜圓了鏡片後方的眼睛，起身喊道，語氣聽起來有「鬆了一口氣」的感覺。

「他呢？該不會進去了吧？」林瀚儀問道，一面穿上白色研究服，一面望向寫著「諮詢室」的金屬門扉。

另一名有著一張娃娃臉的男研究員轉過椅子：「恭喜妳！」揚起下顎，演古裝片似的，拱手抱拳向林瀚儀喊道。

女研究員推了推眼鏡，一頭霧水問道：「恭喜什麼？」

「恭喜博士要結婚了啊？」

「結、博士要結婚了？」女研究員一時間失手推歪了眼鏡，一臉詫異看著林瀚儀。

「少聽他鬼扯，這傢伙起乩又不是一天兩天的事了。」林瀚儀說著，朝女研究員伸出手，幫她把眼鏡扶正，一兩句話便將話題輕鬆敷衍過去，隨即切入正題問道：「他該不會又和Eva吵起來了吧？」注視著金屬門扉，她自顧自嘀咕了起來：「我應該要一起進去的……」

男研究員噗哧笑出聲來，抓起保溫杯一面扭開杯蓋，一面說道：「博士，用不著擔心啦，『Eva』才不會跟吳警官吵架……」垂頭啜了口熱茶後繼續說道：「她又不是眞的——」

女研究員連忙拽了一下男研究員衣袖，深怕他把那句話說出口，那句話在這科發所是「禁忌」。尤其是在林瀚儀面前——

她又不是真的人——

向來心直口快的男研究員會意過來，趕緊抹了抹嘴巴，幸好林瀚儀專注瞅著諮詢室，似乎沒有聽見他說了些什麼。

「他進去多久了？」林瀚儀問道。

女研究員看了看手錶答道：「大概快二十分鐘了吧？」

男研究員附和著點了點頭。

「不是說讓他等嗎？爲什麼讓他一個人進去？」林瀚儀皺起眉頭。

女研究員囁嚅說道：「因、因爲根據劃分，『諮詢室』屬於最低的G層級——而吳警官掛的官階是D，只需要事先申請，並沒有強制要求需要研究員陪同進入……」

林瀚儀看向女研究員開玩笑說道：「謝謝妳，幫我複習『資訊單位使用條例』第五條之一。」

「博士、我——」憨直的女研究員當眞，亟欲解釋。

「我進去看看狀況。」林瀚儀打斷女研究員的話，逕自走向諮詢室嘀咕道：「應該也差不多要結束了……」

望著林瀚儀大幅度飛揚的白色衣襬，男研究員瞥向一臉緊張的女研究員，低聲揶揄道：「博士不會是怕他們打起來吧？」

諮詢室門一開啓，便有聲音冒竄出來，是屬於男性的粗啞聲嗓：「妳這傢伙到底想怎麼樣啊——」

門關上的瞬間，咆哮聲也被同時切斷。

男研究員和女研究員怔愣良久，互看了彼此一眼，男研究員感到困擾似的閉上一隻眼睛，用食指摳了摳太陽穴，打破沉默，咧嘴擠出一聲笑聲：「他……他該不會眞的在跟電腦吵架吧？」

「『Eva』不是『電腦』，是『人工智慧』。」女研究員修正他的說法，吁出長長一口氣，將身子用力塞進座位接續說道：「你待得還不夠久，所以不清楚博士對這個科發所、對這項研究到底有多麼……執著——對博士來說，『Eva』和你和我和自己和所有人是一樣的。」

執著——還是偏執？執迷？女研究員遲疑了一下，似乎一時間無法確定到底是哪一種。

也或許每一種都是。

「就算現在是二〇三〇年，也不是所有人都能夠認同這種想法吧？」男研究員態度輕鬆。

女研究員將椅子轉向男研究員：「我想就算到了二一三〇年、二二三〇年甚至是二三三〇年，也不見得所有人都能夠認同——話說回來，現在能認同『人工智慧＝人類』這種想法的人，依舊是極少數吧，大多數人應該還是傾向於『人工智慧』只是『有反應的機器』而已。」

「我是不支持這種看法啦，畢竟我研究的領域就是人工智慧學——」男研究員不置可否說道：「不過要我把『人工智慧』當成『人』來看，也是絕對不可能的——更何況，『命名』本身，就已經承載、表示了我們的價值觀……我們不就是爲了超越『人類』本身，達到人類做不到、無法預測、計算不了的事物，才拼命想發明『人工智慧』的嗎？」

「人可以用雙手創造出超越自身的事物——」女研究員嘀咕道。

男研究員繼續說道：「再說了，妳自己想想看嘛——『人』怎麼可能有辦法創造出另一個人來呢？又不是神。」

「就像亞當和夏娃嗎?」

「也不是那麼嚴肅的東西啦,就是打個比方而已。」男研究員聳了聳肩。

「你的意思是,人可以創造出超越自身的事物,卻沒辦法創造出等於自己的事物?」

「就是這樣。」

「這樣不是很弔詭嗎?」

「不會啊——應該說,這從來不是『人工智慧』努力的目標。」

「不對……」女研究員突如其來說道:「不對,有辦法……人,有辦法創造出另一個人來喔——」見男研究員瞅著自己,一臉被吊足胃口的表情,她才肯公佈答案:「父母不就創造出我們了嗎?」

「原來妳也會耍嘴皮子。」男研究員用鞋尖,往女研究員的椅腳輕輕踢了一下。

「期間限定——博士不在的時候。」女研究員促狹一笑,按住桌面煞住椅子的滾輪:「啊……對了,這種事……我們私底下聊聊就好,千萬不要在博士面前提起,她會發飆的。」

「我知道,反正我的願望就是在這裡平平靜靜待到退休。」

「一點實驗精神都沒有?」

「我沒有那種智慧。」男研究員苦笑說道。

女研究員推了一下眼鏡,冷不防又繞回方才的話題:「你剛剛說……人類能夠創造出超越人類本身的事物,卻無法創造出自己……」

「對,我的想法就是這麼單純——『人類無法創造人類』。」

「那機器人呢?」

「根據研發目的不同，機器人是用來代替人類的部份能力——簡單來說，就是更方便、更省時、效能更高的『工具』。」

「那複製人呢？你也不認爲那是人類？」

「這牽扯到倫理道德層面的問題……」男研究員先是細聲嘀咕，而後揪起眉毛，搖了搖頭答道：「不過，複製人是生物學、遺傳學和基因工程的範疇，不是我們的研究領域，也不在『人工智慧』的討論範圍裡面，況且在本質上——大腦的內部構造和組成方式，存在著決定性的差異。」

「被你發現了。」女研究員皺起鼻頭，促狹笑了一下，但旋即收起笑容，細聲說道：「其實……其實我的想法也跟你一樣，雖然我一直在這個領域學習、研究……已經好多好多好多年了——但是，但是我還是無法想像，要是我們眞的能創造出一個『人』來該怎麼辦？」

「就像我先前說的，很多人已經混淆了『人工智慧』的眞正意義，『人工智慧』的最高理想，是創造出一個能夠自我思考、並且無窮盡延續下去、自體進化更新的『機器』。」

「『超人』嗎？」

「沒那麼哲學。」

兩人互視一眼，同聲笑出。

「『要是我們眞的能創造出一個『人』來該怎麼辦？』」像是想起什麼似的，男研究員忽然間收起笑容，重複了一遍女研究員剛才說過的話，瞇起眼睛感慨咕噥道：「說不定……妳說的這句話，說不定在不久的將來，有可能成眞。」

「怎麼說？」女研究員好奇男研究員怎麼會忽地肯定自己的說法？

「『Eva』。」男研究員又定定說一遍：「『Eva』。」嗓音溫潤輕柔，像是真的在叫喚一個人：「坦白說，踏進這個科發所，第一次和『Eva』接觸的時候，我真的……真的嚇了一大跳，這幾年，我也在其它機構——不管國內還是國外，接觸過不少人工智慧，但是『Eva』是當中唯一一個，真的是唯一一個，讓我覺得除了沒有活生生、有溫度的肉體以外，『她』根本就是一個『人』了。」

「那你剛剛還這麼強烈否定『她』。」

「否定對方，是用來肯定自己的最好方式。」男研究員苦笑道，提出謬論開脫。

「不過，還不是喔。」女研究員定定看著男研究員說道：「至少，現在還不是。我覺得人之所以是人，真正的關鍵應該在於，寂寞的時候，可以從這裡走出去，找到另一個人……又或者，擁有能讓另一個人走進來的空間——這樣，才算是真真正正的『人』吧？」

「說得好，敬妳一杯。」說著，男研究員再度扭開保溫杯，紅玉紅茶的特殊香氣霎時在硬冷、無機質的科發所內擴散開來，他啜了一口。

「可是我想——」女研究員手肘抵在桌面，支著臉頰咕噥道：「博士是不是早就看見了我們看不見的未來，所以才有辦法全心全意相信呢？」

3

「妳這傢伙，到底想怎麼樣啊——我爲什麼要回答妳這些狗屁問題？」一名有著一雙濃眉、長相粗獷卻皮膚白皙的男子衝著螢幕大聲咆哮，挺起的胸膛像是要把衣服撐破似的。

「吳警官，請詳細回答以下問題，否則將會影響到您今年度的考績，致使您的年終獎金減少百分之二十二。」溫柔聲音猶如鬼魅，不曉得是從房間哪個角落傳出來的，輕柔振動男子的耳膜。

這種理所當然的腔調，讓男子頓時更爲光火。

男子閉上眼睛，下顎的肌肉線條不再像先前那般銳利，再度睜開眼時，他已經冷靜下來，眼神清澈，直勾勾注視著前方半透明牆上，彷彿漂浮在半空中的題目說道：「我不考，妳收卷吧。」

「吳警官，請考慮清楚，試卷一旦送出，將無法更動。」溫柔聲音有條不紊說道：「請容我第二次提醒，此項測驗成績將列入個人考績，不僅僅影響年終獎金的分配，關於您未來升遷的選擇也將會降低百分之八十七，這意味著從D階升至C階，吳警官需要花費的時間，將會是E階升至D階時的十一倍，也就是二十二年，倘若根據吳警官於十年前二〇二〇年六月二日所塡的生涯規畫表計算，今天的選擇是不明智的，而根據您目前三十歲一個月又三天的體內所蒐集到的生理活動反應，跡象顯示爲不理性、也就是邏輯思考能力偏低的狀況，所以——」

「說夠了沒有？」男子原本平靜下來的心情又被打亂，見對方敬酒不吃吃罰酒，索性衝著螢幕粗聲喊道：「妳廢話也未免太多了吧？一個機器人囂張個屁！信不信老子——」

「你最好配合一點，吳浩鋒警官。」站在門前的林瀚儀聽不下去，冷不防插嘴說道。她的語氣看似寧靜，卻隱隱約約透露出一股不容置喙的壓迫感，像是被鎖在安全鏡片裡頭不聲張但存在感鮮明的裂痕。

吳浩鋒扭過頭，瞅著不知何時踏進諮詢室的林瀚儀，正準備開口，但就在嘴唇分離的瞬間，被對方抓住時間差，搶先一步說道：「這次季中考核，整個T市沒有通過『科技基礎測驗』的刑警，只有吳警官你『一個人』而已喔，三百二十七分之一，0.3％。」

「那又怎樣？」吳浩鋒扯了扯POLO衫的領口，揚起下顎說道：「又不是第一次沒通過。」

「更準確的說法，應該是『沒有任何一次通過』。」

「有本事就去修法，讓那些沒有通過那個什麼鬼測驗的人，統統當不了警察——」吳浩鋒咧嘴一笑，將手插進牛仔褲口袋接續說道：「不過我想大概很困難吧？那些立法委員的科技水平，頂多就是玩玩手機遊戲打發時間、用用交友APP搞搞外遇。」

「你到底是哪裡有毛病？」像是在挑釁一般，林瀚儀模仿吳浩鋒，將手插進研究服兩側的寬沿口袋，揚起下顎說道：「爲什麼就是不肯好好配合？我仔細讀過你的資料，明明具備電腦方面的基本能力——」

「我就是看不慣你們這種方式。」吳浩鋒說道。

「『這種方式』？」林瀚儀露出困惑的眼神。

吳浩鋒扭頭瞥了身後半透明的電子牆一眼，那表情，彷彿認爲「Eva」就偷偷躲在後頭偷聽兩人說話——但想當然耳，他並不在意，轉回頭盯著林瀚儀說道：「自以爲把東西統統扔進電腦就可以破案，人心並沒有那麼簡單。」

沒有氣憤，林瀚儀反倒莞爾一笑：「Eva並沒有『想自己』破案，而是『想幫助你們』破案。」

「還有——幫電腦取名字，這點我也看不慣。」

「Eva不是電腦。」林瀚儀板起臉孔斷然說道。

吳浩鋒側過身子，朝電子牆努了努下顎，斜睨著林瀚儀說道：「那妳試試看啊——試試看叫『她』出來跟我握手。」

「總有一天可以。」林瀚儀沒有絲毫遲疑，立刻答道：「她現在還只是個孩子，能做到的事相當有限，但是我們做父母的，所能做的，就是在這個牙牙學語的過程中，提供她足夠的資源，並且耐心等待，給予她成長的時間，總有一天，她會站起來會走出來，和你握手，甚至——給你一個擁抱。」滔滔不絕說出這番言論的林瀚儀，雙眼炯炯發亮，宛如兩枚吸足了氧氣的火種。

身後傳來金屬門扉開啓，摩擦空氣的細微高頻聲響。

「博士……不好意思——」是女研究員，她一臉歉意站在門外。

「怎麼了嗎？」

「不、不好意思……打擾你們對話……」

「沒關係，『今天』的補考已經結束了。」林瀚儀迅速瞄了身後的吳浩鋒一眼，顯然話中有話，旋即看向女研究員，微笑說道：「怎麼了？妳也想和Eva聊天？」

「總、總局那邊打電話過來……說、說是有緊急狀況，要立刻和吳警官通話……」

「緊急狀況？」林瀚儀嘀咕道，還沒反應過來，面前掀起一陣風撩動她額前髮絲。

只見吳浩鋒動作敏捷，電光石火間已經從兩人視線中消失，竄出諮詢室。

※※※

林瀚儀和女研究員踏出諮詢室，金屬門扉在身後緩緩關上。

男研究員和女研究員看了彼此一眼，神情有些不安。

吳浩鋒戴上耳機，動作熟練，將視訊對話切換成個人模式：「手機收不到訊號？剛剛還在諮詢室——」對方不知道說了些什麼，忽然間，他臉色一沉表情陰鬱：「嗯……嗯……怎麼可能？不可能……怎麼可——嗯……我立刻趕過去。」語畢，他隨即摘下耳機按在操作台上，細微聲音流瀉出來，看起來是他單方面結束了通話。

「發生什麼事了嗎？」見氣氛不大對勁，林瀚儀出聲問道。

「不關你們的事。」吳浩鋒的回答，不只是針對林瀚儀一個人而已——儘管在證物保存、犯罪防治分析以及資料彙整調閱等方面，「警用科技研發所」，簡稱為「科發所」，確實提供許多幫助，也成功偵破幾件過去被認定是歷史懸案、偵破無望的陳年案件。

然而，時至今日，仍舊有不少警察和吳浩鋒的看法相近，認為那些學者和科學家，沒有資格被視為「警界」的一份子——因為他們根本沒有受過檢警人員的嚴格訓練，只是憑藉著「專業人員聘用條例」，便順理成章納入這個自己出生入死、賣命打拚好幾年才有辦法融入的巨大組織中。

「科技警察」——吳浩鋒記得從前年開始，警察專科學校，便推出這個招考項目，名額相當少，搞得像是填中的人都是菁英似的，想起來就讓人不爽。

一個連和吳浩鋒對看的勇氣都沒有，另一個則只想安安穩穩待到退休——女研究員和男研究員感到心虛般低撇開頭，將自己埋入龐雜的數據裡。

林瀚儀自然不會輕易妥協，抿出意味深長的笑容說道：「補考『補考』的相關事宜，我會再和楊檢聯繫——」話聲未落，便又接著饒口令似的說道：「我想他應該不會希望自己手下的刑警，補考『補考補考』甚至補考『補考補考補考』吧？」

吳浩鋒冷哼一聲說道：「妳少拿楊靖飛壓我，沒有我們，他們檢察官什麼都不是。」撂下這段話，往林瀚儀的方向瞥了一眼，顯然不怕她到處張揚，而後他匆匆轉過身，蹬出響亮的腳步聲，往門口大步走去。

吳浩鋒一離開操控室，男研究員便從螢幕裡抬起頭來，雙手盤起蓋住虛擬鍵盤，忍不住吐出一大口氣，撇了撇嘴說道：「吳警官的個性還眞的是和他的名字一樣，好銳利啊——」

「如果吳警官的爸媽，不是幫他取這個名字，還會是這種個性嗎？」女研究員偏著頭逕自嘀咕道。

「『藏獒就算叫作野兔，還是能咬死人。』」男研究員說出一句在S國西南一帶鄉野荒村流傳的俗諺，瞄向女研究員：「聽過嗎？」

女研究員搖了搖頭，忽地眼睛一亮，脖子一扭將臉撇向男研究員：「你這樣不是自打嘴巴嗎？」

男研究員聽了女研究員的反駁，非但沒有啞口無言，反倒是得逞似的縮頭賊笑著。

林瀚儀一面看著兩人你來我往、宛如打乒乓球般反射神經比思考邏輯還迅速的對話，一面從外衣口袋裡掏出手機。手機螢幕上方一眨一眨閃著綠光，有一通未接來電，來電人顯示是「小杏」。

大概是剛才在諮詢室的時候打來的——想法才剛浮現，林瀚儀已經按下了回撥鍵。

耳中響起最近常在廣播裡強打的熱門音樂，音質纖細的男聲迴盪耳側，彷彿用任何利器都嚇阻不走、劈砍不斷的幽靈。

電話遲遲沒有接通。

轉進語音信箱前，林瀚儀反射性切斷通訊。

不知怎地，林瀚儀覺得不大對勁：「奇怪了……」她皺起眉頭，細聲咕噥，緊接著又回撥了一次。

林瀚儀將耳朵用力貼緊手機螢幕，像是想連同發射出去的訊號一樣，把自己傳送過去——這一次，耳側才正隱隱約約傳來那名男歌手細微的呼吸聲，連歌聲都還沒發出，電話就被接起：「喂，小杏妳——」

像是被掐住脖子的歌手，林瀚儀話說到一半，一下子鯁在喉頭，喉嚨兩側的肌肉觸電似的頻頻抽搐。

第一次看到博士出現這種反應，一旁笑鬧的男研究員和女研究員僵住動作、噤口不語，操控室頓時變得像是一個巨大的冰櫃。

聲音幽幽從電話另一頭傳入林瀚儀的耳朵，彷彿尚未編寫完整的程式碼，拼湊不出任何意義——林瀚儀怔愣著，任由空氣振動耳膜，完成足以形成聲音產生意義的程式碼。

總算聽清楚了——但從十幾公里以外、電話另一頭遙遠傳來的，並不是小杏輕柔的嗓音。

4

吳浩鋒驅車來到位於科技園區附近的新興住宅地段，一下車，放眼望去，到處矗立著一棟又一棟高級公寓，最矮的至少有四十樓，最高的沒有細數，不過大概超過七十層了吧——每坪從一百萬起跳，買下一戶少說要兩、三億。

自己就算賺三輩子可能連頭期款都繳不出來——每次經過這裡，吳浩鋒都會不由得如此暗忖，並隨即又調侃自己心想，會第一時間迸出「頭期款」這念頭的人，怎麼可能有辦法買下這種豪宅呢？

吳浩鋒用力踏碎自己的白日夢，往其中一棟公寓大步走去。

叮咚——電梯在四十四樓開啓，走廊很深看不到底端，兩側的門與門之間間隔很大，料想內部應該相當寬敞。吳浩鋒一眼便看到其中一戶前，駐守著一名身穿深藍色制服、腰桿打得筆直的員警。

員警挺機伶，很快便發現了吳浩鋒，抬手向他行禮。

雙手插在口袋裡的吳浩鋒，一面走過去，一面收了收下顎向對方示意用不著這麼多禮，來到玄關外，不等員警出手，便逕自拉起黃色警戒線壓低身子，像是抓在手中一時失神的泥鰍，一轉眼便俐落溜進屋內。

一鑽入屋內，吳浩鋒冷不防和背靠在牆上的黃耀賢對上視線，身處在不同單位的兩人，已經很長一段時間沒碰面了，吳浩鋒看到他的第一個想法是——怎麼老這麼多？

原本稀疏的前額，現在已經是光禿禿一片，眼球混濁、眼袋也益發厚重，像是在眼睛底下吊上垃圾袋似的。儘管自己並不像楊檢那樣注重保養、講究時尚把衣服當作植物一樣隨四季更換，但吳浩鋒有自信在其它人眼中，對方和自己的視覺年齡絕對不只相差五歲。

黃耀賢抹了抹油亮的前額，一言不發，別過頭往屋裡望去，吳浩鋒也跟著那道目光看過去，鑑識人員來回穿梭，蒐證顯然還沒告一段落。

「你們要不要先出來一下？」模稜兩可的曖昧口吻，吳浩鋒還沒回頭，就聽出這是郭仲霖的聲音。連身爲內勤人員的隊長秘書郭仲霖都出現在現場，看來情況眞的不一般——吳浩鋒暗自忖度。不過，有可能嗎？那種事怎麼、怎麼可能發生？如果眞的發生的話，不就表示我們當年抓錯人了嗎？不。不可能、不可能抓錯人，但如果不是抓錯人，難道會是——

一面想著，吳浩鋒回到門邊。

「人都到齊了啊。」站在郭仲霖身後，發出沉穩聲音的人不是別人，正是楊檢——楊靖飛檢察官：「我知道你們在想什麼，不過，一切還是要按照正常程序進行，案發現場蒐證結束前，還是先做我們應該做的事吧。」

無論何時，總是一派安然，維持理智的楊靖飛，被刑警們形容是「情緒平衡感絕佳」的檢察官，儘管已經年近五十，但保養得宜的緣故，肌膚相當緊實，體態也維持良好。

根據某資深女刑警的小道消息，楊檢是某國際連鎖健身房的鑽石級VIP會員；再加上出身警察世家，仕途一路順遂，若用十幾年前，那句風行一時的經典廣告台詞來形容，就是「人生勝利組」。

楊靖飛至今人生唯一的汙點，大概就是遲遲沒有機會當上法官吧——儘管楊靖飛對每個人都聲稱自己將檢察官視作一生志業，並以能站在案件的第一線爲榮，但吳浩鋒知道——每個人都知道，他肯定是咬著牙說出這番話的。

理由很簡單，就跟每個書記官渴望當上檢察官一樣，沒有哪個檢察官，是不想當上法官的。

黃耀賢又抹了抹額頭，往門口走去，抬眼定定看了維護現場的員警一眼，員警這才回過神來，趕緊拉起警戒線。楊靖飛推了一下眼鏡，纖細鏡框反射出優雅光亮，射向吳浩鋒，示意他先走。吳浩鋒撇了撇嘴，低頭從那名稚嫩員警拉撐起來、繃緊的塑膠警戒線下穿了過去。

沿著寬敞卻光線昏暗的走廊，四人一個接著一個走著，腳步聲全都重疊在一塊兒，聽起來格外響亮，連身體也跟著劇烈震動了起來。或許是眼前這組合令吳浩鋒想起太多往事，意識到的瞬間，殿後的自己已經脫口說出：「只差古叔就全員到齊了。」

吳浩鋒的話，讓前方三人的腳步頓了一下，節奏失序，腳步聲頓時顯得紊亂雜沓。

古召磊，從事刑警工作將近四十年，閱歷豐富待人親切，總是一張笑瞇瞇的臉，再加上皮膚黝黑皺紋如刀刻般深刻，比起刑警反倒更像是農夫。

或許是因爲老早就離了婚，單身沒有孩子的緣故，他特別照顧新進人員，因此認識他的人不是喊他「古爸」，就是稱他爲「古叔」。

好人不長命——吳浩鋒深信這句話，將會一直流傳下去無論經過幾個世紀。

六年前，夏秋之際，欒樹都還來不及換上另一種顏色，某天凌晨突然接到通知——昨晚夜店臨檢，兩、三點才回到家，澡沒洗，睡不到三小時，眼睫毛都還黏呼呼的根本睜不開，那噩耗便猶如一個指節突出的拳頭粗魯攢進耳底：「欸、你知不知道，古叔被車撞死了。」

雖然這種想法一點幫助也沒有，但此刻望著他們三人的背影，吳浩鋒就是忍不住心想，爲什麼死的不是他們？哪一個都沒有關係——爲什麼、爲什麼偏偏是古叔？

古叔自己一定也很不甘心吧？

記得古叔以前常說，等自己退休以後，要把警察生涯中歷經的難解案件寫成一本回憶錄：「誰知道那時候腦袋還行不行？要是能有什麼東西幫自己記起來就好了——」

「寫日記不就好了？」當時在場的王盛廷說出自己也剛好想說的話，幾杯酒下肚的他臉頰白裡透紅。

「手邊案子都辦不完了，還要寫一堆偵查報告，哪有空寫什麼日記！」古叔似乎還有話想說，但最終只是衝著吳浩鋒眨了一下單邊眼睛，把秘密混著紅褐色的酒一口氣吞下。

這種種回憶浮生的剎那，吳浩鋒才恍然意識到：自己已經很久沒有想起古叔了。

明明那麼努力——

這讓吳浩鋒多怨恨一個人，他使勁握緊拳頭——要不是他們在場，他眞想打腫自己的臉。

「不對喔——」走在吳浩鋒前方的黃耀賢咕噥道，緩緩扭動頸子，視線越過肩頭瞥了吳浩鋒一眼，轉回頭的同候接續話音說道：「還差王主任。」

黃耀賢口中的「王主任」，指的就是王盛廷，典型的獅子座B型，天生擁有一股莫名的自信，但不只是擁有自信而已——他的能力和經歷，在警界無疑是個傳奇般的存在：短短幾年內屢破大案，以未滿三十歲之姿拔擢升任，破格成爲鑑識中心有史以來最年輕的主任。

王盛廷不僅僅是國內首屈一指的鑑識專家，這十年來觸角伸往國際，活耀於各國之間，和多國警方跨國結盟，組成「世界懸案調查中心」，和「科發所」密切合作，試圖運用最尖端的科技技術，突破各國的歷史疑案。

除了專業領域的實績以外，他那張堪比影藝明星的深邃面孔，更是讓這個人渾身上下由裡到外充滿話題性，無論業界或者媒體圈，皆備受矚目。

聽到這名字的瞬間，另一股益發強烈的真實感，猛地竄上吳浩鋒的背脊，讓他抵抗似的繃緊渾身肌肉。當年還是鑑識組組長的王盛廷，正是「蛇蛻命案」之所以能找出突破口的關鍵人物。照理來說，這樣的他，應該比在場所有人有更深刻的感受才對……而且這還是他在國內經手的最後一案，怎麼可能會缺席呢？難道直到現在，他還沒從那傷痛裡走出來——

陷入自身思緒的吳浩鋒，回過神來的同時，發現四周忽然明亮起來。

※※※

視線陡然開闊。

公寓的每一層樓，在深不見底的走廊底端，都設置了一個交誼廳，比吳浩鋒家的客廳還寬敞。交誼廳擺放兩張三人座沙發和一張兩人座沙發，全是小牛皮革製成的，呈現ㄇ字形，三副沙發圈住一張厚重的玻璃桌，玻璃桌上擱著一個看起來就要價不菲的琉璃花瓶，裡頭則插著十幾朵碩大的白色百合花，花蕊已經剪掉。其中一張沙發上，坐著一對年輕男女，女生低垂著頭，將臉埋進掌心，烏黑長髮從兩側臉頰自然垂落。

至於坐在女生身邊、散發出大學生氣質的男生，看起來有些靦腆、臉部肌肉細細抽搐侷促不安，此刻抿緊了失去血色的乾燥嘴唇，似乎沒有察覺到吳浩鋒一行人踏進交誼廳，眼睛失去焦點，渙散望向前方死白刺眼的牆壁。

楊靖飛輕聲清了清喉嚨，想引起兩人的注意，然而宛如置身於毫無介質的外太空，男生依舊直勾勾望向前方，眼神空洞的他，宛如一座望遠鏡；至於一旁的女生則一派沉默壓低著臉。楊靖飛又清了清喉嚨，這一次沒有片刻停頓，直接開口說道：「不好意思，管健旭先生——」

原先怔愣著的男生聽見聲音，緩緩轉過頭，抬起臉看向楊靖飛，楊靖飛專注看著對方，整了整熨燙出筆挺線條的深藍色西裝，踩著穩健的步伐往管健旭走去，在他左斜前方另一張三人座沙發落坐。坐下的瞬間，西裝褲和皮革摩擦，發出刺耳的高頻聲響，女子受到刺激似的雙肩猛地抖顫了一下，留意到她的反應，管健旭伸出手，撫了撫她纖細的手臂。

「管先生，我知道，這對你們來說很艱難……」相當老練，楊靖飛的聲音溫潤，有安定的效果：「但為了幫助我們釐清案情，早日找出兇手——想請你……如果現在方便的話，想請你說明一下發現的經過。」

雖然是說「你」，但指的其實是「你們」——他知道現在暫時不應該再刺激女生。

管健旭緩慢眨動眼睛，像是在組裝潰散的積木似的，將楊靖飛說出的每一個字拼湊起來，重新看過一遍，才有辦法理解他的語意。

楊靖飛抬頭瞄了站在沙發後方的郭仲霖和黃耀賢一眼，郭仲霖立刻明白他的意思，繞過椅背坐下；體重破百的黃耀賢也跟著就座，和郭仲霖緊緊貼捱在一塊兒，進口沙發霎時像是失去平衡的蹺蹺板，看起來非常滑稽。

不打算移動，吳浩鋒身子斜傾，肩頭靠在交誼廳入口處的冰冷壁面，光影交會之處，靜靜看著這一切。

管健旭點了點頭，動作僵硬，像是後頸的螺絲鎖得太緊；他舔了舔乾燥的嘴唇，發出聲音的剎那，似乎連自己都嚇了一跳：「我——」他頓了一下才接著說道：「我和婕妤下午去試婚紗——」

「你們要結婚了？」楊靖飛忽地提高語調說道，看起來像是打岔，但其實是一種讓對方放鬆下來的應對手段。

「嗯、嗯……」管健旭輕聲應道，收了收下顎，抿出淡淡的微笑，但笑容轉瞬消失，他低垂視線說道：「我爸今天中午會從香港飛回來，所以我們約好晚上一起吃飯……離開婚紗店後——」

「離開婚紗店的時間是？」

「五點……半左右吧？」面對楊靖飛的提問，管健旭偏著頭遲疑了一下，瞥了女子一眼，似乎想向她確定，卻又不敢打擾她。

楊靖飛推了一下眼鏡，略微側過臉，撇向郭仲霖，郭仲霖點了個頭，在平板電腦上將要點紀錄下來；一旁的黃耀賢則用那雙濁黃的小眼睛，瞅著管健旭；至於斜倚在牆邊的吳浩鋒，不知道爲什麼，注意力一直被那名臉孔低掩著、名叫周婕妤的女子吸引過去。

「然後呢？離開婚紗店後——」像是切換車道，楊靖飛方向盤一打，俐落切回話題。

「離開婚紗店後……婕妤問要不要去捷運站附近新開的巧克力店買巧克力——薄荷巧克力，那是我媽最喜歡吃的巧克力……」說到這裡，察覺周婕妤的身子細細顫抖，又一次，管健旭朝她伸出手，原本想摟住她的肩膀，但忽然間改變心意，只是輕輕按住她裸露在蕾絲裙襬外的膝蓋：「買完巧克力，我們就搭捷運過來……」

「那時候是幾點？我是指到這裡的時間。」

「六點十一分三十三秒。」管健旭脫口答道。

不只是楊靖飛，其餘三人也怔愣了住。

「不……不好意思──」意識到自己的說法，管健旭連忙解釋道：「不好意思，這、這是婕妤習慣的報時方式……她在身旁的時候，我總是、總是問她時間……」聲音漸趨微弱。

「沒關係，請別在意，請繼續說。」楊靖飛瞇細鏡片後的眼睛說道。

「因爲前一天晚上，我跟我媽約好今天六點半會到家，所以我那時候才會問婕妤時間──我媽她，很討厭別人不守時。」

「前一天晚上，你和你媽幾點通過電話？」楊靖飛問道。

「應該是十點半吧？」管健旭抬起眼注視著天花板回想：「我在打工結束往公車站走的時候接到電話。」

「你沒有住在家裡？」依舊是楊靖飛提問。這是檢察官在場的常態。

管健旭瞄了周婕妤一眼：「我最近都住在婕妤那裡。」楊靖飛點了個頭，示意他繼續往下說，他吞了一口口水，險些被自己噎著，皺起臉說道：「從捷運站到這棟公寓，大概要走十分鐘；我們到了這裡，就直接搭電梯上來，在走廊按了兩次電鈴，但我媽……我媽一直沒有來開門，我就自己輸入密碼進來，我一開始以為我媽不在家，才剛打開電視就聽見婕妤她──」

「我明白了。」楊靖飛斷然說道，讓管健旭停在殘酷的前一刻。

「爲什麼要按電鈴？」黃耀賢忍不住粗聲問道：「這不是你家嗎？」

吳浩鋒也看向管健旭，這同樣是他的疑惑。

「你們……不會嗎？就像進門前要先敲門一樣……不是嗎？」管健旭睜大眼睛咕噥道。

楊靖飛帶著笑容看向黃耀賢。

郭仲霖從平板電腦裡抬起頭來，瞟了黃耀賢一眼，似乎是在說：「問這種無關緊要的問題幹嘛啊？你以為自己很厲害嗎？」

「檢座，現場蒐證告一段落。」大概是不好意思橫越吳浩鋒，一名員警站在交誼廳入口處朝裡頭伸長了脖子揚聲喊道。

楊靖飛扭頭回應道：「好，我立刻過去。」接著轉回來，定定看著管健旭說道：「管先生，感謝你的配合，請你們先在這裡休息，如果後續還有需要協助的地方，會再麻煩你們。」

「你不用這麼客氣——」管健旭說道，再也忍受不住悲慟，尾音因為情緒激動而分岔，他用力搖著頭，摳抓眉毛不禁嗚咽道：「到底……到底為什麼、為什麼會發生這、這種事……」

※※※

那一瞬間，吳浩鋒以為自己陷入科學家們口中的蟲洞（Wormhole），跳躍了時空，回到十年前的案發現場。

實在太「像」了，不，根本是「一模一樣」——明知道不可能，但吳浩鋒就是壓抑不了這個詭異的念頭。

稍早在電話裡，聽到楊靖飛的描述時，吳浩鋒怎麼也不肯相信，然而一踏進現場，那股氛圍立刻猶如鬼魅一般，伴隨著濃烈刺鼻的氣味朝自己席捲過來，無孔不入滲進體內；不只如此，更重要的是，這些此刻擺在眼前，鐵錚錚的犯罪事實——

襯衫、長裙和內衣褲凌亂散落在落地窗旁、有著曼荼羅圖樣的地毯上；落地氣密窗的金屬鎖好端端扣上，窗帘往中間拉攏，在燈光照射下反射出均勻的反光。採用的似乎是最近在大型建案裡流行的合成材質——金屬揉合布料，不僅不容易沾染髒汙，也更堅韌耐用。這幾年軍警單位也積極投入研發，藉由調整當中金屬的含量比例，製作出更爲輕薄的防彈背心，近似於久遠以前一種名爲「鐵布衫」的玩意兒。

吳浩鋒視線往房間中央緩緩移動，梳妝台上的化妝品和保養品傾倒凌亂，有些甚至散落在床腳周圍，溢出的乳液浸濕了地毯；原本潔白如新、彷彿散發出洗滌劑乾爽香氣的被單，此刻被怵目驚心的血水暈染出一大片汙漬，放眼望去，屍體像是仰躺在一大叢暗紅色的康乃馨花床上頭，想像起來頗有情調，然而眼前的景況，實在跟「情調」一詞相去甚遠——寬敞的雙人床上，擺著一具被剝下人皮的屍體。

被剝去全身人皮的屍體，讓人完全沒有「人類」的感覺，像是被剝去外皮的豬雞魚鴨，不會讓人意識到是「生物」，而只是一項「材料」。

「還、還眞像……」吳浩鋒聽見身後的郭仲霖嘀咕道，聲音難掩顫抖，看來對方和自己一樣，拼命想說服自己一切只是「很像」而已。

「一具被扒了皮的屍體啊……」黃耀賢咕噥道，始終混濁的眼睛，第一次閃現出光芒：「確實是不常見。」說著，他瞥向站在房門口的楊靖飛。

楊靖飛明白黃耀賢的眼神爲什麼充滿質疑，開門見山說道：「這裡都是自己人，我就不拐彎抹角了——你們現在一定是在想，我爲什麼把你們都找過來，對吧？」

郭仲霖用力點了個頭，黃耀賢和吳浩鋒對看一眼，不約而同看回楊靖飛。

「因爲……」楊靖飛一面說道，一面朝雙人床上的屍體努了努下顎：「不只是這樣──」

吳浩鋒和黃耀賢、甚至連郭仲霖，像是忽然間想起什麼，同時轉過身，一個箭步爭先恐後往浴室方向衝去，還沒踏進浴室，那股足以將眾人拉回過往場景的氣味猛地竄入鼻腔、直搗肺部──和雙人床一樣寬敞的按摩浴缸裡，有一樣被燒至蜷曲焦黑看不出樣貌的東西。

但吳浩鋒三人立刻意識到那是什麼。

他們三人耳邊，幽幽迴響起當年王盛廷的聲音──王盛廷從浴缸裡緩緩站起身來，將帽沿從後方轉至前額，眼睛霎時罩上一層陰影，環視眾人一圈，最後定定看著楊靖飛說道：「是人皮。」

※※※

「這怎麼可能？」

臥房內，傳來爭吵聲。

情緒激動喊出聲的人是黃耀賢，他逼近楊靖飛，語氣一時間控制不住。

「先冷靜下來。」身後的郭仲霖說道，一副事不關己的樣子。

「冷靜？」黃耀賢冷笑一聲，扭回頭瞪著郭仲霖吼道：「我就不相信你有辦法冷靜！」

郭仲霖下意識翻弄著手上的平板電腦，聳了一下肩膀泰然自若說道：「應該是模仿犯吧？」

「對……對！一定、一定是模仿犯──」歇斯底里，上一秒衝著他咆哮的黃耀賢，這會兒猛點頭，整張臉瞬間皺起，咧嘴擠出笑容說道：「檢座，你也認爲是這樣吧？一定是模仿犯、對、對……想也知道，怎麼可能——」

「他都把我們找過來了，你覺得有可能是模仿犯嗎？」吳浩鋒說道，目光聚焦在楊靖飛身上。

「你是什麼意思？」黃耀賢惡狠狠瞅著吳浩鋒。

「也不是沒有這個可能，一切都還在調查階段。」楊靖飛推了一下眼鏡，先是搬出官方說法，兩邊都沒有正面回應，而後臉色一沉，手垂下時順勢摘下了眼鏡：「我只是認爲，有必要先讓你們知道這件事……」深呼吸一口氣，戴上眼鏡後他繼續說道：「這案件目前是由我負責，有什麼進展，我會隨時知會你們。」

「但如果是模仿犯，爲什麼——」

叩叩叩——

吳浩鋒正想追問疑點，敲門聲響起，打斷眾人的對話。虛掩著的房門被推開，出現在門後的是林瀚儀。

「瀚儀？」楊靖飛一臉訝異：「妳怎麼會來這裡？」

「我可以進去嗎？」

楊靖飛苦笑道：「現場不大好看，妳還是別進來比較好。」

「妳來幹嘛？」雖然是一樣的問題，但吳浩鋒的口吻，卻更像是在說：「這裡不是妳這種人可以來的地方。」

林瀚儀瞥了吳浩鋒一眼，沒有理會他，定定看著楊靖飛說道：「靖飛，我是想問你……那兩個目擊證人可不可……可不可以先回去休息？你們剛剛好像已經問過他們問題了？」

「還沒做詳細的筆錄。」吳浩鋒先聲奪人。

「怎麼了嗎？女生不舒服？」楊靖飛問道，回想起方才女生的模樣，始終摀住臉孔，看起來非常痛苦，彷彿死的人是她的媽媽。

「嗯，其實不只是女方，男方已經吐了三四次，還沒吃晚飯，都吐出胃液來了。」林瀚儀一面說道，一面摩娑著一根汗毛也看不到的手臂：「我在想……是不是……是不是可以讓他們先回去休息，筆錄明天再做？畢竟……畢竟——畢竟他們跟案情無關。」

「有沒有關係是由『我們這邊』判斷。」吳浩鋒又一次搶先說道，並忍不住又說：「而且他們不算無關，他們是第一發現人。」

「沒關係，先讓他們兩個回去休息。」楊靖飛說道，站在後頭的吳浩鋒瞅著他的背影，楊靖飛沒有放在心上，反倒對鮮少來到命案現場的林瀚儀感到好奇，露出微笑問道：「妳認識他們？朋友？還是……親戚？」

黃耀賢顯然對他們的對話不感興趣，掏出手機滑著；郭仲霖也認爲今天調查已經告一段落，像是在整理報紙似的，將平板電腦對折對折再對折，折成一小塊後，收入胸前口袋。

「是老朋友。」林瀚儀的回答耐人尋味，迅速掃視房內四人臉孔，隨即補充說道：「其實——你們也認識。」

認識——吳浩鋒想不起自己在哪裡見過管健旭。

不只是吳浩鋒，其它三人也感到困惑，互看了彼此一眼，楊靖飛自以為幽默說道：「我沒有像管先生那麼年輕的朋友。」

「不是阿健，是小杏。」林瀚儀搖了搖頭，繼續說道：「周婕妤，並不是她本來的名字——十年前，她叫作伍若杏。」

林瀚儀突如其來的一句話，令四人心頭頓時一震，震出透明的裂痕。

5

【家庭悲歌，十五歲天才狠弒雙親】

佈滿黑褐色汙漬的陳年雜誌封面上，寫著斗大的粗體標題，是某知名雜誌二〇二〇年的八月號，那期的封面是一名黑色短髮、有著一雙清澈眼睛的少年。相較於一般畏縮閃躲的犯人不同，少年正視鏡頭，眼神強而有力彷彿能聽見使勁拍打玻璃門窗的咚咚聲響。

「你在幹嘛啊？」伴隨著吳儂軟語，一名渾身赤裸、體格豐滿的女人從吳浩鋒背後壓了上來，她用力貼緊，乳房在他強健的背肌上像是快融化開來的起司，她伸出肥短白皙的手，環扣住吳浩鋒馬一般粗壯的頸脖，用她那宛如松鼠一樣的鼓脹雙頰蹭上他稜角分明的臉孔，挨在他耳邊細聲說道：「唉呦，看這個幹嘛？都過期多久了，我有買最新一期喔！」

吳浩鋒沒有理會女人，依舊定定注視著那顏色俗豔的斗大標題。

「啊，我好像忘在理髮店了。」女人撥了撥頭髮，自顧自說道，蜷曲的髮尾搔上吳浩鋒的下嘴唇。

吳浩鋒掙脫女人搭在身上的雙臂，用力推了她一把：「臭死了，這味道。」

女人不甚在意，側躺著，抓了一把頭髮聞了聞，嘀咕道：「是嗎？那下次不要去那一間了。」

「欸，妳聽過這個案件嗎？」吳浩鋒冷不防問道。

「案件？什麼案件？」女人眨巴著那對卸完妝只剩下原本二分之一、和老鼠差不多的小眼睛，吳浩鋒將手上的雜誌翻向她，她接過來，身子一翻仰躺震動床墊，打直手臂瞇起那雙已經有老花症狀的眼睛讀著：「十五歲天才少年？二〇二〇年啊——我四十一歲那年發生的事……二〇二〇年……好像有點印象……」女人一面咕噥，一面翻開雜誌。

吳浩鋒抓起一旁的菸盒，抽出一根香菸點了起來，呢喃道：「怎麼會有女人一直把自己的年齡掛在嘴邊？」

「如果不是這樣，小鋒怎麼會喜歡上我呢？」大概是回答太多次了，女人下意識答道。

難得沒有反駁，吳浩鋒捺了捺嘴角，不置可否，吐出一口菸，狹窄潮濕的房間，因爲煙霧的緣故，使得霉味益發明顯，連四周裝潢也顯得簡陋許多。

吳浩鋒靜靜抽著菸，騰出的另一隻手則按住女人飽滿的臀部，打節拍似的用食指輕輕點著。

「喔，這個案件……原來是這個案件喔，我有印象、我有印象——你剛要是說『蛇蛻案件』我就知道了嘛！」女人頻頻點頭，扭過頭看向吳浩鋒：「那時候新聞一直報一直報，煩都煩死了，我記得……每一台都做了專題報導……現在回想起來，還是、還是覺得這個人眞的……眞的好噁心……怎麼會有人把自己爸媽的皮扒掉啊？甚至連自己的妹妹都不放過，幸好——」

「這世界本來就無奇不有。」吳浩鋒敷衍道。

「就像你愛上我？」

「妳煩不煩啊？」

「這女孩還眞可愛。」女人用手指輕輕點了點斑駁書頁上的女孩照片，轉移話題說道，接著冷不防想起什麼有趣的事一般，睜亮眼睛，撇向吳浩鋒問道：「對了——我記得這張照片，好像在那時候引起一陣不小的騷動？」

「嗯。」吳浩鋒定定看了上頭的女孩一眼，照片裡頭的女孩鼓脹臉頰，正準備吹熄插在冰淇淋蛋糕上的造型蠟燭——才剛慶祝十一歲生日，不久便發生這一連串不幸，恐怕是當時烏亮眼睛倒映出熠熠火光的女孩，怎麼想也想不到的事吧？吳浩鋒思忖著，抽了一口菸後說道：「拍了這張照片的記者和刊登報導的雜誌社，被兒福機構和人權團體告上法庭，賠了一大筆錢。」

「幹得好。」女人喊道，眼神黯淡下來，深有同感似的呢喃說道：「也不想想人家年紀還這麼小，還有一大段人生要過呢！印出來的東西哪有這麼容易被消滅啊——」

在這個年代，眞正難消滅的並不是印出來的東西——但他懶得和剛過完五十一歲生日的她解釋。

「雖然大家總說『法網恢恢，疏而不漏』，但在眞實的情況裡，總有『漏網之魚』——」女人不明白吳浩鋒的意思，困惑望向他，他舔了一下嘴唇，朝女孩的照片瞥了一眼，用黏膩的聲音繼續說道：「拍這張照片的人，一定和女孩一家人關係很親密，但一出事，就立刻把照片賣給了媒體。」

「這就是人生啊——」女人感慨道。

「這句話從活了半世紀的人口中說起來特別有說服力。」吳浩鋒斜睨了女人一眼揶揄道。

女人用手肘用力頂了一下吳浩鋒的胳肢窩，菸灰斷裂散落在枕頭上：「結果呢？」手腕俐落一翻，她啪一聲闔上雜誌，身子扭擰像一尾掙扎的魚，抓起一旁的啤酒，仰頭灌了一口，戳了戳封面上的少年鼻頭，噘嘴問道：「這男的後來怎麼樣了？」

「手段殘忍，沒有悔改之心，所以判處死刑。」吳浩鋒說道，將菸捻熄在女人遞過來的啤酒罐上，把菸屁股塞進罐裡：「幸好少年法在二〇一八年，已經下修到十二歲。」

「咦——」女人驀地發出混合了訝異和疑惑的聲音，扭頭撐開那對小眼睛問道：「小鋒，你說判處死刑？可是我記得，死刑不是在這案件發生的前一年，也就是二〇一九年年底的時候就廢除了嗎？」

「虧妳還記得。」

「因爲我當時也有參加抗議遊行，我還記得那天超冷。」女人說著，裝可愛抖了抖身子，肉跟著左右晃動。

「想不到妳也會做那種事。」

「因爲我只怕死啊。」女人咧嘴說道，吳浩鋒看不出來她到底是不是在開玩笑，她接著又側著頭子說道：「我記得那天，還跟幾個警察起了衝突，差點沒打起來——說不定小鋒也在那裡頭呢！」

「十年前，我還在派出所。」

「是嗎？眞可惜，想像起來好浪漫……」女人看向吳浩鋒，身子猛地湊向他問道：「爲什麼會突然提起這個案件？」

「不關妳的事。」

女人擠眉弄眼，嬌媚笑了一下，似乎聽見滿意的回答：「所以那男的，後來到底怎麼樣了？死刑廢除的話，就表示他現在……他現在還活著？十年……十年？啊——」她恍然大悟，挺起身子抓住吳浩鋒鼓脹的臂膀，指甲割入他的肌膚裡尖聲喊道：「該、該不會是因爲他要假釋了吧？小鋒，那種人絕對、絕對不能讓他出來！」

「妳還眞是半吊子。」吳浩鋒一臉不耐煩，摳開女人的手說道：「假釋法在二〇一七年就已經修改了，判處死刑或者死刑以上刑責的人，無論是尙待執行、或者無法執行，都終生不得假釋出獄。」

「是嗎？那真是太好了！那種人不能讓他出來！」女人忽然間想起什麼，偏著頭問道：「不過……你剛剛說的『死刑以上刑責』……是什麼啊？從字面上看來，是指『比死刑更嚴厲的懲罰』……不過——有那種東西嗎？」

吳浩鋒冒出一句：「不知道。」

「『不知道』？」如此誠實的答覆，讓女人頓時怔愣了住。

望著女人寫滿驚詫表情的臉孔，吳浩鋒下腹部湧上一股衝動，冷不防抵向女人，攫住她的胳臂，將她整個人翻轉過來，熱燙結實的身軀隨即靠貼上去，由後方進入她的體內，一面沿著她雪原一般的背脊親吻，一面細聲咕噥道：「我也想知道、我也想知道、我也想知道……」

6

手機響起的時候，吳浩鋒正在淋浴，水絲從蓮蓬頭如箭一般迸射而出，劃破空氣，刺上他的肌膚，毛細孔地熱湧泉似的噴吐出霧白色蒸騰熱氣。

「小鋒……你的手機在叫——」女人一面拖長尾音高聲嚷嚷，一面扭開浴室的門。

沒有扭上水龍頭，吳浩鋒依舊站在水幕中，背對著女人，宛如一尊矗立於噴水池中的大理石雕像。

女人渾身裸裎，拖著一身鬆垮垮的皮肉，打著赤腳直接踏進浴室，瓷磚汙黃滑溜，觸感黏膩像是快滲出汁液；燈光慘白，女人瞇起一邊眼睛，搔抓著一頭蚪結亂髮，朝滂沱大雨中的吳浩鋒又喊了一聲：「小——鋒、你的電話啦！」

吳浩鋒扭過頭，將濡濕的頭髮順手往後一抹，側過身，腰部肌肉扯擰開來的同時，從水中伸出手來，一把搶走女人叼啣在手上的手機；就在他轉過身的那一瞬間，女人被燃起興致，眼睛睜圓如泉眼一般不斷竄湧出水，整個人頓時清醒過來，踩著小碎步闖入吳浩鋒製造出來的盛大雨聲之中。

「喂——」吳浩鋒將手機貼緊耳朵，像是想衝破水聲，繃出側頸青筋大聲喊道，目光不自覺飄向窗外，昏暗天色不知道什麼時候，染上了稀薄的微光，一天又要開始了——吳浩鋒心想。

女人從前方摟住吳浩鋒的腰，十指交扣在他的尾椎骨，臉貼伏在他厚實的胸膛上。

忽然間，吳浩鋒回過神來，猛地睜圓眼睛，將手機按得更緊，像是想把整個手機都塞進自己耳朵；接連打在他臉上的水柱分岔開來，宛如山間水系沿著他那深邃的五官淌動奔流，透明的機身在水光映照下更顯晶亮：「你、你說什麼？你剛說什麼？」吳浩鋒用力扭緊水龍頭，將女人用力一推，來不及反應過來，她鬆開手，失去平衡背部撞上冰冷的馬賽克瓷磚壁面。

「你、你說的——你說的、是眞的？」吳浩鋒失聲吼道，邁著極大的步伐快步走向浴室門口，剔透水珠往四面八方飛濺，敲碎在瓷磚上發出巨大聲響宛如彈珠迸裂。

女人怔愣望著吳浩鋒大幅度晃動的背影，恍恍惚惚想著，這還是自己第一次看見他如此驚慌失措的模樣。

※※※

吳浩鋒飛車來到公園，「1109紀念公園」。

二〇一九年十一月九日，死刑正式廢除前夕，那一天，將近三十萬民眾走上街頭抗議，在總統府前方發生衝突，其中一名激進的抗議人士，在警方面前引火自焚。

在當時，這起事件引發熱烈爭議，眼看就要掀起另一波街頭運動，在國際關注和輿論壓力下，政府蓋了這座紀念公園企圖息事寧人，甚至以「火焰」做爲概念發想，製作了一個巨大的火焰雕像，從此成爲這個區域的重要地標。再者，因爲鄰近知名商圈，大多數年輕人都會選擇這裡當作碰面地點。

「1109紀念公園」，又被戲稱爲「水深火熱」，深層意思自然是諷刺，至於從表面上看來，「火」指的是矗立於公園北入口處，由原住民藝術家使用特殊金屬製成的巨大火焰雕像；至於「水」，指的則是位於公園正中央，特別聘邀著名旅美華裔建築師所設計的噴水池，因爲是使用太極八卦的意象，名之爲「陰陽池」。

地處鬧區，龍蛇雜處人口組成複雜，久而久之變成是非之地，經常出現口角糾紛，販毒勒索不法交易更是司空見慣，大小案件頻傳，負責這地方的分局苦不堪言。

但其中最特殊、成爲另一種另類「地標」的，是有許多人會在這裡從事「性行爲」——水火陰陽引人無限遐想，這大概是當初設計時，設計師始料未及的發展。據說某幾位黑幫老大，甚至會讓底下小弟將整座公園統統封鎖，不讓別人進入，就是爲了和女人在「陰陽池」裡享受魚水之歡；甚至也會幫上流社會、有權有勢的人安排性愛派對等類似的活動，當中對象自然不乏政商警界甚或軍方的高層人士。

但今天的態勢和以往大不相同，公園東西南北四個出入口外頭，紛紛拉起鮮豔刺眼的黃色封鎖線，佈置大量警力，由裡到外被警方全面佔領監控。不知情的圍觀民眾，還滿心期待以爲警方終於下定決心，要展現魄力肅清秩序、重新整頓這個黑白渾沌的地方。

時近清晨，天光朦朧未明，吳浩鋒小跑步跑向北入口，匆匆經過火焰雕像，不等駐守的員警行禮，便一把拉起警戒線彎身鑽了進去。

一進公園，吳浩鋒拔腿盡全力跑了起來，一路直搗公園中心。

「你來啦，好快。」黃耀賢一看到吳浩鋒，便咕噥道。

吳浩鋒雙手叉腰調整呼吸，衣服已經濕透，朝黃耀賢點了個頭，將原本那句「我就住附近」硬是吞回肚裡——眼下沒有心情和他寒暄：「那個……是眞的嗎？」他吐出這句話。

在吳浩鋒心底深處的某個角落，依舊暗暗期待黃耀賢是在整自己，就像從前古叔會在寒冬凌晨把自己騙到現場一樣——

「這可是很難得的學習機會喔！」古叔總一面用力拍著自己的肩膀，一面這樣說道。

「我還希望你告訴我，這是假的。」嘴角浮現無奈的苦笑，抛下這句話，黃耀賢轉過身，往陰陽池走去。

吳浩鋒快步跟上，小腿肌肉發緊繃，像是快抽筋，他一步一步往華麗但不曉得是花了人民多少稅金建造的噴水池走近。

忽地，他停下腳步，瞪大眼睛，一臉無法置信的模樣——在從遠方逐漸照拂而近的晨曦薄光中，印象中理應清澈見底的水池，此刻宛如打翻了顏料，鮮紅一片，彷彿夕陽死在了裡頭似的。

直到刺鼻的腥味戳穿徹夜未眠的昏鈍腦袋，吳浩鋒才意識到這是什麼。

這是一座血池。

吳浩鋒的目光，釘在那具載浮載沉的屍體。

和昨晚發現的那具女屍一樣，同樣被剝去了人皮。

※※※

「那東西該不會在——」

「在男廁的大便斗裡找到了。」郭仲霖話還沒說完，吳浩鋒便打斷，說出結論。

「是……是巧合嗎？」郭仲霖不死心問道，接著又自己答道：「巧、是巧合吧……」

「是不是巧合待會兒再討論——」楊靖飛一臉嚴肅，看向黃耀賢說道：「你是第一個趕到現場的吧？先說說發現屍體的經過。」

畢竟是經驗老道的刑警，黃耀賢掏出手機，看了看紀錄有條不紊說道：「今天凌晨三點十七分，勤務中心接獲報案，說在『1109紀念公園』的噴水池發現一具屍體；雖然是匿名報案，但根據『緊急救難原則』，勤務中心還是通知附近的派出所前來確認，G所立刻派了兩名員警過來——」

「發現屍體的時候，就是這個狀態？」儘管知道是明知故問，但楊靖飛忍不住確認。

黃耀賢抹了抹光亮的前額答道：「是的，一發現屍體，他們立刻通報分局，剛好今天是由我值日，所以到現場一看見屍體——」

「就立刻檢查了男廁。」楊靖飛挑起眉尾，接續黃耀賢的話說道，而後推進話題：「知道死者的身份？」

「還需要進一步確認。」聽出黃耀賢沒有說出口的部份，吳浩鋒瞅著他，楊靖飛和郭仲霖也同時意識到吳浩鋒的意思，動作整齊劃一看向黃耀賢。只見黃耀賢踟躕半晌，最終放棄似的重重垂下手，手中的筆記本彷彿隨時都會脫手掉落在地，他輕嘆一口氣說道：「不過……在男廁內發現……發現疑似爲死者生前穿過的衣物，在西裝外套的口袋裡，找到一副皮夾，根據ID可以推測死者很有可能……很有可能是四十九歲的管文復——」

果然姓管——吳浩鋒三人立刻想到同一件事。

「管文復……該不會是昨天——」

「他現在——在哪裡？」吳浩鋒神情倉皇，冷不防高聲問道，將郭仲霖的聲音壓掩過去：「管健旭他人在哪裡？」

楊靖飛馬上意會過來，扭頭對昨天負責紀錄的郭仲霖厲聲喊道：「立刻聯絡管健旭！」

黃耀賢皺起眉頭，不明白吳浩鋒和楊靖飛為什麼突然這麼慌張。

「該不會……你們該不會認為、認為這真的是——」郭仲霖支吾其詞，渾身僵硬遲遲無法動作。終於明白意思的黃耀賢瞪大眼睛，臉頰漲紅看起來隨時都會嘔吐，他用力摀住嘴巴，深怕一不小心叫出聲來。

「學長——」聲音從染紅的噴水池另一端傳來，一名年輕員警迅速跑向黃耀賢，發現楊靖飛也在場，儘管感到困惑，還是打了聲招呼：「檢、檢座好。」楊靖飛眼神低垂陷入思索，下意識擺了擺手。

「怎麼了？」黃耀賢鬆開堵著嘴巴的手，雙下巴的爛痘子被抓破，流出黃色的膿。

年輕員警說道：「學長，剛剛在公園東出口對面的小巷子裡，有民眾發現一輛車起火，消防隊趕到現場，目前火勢已經受到控制。」

聽到這消息，吳浩鋒、楊靖飛、郭仲霖和黃耀賢四人，目光同時聚焦在年輕員警身上，受到矚目，對方一時間不知所措。

黃耀賢顯然還沒從方才的震驚中回過神來：「難道、難道真的是……」

「救護車到了嗎？」吳浩鋒一個箭步，從楊靖飛和黃耀賢身前越過，衝到年輕員警面前，按住他的肩膀急切問道。

「救、救護車？」年輕員警被吳浩鋒的氣勢震懾住，眨巴著眼睛，吞吞吐吐答道：「沒、沒有人受傷……車子、車子裡沒有人——」

「車子裡沒有人?車子裡沒有人……車子裡……沒有人……」吳浩鋒嘀咕著，眼角一彎，身子往後一縮，鬆開指尖的力道，虛脫感瞬間蔓延至全身。

年輕員警逕自接著說道：「我覺得那輛車的車牌，看起來有些眼熟，剛剛比對了一下，發現和死者駕照上登記的車號一樣。」

「是、是嗎……這件事跟蔡檢報告了嗎?」黃耀賢問道。

年輕員警迅速瞥了楊靖飛一眼，趕緊別開視線，對黃耀賢說道：「沒看見蔡檢，好像跟鑑識組一起離開了。」

「提醒那邊的人把現場維護好，派一組鑑識，我們等一下會過去。」楊靖飛說道，朝公園東方努了努下顎。

「楊、楊檢要過去?」年輕員警一臉詫異。

見楊靖飛一愣，黃耀賢連忙出聲調侃道：「你住海邊啊?」隨即咧開一口黃板牙，硬是擠出了笑容，往年輕員警背後用力一拍。

喜歡在後輩面前逞強——這就是所謂的「前輩」。

年輕員警似乎聽不懂黃耀賢那年代的用語，只好縮了縮脖子，用無聲的傻笑回應。

7

大概是動用了關係，也可能是兩起案件有明顯關聯，楊檢不費吹灰之力，在電話裡沒幾分鐘便讓上頭同意將兩案合併，全權交由楊檢負責——也就是說，楊檢成功將案件從蔡檢手上搶了過來。

爲了讓調查行動更有效率，楊靖飛將四人分成兩組，吳浩鋒和郭仲霖到鑑識中心確認死者身份——不只是今天這具屍體，也包括昨晚發現那具屍體的詳細資料；至於他自己，則跟此次負責命案現場的黃耀賢，一同去窄巷裡查看那輛燒焦的車子。

由於鑑識中心位於僻靜郊區，和1109紀念公園有一段頗遠的距離，郭仲霖難得扯開嗓門，用瀕臨破音的音量喊住吳浩鋒：「吳警官！我今天有開車過來——」提議不如兩人一塊兒過去。

太陽已經爬上天空，日光燦烈，衣服乾了又濕、濕了又乾，吳浩鋒彎身塞進副駕駛座，扣上安全帶。

郭仲霖畏光似的瞇細眼睛，按了按螢幕，調整前方玻璃的亮度，踩下油門，國產小轎車緩緩往前駛動。

一路上，兩人沒有交談，車內沉悶莫名，吳浩鋒一時間還以爲自己身處在毫無介質、決然靜寂的外太空。

早知道剛剛就拒絕他了——吳浩鋒忍不住在心中嘀咕道。

從以前就是這樣，每次和郭仲霖獨處，吳浩鋒總覺得坐立難安；沒想到即使經過這麼多年，再度面臨相同場景時，這種感覺依舊揮之不去。

吳浩鋒撇開頭，將注意力轉移到窗外的街景，發現自己已經很久沒有在那個地方漫步，明明生活在這座城市，自己唯一的任務，卻是極盡所能，找出當中最爲醜陋、最爲不堪的部份——在這樣的處境中，到底要怎麼做，才有辦法打從心底去愛這座城市呢？

「剛剛……剛剛聽到車子燒焦的那瞬間——」郭仲霖打破沉默，吳浩鋒訝異注視著倒映在車窗上，郭仲霖雙頰凹陷的削瘦臉龐：「我感覺自己好像……好像眞的回到了十年前。」

現在才有這種感覺嗎？還是和以往一樣遲鈍啊——吳浩鋒挪了挪座椅中的身軀，斜睨了郭仲霖一眼，不由得在心底發出一聲冷笑。

然而無法否認的是，郭仲霖發出聲音的刹那，車內原先滯悶的氣氛，頓時活絡起來，讓吳浩鋒的喉頭發癢，也開啓了話匣子：「大家都一樣。」吳浩鋒緩緩說道：「大家都想到一樣的事。」

「一定是模仿犯吧……一定是吧？你也這樣覺得吧？吳警官。」郭仲霖絮絮叨叨咕噥道。

「不知道，目前的資訊太少，連那兩具屍體的身份都還不確定。」

「一定是模仿犯，一定是……一定是、一定是、一定是……」郭仲霖念咒般咕噥道，臉色蒼白、嘴唇顫抖，下意識抓緊方向盤，冷不防扭頭看向吳浩鋒失聲喊道：「因爲、因爲兇手明明被我們抓到了啊——」

伴隨郭仲霖失控吼出的聲音，車身猛烈晃動一下，吳浩鋒神情鎭定，直視前方。

「對、對不起……」像是被自己震醒，郭仲霖連忙放鬆手中的方向盤。

「我明白你的心情。大家都一樣。」吳浩鋒依舊直視前方連綿而去望不見盡頭的筆直道路，又定定說了一遍：「大家都一樣。」不是安慰他。這是他的眞心話。他抬起手，將手肘靠在車窗上，支著臉頰低聲說道：「先別想太多，目前還有太多疑點——總之，不管案件看起來有多麼複雜，道理都很簡單……有屍體，就一定有兇手，有兇手，就一定抓得到。」

「吳警官還是和以前一樣，很可靠呢。」

你也還是和以前一樣啊，除了當乖乖牌拍馬屁討好長官以外，什麼都不會——吳浩鋒憋忍住心聲，吐出另一句話：「我倒是有些在意一件事……」

「什麼事？」

「那個管健旭，到底是什麼人？」

「其實我也有些在意——」說著，郭仲霖一手抓穩方向盤，一手從胸前口袋掏出平板電腦，單手攤開，開啓螢幕，遞到吳浩鋒面前說道：「所以剛剛查了一下。」

吳浩鋒接過平板電腦，上頭顯示的是管健旭的照片，照片裡的他笑容燦爛，十足的陽光大男孩模樣。他扳直食指，輕輕點了一下「管健旭」這個名字，便立刻連結到另一個畫面，儘管畫面塞滿密密麻麻的文字，但因爲是以條列方式呈現，相當清晰明瞭。

是管健旭的個人資料——吳浩鋒心想，但隨即發現不大對勁，這和自己平常使用的檔案不一樣。這份個人資料，從出生那一秒，一直到五分鐘前的紀錄統統都有，簡直詳細到令人起雞皮疙瘩、背脊發麻的地步。

察覺吳浩鋒的反應，郭仲霖說道：「啊，你是第一次看到吧？這種版本的資料庫。」語氣難掩得意：「隊長秘書的階級是C，如果是隊長，可以看到一分鐘前的變化。」

「眞噁心。」吳浩鋒說道。

「噁心?對『我們』來說明明很方便啊——」沒聽出吳浩鋒話中有話，郭仲霖細細笑了一聲，接著又滔滔不絕說道：「這是『科發所』研發的警用資料庫系統，『Spider Collection』，原理好像是使用從網路蒐集到的資料，經過初步的篩選分析，再由『Eva』進一步比對運算，整理出來的個人檔案——顯示的內容詳細與否，根據階級高低而有所不同，不過基本上，只要網路上有任何變動，資料庫就會立即更新。」

「這跟被人監視有什麼兩樣?」

「監視?沒那麼誇張吧?只是把散播在網路上的資訊找出來、整理整理而已……不過，聽說『科發所』，原本確實打算將T市的所有監視器系統——包括警方和民間，和『Spider Collection』合併，也就是達成『全面監控』的終極目標，但最終被總統駁回，畢竟如果真的這麼做，不要說國內了，恐怕全世界的人權組織大概會群起抗議吧?」

「我想那一天遲早會到來。」吳浩鋒說道。

「你也認同吧?其實我也是這樣跟林所長說的!」郭仲霖沾沾自喜。

吳浩鋒沒再應聲，開始閱讀管健旭的資料。

＊管健旭，男，二〇〇八年五月四日，凌晨四點十七分，於T市S醫院出生。

＊身高一七六公分，體重七十公斤，右撇子，右眼視力1.2，左眼視力1.0。

＊無開刀紀錄。

＊父親為管文復，T大學外文系教授；母親為蕭艾，T大學數學系教授，於二〇三〇年八月二十九日遭到殺害。

＊畢業於W私立小學，W私立國中，C高中，二〇三〇年八月自D大學企管學系退學。
＊預計於二〇三〇年十二月二十五日和周婕妤於K飯店結婚，目前因為母親過世而推遲，時間未定。

吳浩鋒挑了幾個重點看，翻了一下家族成員：「獨生子……」他嘀咕道，好像沒什麼特別的——不禁心想。隨後腦海中浮現昨晚管健旭的身影，手邊資料和他給人的第一眼印象相去不遠，用食物來譬喻的話，大概像是一塊豆腐，樸實無侵略性。

吳浩鋒的腦海中，冷不防閃過另一個對比極端的例子——一頭黑髮氣質沉穩如鉛錘、一雙漆黑眼睛猶如兩口深井的少年。

郭仲霖見吳浩鋒停止滑動畫面，出聲說道：「你有看到吧？K飯店，難訂就算了，一頓吃起來的錢都可以讓我們吃半個月了……家境優渥，爸媽又是第一學府的教授，可以說是血統純正——」

可以說是血統純正——當年看了黑髮少年的資料，楊靖飛也說過一模一樣的話。吳浩鋒一面回想，一面擺過頭看向窗外，城市光影交錯羅織，他陷入片刻惚恍，心想陽光愈燦爛，投射出來的陰影也就愈濃重。

「不過……有一個截然不同的地方——管健旭不是天才。」郭仲霖鬆了一口氣似的說道，忽地抿住嘴角，意味深長瞥了吳浩鋒一眼，他知道吳浩鋒也推測出相同的結論。

說管健旭「不是天才」或許過於偏頗，說他是「小時了了，大未必佳」應該更加精準——W學校是T市有名的資優私立學校，「就讀」本身就是社會地位的象徵。該學校體制完整，從幼稚園到國中部一氣呵成。管健旭國中畢業後，考入全國第一志願C男中，到這裡都還是血統優良；然而，大學入學考試，他卻沒有考上全國第一志願、也就是他爸媽任教的學校，T大學，而進入D大學就讀。

那是一所連吳浩鋒都沒有聽過的學校，甚至還在今年大四畢業前夕退學。

「如果要從殺人動機著手，坦白說，他爸媽殺他還比較說得過去。」吳浩鋒不確定郭仲霖是不是在開玩笑，記憶中的他沒有這麼幽默。郭仲霖撇了撇嘴，繼續說道：「大學退學，都還沒找到正式工作，就急著結婚──他爸媽一定覺得很不像話。」

吳浩鋒下意識搭了一句話：「你也覺得不像話？」

「是啊，我弟就是這樣，還更慘，那白痴高中才剛畢業女生就懷孕了──也不想想自己能爲這個家做些什麼……」郭仲霖難得情緒激動，一股腦兒將滿腔煩躁宣洩出來。

懷孕──她不會懷孕了吧？所以才會急著結婚……

但是跟案件有關係嗎？

「但你不至於想殺了他吧？」吳浩鋒冷不防問道。

郭仲霖偏著頭，出乎吳浩鋒意料之外，對方看起來還眞的有些困惑，思索半晌後郭仲霖說道：「坦白說，我不知道，但是前年他出車禍送進急診室時，我確實曾經希望，他乾脆就這樣死了算了──活著只是增加我們的麻煩。」

「他沒有兄弟姊妹。」

吳浩鋒的話，讓郭仲霖愣了一下，過了好一會兒，才意會過來他指的是管健旭。

「是啊──」郭仲霖擠出微笑，回想起方才得知火燒車的瞬間，用手背擦去太陽穴滲出的汗水：「虧我們剛剛還那麼緊張。」

這是目前爲止和十年前那起命案唯一不同的地方——當年伍若杏被哥哥用火燒成重傷。

當然，這是假設死者是管文復夫妻，而管健旭爲兇手的情況。一般來說，根據這種陳屍情況有兩種可能：第一種，是爲了金錢，但既然管健旭是獨生子，基本上可以排除這個可能。至於第二種，則是仇殺——而會對死者懷有強烈殺意的，通常是死者的親友。而且關係愈親密，嫌疑愈大。

車內陷入沉默，郭仲霖打開廣播，是一首抒情老歌，他輕聲哼了起來。

車繼續往前開，不知道還要多久才會到。思忖好一會兒，吳浩鋒終於還是在螢幕上輸入了「周婕妤」，用不到半秒鐘的時間，便出現幾千筆資料，用出生年份進行篩選，仍然有上百人；他靈機一動，刪掉「周婕妤」，輸入「伍若杏」，找到了三筆資料。

出生於二〇〇八年的，只有一筆。

吳浩鋒輕輕一點，螢幕隨即一震，彈出視窗，上頭寫著「閱覽權限不足」。

他不死心，又戳了一下，還是彈出相同的警告視窗。

「我也試過。」沒有遺漏螢幕震動的聲響，郭仲霖斜睨吳浩鋒，露出無可奈何的苦笑：「因爲是重大刑案的倖存者，資料永久封存，只有A階以上，少數的S階長官才有辦法看到。」

吳浩鋒不屑抽了抽鼻翼，回到資料庫首頁，輸入「蛇蛻案件」，立刻彈出幾十萬條，根據重要性、正確性和獨特性進行排序，整理出一系列報導彙整。他點入其中一則標題名爲「十一歲遭擄女童性命垂危」的新聞。

從火海中救出的十一歲女童伍若杏，全身上下遭到三度灼燒，灼燒面積高達百分之七十二，目前正在

R醫院全力搶救，醫院方面表示今晚將是關鍵期。

那是人，而不是蠟燭——

三度灼燒、灼燒面積百分之七十二，幾乎快燒掉她整個人——要是她再早五年出生、不，要是再早三年出生，恐怕就救不活了吧？儘管知道是純屬想像的假設，但吳浩鋒還是不由得心想，厚實掌心下意識摩擦著手臂。

吳浩鋒緩緩躺入副駕駛座符合人體工學的皮革椅背，腦海中驀地浮現當初古叔毫不猶豫衝進火海，救出女童的畫面，古叔後腦杓頭髮焦黑看見頭皮，背部一大片燒傷；但相較之下，女童的狀況才眞正駭人——不只是四肢，甚至連那張原本稚嫩白皙的小臉，都嚴重灼傷，整個糊成一團。

這也是爲什麼後來刊在雜誌上的女童照片風波平息的關鍵原因——已經面目全非。

看到那怵目驚心畫面的瞬間，心頭爲之震撼的吳浩鋒曾經一度以爲，自己再也無法繼續從事這份工作。

「她的臉，一定很恐怖吧。」郭仲霖和吳浩鋒想到同一件事。

吳浩鋒想起昨晚坐在沙發上，將臉埋進掌心裡默默哭泣的女子。

還好她沒抬起頭——吳浩鋒知道，郭仲霖打算這麼說。

第二章
亞當的伊甸

8

鑑識中心原本位於市中心，但因爲都市變更，再加上機構整併、擴建規模，便順勢搬遷到郊區。幾年前，第一次踏進新設立的鑑識中心，吳浩鋒立刻聯想到「安養院」，周圍瀰漫著一股安靜祥和的氛圍，和其它警察單位的緊張感、神經質截然不同。

吳浩鋒和郭仲霖一前一後走進電梯，按下「法醫解剖」樓層。

叮，電梯門開，兩人步出電梯，沛然日光從窗外照入走廊，將地板洗得一片亮白，環境乾淨明亮，和以往舊址陰暗森冷的無機質空間有很大的差別——吳浩鋒加快腳步，郭仲霖一下子就被拋在了後頭。

在解剖室外的長椅上，一名身穿襯衫的男子彎著身軀，背部高高隆起，頭幾乎快垂到兩膝間。

遠遠地，吳浩鋒一眼就認出他是管健旭，正準備跑向對方，一道聲音忽地喊住了他：「小鋒——」

無須轉身無須回頭，吳浩鋒也能立刻知道出聲叫喚自己的人是誰，即使是闊別將近十年的聲音——會喊自己「小鋒」的人，只有古叔、那女人，還有他——王盛廷。

「王盛廷。」吳浩鋒扭過頭，揚起下顎朝身材頎長的男子不客氣喊道。

吳浩鋒身高將近一百八，但站在一百九十二公分前的王盛廷，也只能「甘拜下風」。

郭仲霖欠了個身，堆出笑容說道：「主任好。」襯衫底下竄出一身冷汗，偷覷了吳浩鋒一眼，心想整個警界，大概只有他敢這樣稱呼鑑識龍頭、媒體寵兒王盛廷——就連眾多高層長官也要忌憚他三分。

王盛廷沒有理會郭仲霖，用那隻能夠輕鬆橫越十度音的大手將一頭精心設計過的半長髮往後一梳，神態瀟灑，散發出一股不容置喙的精悍氣質。

任何人恐怕都想不到，這樣意氣風發的他，和畏畏縮縮、一臉獐頭鼠目的郭仲霖其實是警察學校的同期、甚至還曾經是同班同學——畢業後，郭仲霖直接投入警界；王盛廷則繼續升學，攻讀研究所，後來還出國深造取得博士學位。

「你不是『一直』在美國？」吳浩鋒刻意加重了語氣。

「今天凌晨剛回來。」王盛廷一定聽出吳浩鋒話中有話，但仍然一派從容答道，接著往管健旭的方向瞄了一眼，又悠悠看回吳浩鋒身上，抿出淡淡的笑容說道：「你也是為了這件事來的吧？」音質乾淨輕柔，宛如鋼琴彈奏。

注意到王盛廷說的是「你」，而不是「你們」，站在吳浩鋒身後的郭仲霖定定看著王盛廷，直到察覺王盛廷的眼角餘光瞄向自己，緊繃著的目光才連忙放鬆開來。

吳浩鋒收了收下顎，沒有應聲，王盛廷繼續說道：「楊靖飛在訊息裡說得很清楚，但實際上看到，還是覺得很震撼。」

「你也會怕？」吳浩鋒雙手插進牛仔褲口袋，身子微向後傾挑釁道：「我還以為在國外待這麼久，你什麼稀奇古怪模樣的屍體都見識過。」

「不是怕，是震撼——不是被『屍體本身』震撼，而是『處理屍體的手法』。」王盛廷搖了搖頭不疾不緩解釋道，將滑落的髮絲塞至耳後，深深吸一口氣，瞇細眼看向窗外視野遼闊的景色，陷入回憶般娓娓說道：「那手法，和十年前一模一樣。」

「一模一樣……連致命傷也、也是——」

「兩具屍體都是——一刀刺進心臟。」王盛廷扭過頭，瞅著支吾其詞的郭仲霖說道，下一秒，似乎意識到自己的目光過於銳利，他放鬆眼角咧嘴笑道：「你們那邊的調查，進行還順利嗎？」

吳浩鋒聳了聳肩答道：「才剛開始，首先得釐清死者生前的人際關係，找出有無明確的犯罪動機，然後——對了……」說到一半，他忽地想起什麼，連忙扭過頭，朝身後的管健旭瞄了一眼，不自覺壓低聲音對王盛廷說道：「那兩具屍體已經確定是他的……」

「嗯。」王盛廷點了個頭，也跟著降低音量：「昨晚送來的是蕭艾，今天送來的則是管文復……他有嫌疑嗎？」眼神同樣射向管健旭，舔了一下嘴唇：「雖然身為鑑識人員，不該說這種話干涉偵查方向，不過你也知道我的個性——從剛剛他認屍的情況判斷，我不認為他會是兇手。」

大多數犯下駭人聽聞案件的兇手，在事前往往都是大家意想不到的人——尤其是手段異常殘酷、詭異到驚悚、令人匪夷所思的那些。

「偵查剛開始，線索還不夠充分，不過……若是考量到和『那起案件』的相關性，目前他還是最主要的參考對象。」「那起案件」，指的正是「蛇蛻事件」。不知道為什麼，吳浩鋒下意識不想在這裡提及這個字眼。

儘管如此，吳浩鋒明白王盛廷的意思——他的直覺通常很準。

和自己一樣。

吳浩鋒認為，所謂的「直覺」，其實並不只是字面上的意思，比起「憑空感受」，大部份時候，「直覺」是來自於敏銳的觀察力和瞬間抉擇的判斷力。

和身處鑑識體系的王盛廷不同，吳浩鋒經常壓抑這種「直覺」——因爲自己站在調查的第一線，必須要以客觀的角度通盤審視全局，避免初期過於武斷的臆測而限縮偵查的視野。

雖然到最後經常都壓抑不住就是了——吳浩鋒在心中揶揄自己。

王盛廷按了按後頸，左右活動脖子，嘴角不禁微微上揚說道：「感覺還是一團亂啊！」

「因爲目前能想到，唯一可能犯下這樁罪行的人，已經『不在世上』了。」吳浩鋒沿著王盛廷的思路說道。

聽了吳浩鋒的話，被看穿心思的王盛廷先是一愣，而後垂下手，定定注視著他說道：「小鋒，我想跟你提一件事——」

「不好意思……」聲音煙霧一般從身後傳來，輕飄恍若幽靈。

「不好意思。」王盛廷點了個頭應道，往牆邊退了一步讓出空間。

郭仲霖也跟著往旁邊退了半步，女子朝兩人點了個頭回禮，重新邁開腳步往前走去，從吳浩鋒面前走過，漆黑如墨的長髮在半空中潑灑開來剎那，吳浩鋒的肩頭引發共振似的，冷不防劇烈一顫。

是她——聞到熟悉的髮香，女子蒼白如紙的側臉從眼底閃過那瞬間，吳浩鋒渾身僵硬，宛如遭到雷劈電擊。

留意到他反常的反應，郭仲霖忽地意識到其中代表的涵義，登時狠狠瞪大眼睛，一路目送女子逐漸走遠的纖細背影。

女子穿著一襲白色絲質洋裝，將她的一頭長髮襯托得益發烏黑濃密甚至蕩漾水光，裸露在外的四肢白皙無瑕彷彿一尊精緻的骨瓷人偶——「Eva」，不知道爲什麼，這個名字從吳浩鋒心頭莫名其妙浮現，但他旋即明白這當中微妙的聯想從何而來：眼前的女子給人的感覺實在不像人類。

「小鋒、小鋒——」王盛廷推了一下吳浩鋒：「你認識？」朝女子的背影側了側身子。

女子撫了撫管健旭的肩膀，他抬起臉注視著她，良久，緩緩站起身來，兩人牽起手，往走廊另一端的電梯走去。

「你也認識。」吳浩鋒脫口說出的時候，覺得這句話很熟悉，似乎不久前才在哪裡聽過——才剛在腦海中隱隱約約勾勒出說出這句話的林瀚儀的輪廓，嘴巴就已經自個兒動了起來，吐出聲音：「她就是伍若杏。」

※※※

太陽被建築物理所當然遮擋在後方，城市上空一片雲也沒有，遙遠天際籠罩著一層濃濃的橘黃色光亮，宛如一首即將進入結尾的抒情歌曲，色調由上而下逐漸轉淡，最後凝聚成一條淺淺的乳白色光暈，像是把所有雲朵的可能性全壓縮成一條緞帶似的。

黃昏。

這是一天之中，吳浩鋒最厭惡的時刻——白晝已經結束，夜晚卻又尚未來臨。一個不上不下、不乾不脆的曖昧時刻。

吳浩鋒雙手插在牛仔褲口袋裡，肩膀若有似無輕輕搖晃，沿著鋪設平整的石磚地往前走著。廣場空曠，周遭一輛車一個人甚至連一隻鳥也沒有，宛如一處被城市永久遺忘的地方。如果不是不時從耳側擦過的風聲，他會懷疑這個空間的時間是不是被誰給偷偷停了住——這地方的靜謐和空寂，帶給人這樣的感受。

像是怕打擾到誰，吳浩鋒不斷提醒自己放輕腳步，放輕腳步的同時，速度也逐漸緩慢，最終徹底停了下來，他靜悄悄側過身，宛如琴鍵，一道石階從沾著泥垢的鞋尖前一階階往下延伸，下方連接著一整片樹林，有欒樹、樟樹、龍柏、木棉花、阿勃勒……種類繁多目不暇給。

雙手從口袋裡抽出，像是將自己往前划動，深呼吸一口氣後，他輕輕擺動雙臂，按下第一個鍵，彈出第一個音。The show must go on。是一首曲子，總要開始演奏。

踩動延音踏板似的，他以穩定的步伐走完階梯，沒有絲毫遲疑，沒有片刻停留，彷彿一陣吹進森林的風。吳浩鋒流暢穿過樹林，從成千上百棵樹面前瀟灑走過，那股決然、篤定的姿態和神情，好像早在踏進這座森林以前，就已經鎖定了目標——直到眞正看見那棵枝幹纖細，頂著一派耀眼光芒的樹，他緊繃著的每一吋肌肉才稍微鬆開力道。

好不容易將目光從那棵樹身上移開，他發現在那棵樹前方的樹蔭中，有一團顏色更加濃黑的影子。

有人蜷縮著身軀蹲在那裡。

細細感受從鞋底傳來的柔軟草地的觸感，他一步步靠近那道背影。

就在只差幾步，便能同樣踏進那棵樹的樹蔭成爲當中的一份子時，背影忽然間有了動靜——先是細細顫晃，接著宛若一棵快轉以高速播放急遽生長的樹般挺立而起，成爲隱身於這棵樹背後陰暗中更加堅實強韌的存在與基底。

像是沿著刻度轉動的秒針，身影慢慢側過身，一張輪廓分明的臉孔映入吳浩鋒眼底，其實用不著轉過身，光是看到體格、不，甚至根本不需要來到這個地方也能——

果然在這裡啊——吳浩鋒心想。

「你常來吧？」彷彿能看穿吳浩鋒的心思，王盛廷說道，見他似乎不打算承認，低垂眼，往樹幹底部指了指：「到處都是菸蒂。」

「怎麼可能，我——」

我每次都有撿走——沒有把話說完。吳浩鋒知道自己中了王盛廷的陷阱。

卻沒有辦法弄清楚自己到底是不是故意的——故意在他面前展現自己脆弱的一面？想著想著，他不禁抬起頭，思緒失去焦距模糊開來，迷失在那小巧葉子宛如片片羽毛簇擁、被夕陽照得滿眼金黃燦亮的小葉欖仁裡頭。

「阿皓他很喜歡小葉欖仁。」

阿皓，王盛皓，是王盛廷的弟弟。

「超喜歡。」吳浩鋒試著模仿王盛皓的語氣——儘管再也無法印證究竟模仿得像不像了。

他在九年前那場意外中過世——二〇二一年二月十七日的地震。九年過去，到了二〇三〇年的現在，那場地震，仍然是全球人類歷史上規模最大、震度最強的地震。

當時各地「地震」災情嚴格來說不算慘重，國內震央以內全毀和半毀的建築物加起來將近總數的兩千分之一，比例乍看偏高，但在這種程度的地震下足以被國際稱之為「奇蹟」；其中絕大多數都是建於二〇一七年以前的房屋，因為該年年底，引進新的建築科技和建材原料，強化結構和增加耐震度，兩者雙管齊下，大幅提升了安全性。

也因此，在那場驚天動地的災難中，由於建築物毀損、倒塌而受傷的人雖然不少，但因而罹難的卻不多——這場地震，重創這個國家眞正原因，或許可以從另一個名稱一覽無遺：217核災。這個名稱的普及和使用率之高，讓人幾乎忘記這場核災最初是因爲地震導致的。

不——最初眞正導致這一切的，應該是人。

打從宣佈興建核電廠開始，每天都有團體走上街頭抗議，但政府當局不僅僅無動於衷、一意孤行，甚至對抗爭民眾進行武裝鎮壓，一時間情勢緊繃，腎上腺素激增衝突眼看一觸即發，隨時都有走火見血的可能——事實上，還眞的有人爲此犧牲：上吊、割腕、自焚、恐怖行動，把自己當作一聲警鐘似的，以自殺甚或殺人表達自己的不滿與絕望。

雖然一度受阻延宕，但和以往相同，到最後，獲勝的永遠是國家。

在這個總是有更重要議題出現的現代社會，核電廠在人們喘息的片刻中轉眼間興建竣工、檢測通過，正式啓用。夢魘成眞以後，一如往常，人民再度以極大的耐心的包容力適應一切，這種苟合的心態，將所剩不多持續爲之努力抗議人士的熱情給掩蓋了過去。

既然無法阻止，就盡力讓它變得更安全——王盛皓抱著這種想法成爲核電廠重要幹部之一，主要負責機械改良。二月十七日那一天，他人正好就在核電廠內值班。丈夫身亡惡耗傳來的當天晚上，他的妻子服安眠藥自殺。如果肚中的孩子來得及出生，會是一個漂亮的女嬰，說不定能完成他爸爸小時候的夢想，成爲一位世界級的古典鋼琴演奏家。

「他很崇拜你。」王盛廷忍不住說道：「只是自己的名字和你一樣有一個『皓』就樂得要命……這個笨蛋，字根本就不一樣，有什麼好高興的。」爲了不讓吳浩鋒發現自己哽咽，他繃緊喉嚨一帶的肌肉，沒想到聲音反而顫抖得更厲害。

在王盛皓的生命終止以前，他認識吳浩鋒的時間，幾乎和王盛廷認識吳浩鋒的時間一樣長——那是吳浩鋒和王盛廷合作的第一起案件，破案後，王盛廷邀他到家裡吃飯。

看到吳浩鋒來家裡吃晚飯，王盛廷家人大為詫異，這對幾乎沒有朋友的王盛廷來說是比七十六年一次的哈雷彗星還罕見的事——想當然耳，即使王盛廷母親在餐桌上煞有介事說出這個秘密，吳浩鋒也不覺得答應他的邀約是一件多麼特別的事。

這或許就是自己之所以向他開口的緣故吧——對於吳浩鋒，他有這種直覺。當時，王盛廷注視著餐桌另一側的他如此忖度。

從那次以後，獨居的吳浩鋒三不五時會到王盛廷家吃飯，每次吃飯前後都會和王盛皓打上一兩個小時的籃球，兩人有時候還會一起去看電影、逛書店，王盛皓甚至還跟吳浩鋒商量該如何向女友告白，當時還被他吐槽：「阿皓，你問錯人了吧？我沒交過女友啊……你要問也應該問你哥——」

「他也沒交過啊——你們這兩個人是怎樣！」王盛皓大聲嚷嚷，好像單身是一個人的錯一樣。

阿皓對我的崇拜，其實是來自於對你的崇拜——吳浩鋒一直想找機會把這句話說出口，但這麼多年過去了，他還是沒有積攢足夠的力道。

「你們很久沒見了吧？九年？」話鋒一轉，吳浩鋒揚聲問道，聲音蓋過王盛廷紊亂的呼吸，讓周遭樹葉一時間沙沙作響。

「八年九個月又二十六天。」儘管這幾乎也是他們兩人分開的時間，王盛廷沒有看漏從吳浩鋒嘴角浮現的淡淡笑意，他斜睨過去，挑起眉尾問道：「怎麼了——有意見啊？」

「當然沒有。沒有意見，只是——」吳浩鋒搖了搖頭回答，既然被發現了，索性明目張膽咧嘴笑開，聳了一下肩膀揶揄道：「只是在鑑識以外的時間，難得見你這麼精準。」

「隨時這樣也太累，精力當然要用在該用的地方。」王盛廷說道，兩人相視而笑，下一個瞬間，竟然不約而同陷入了沉默。

乍然收止的話聲，讓寂靜顯得格外巨大，彷彿連風也不敢靠近，整座森林剎那間被抽光了空氣般化作毫無介質的眞空環境。

「歡迎回來。」吳浩鋒發出聲音。

他覺得自己至少要代替王盛皓說出這句話。

當初曾有八卦媒體報導，王盛廷之所以將重心轉往國際，到後來甚至專門處理國外各類疑案難解懸案，主要原因是來自於「蛇蛻」一案的打擊。

所謂的「打擊」，指的自然不是案件本身，畢竟當初能救出伍若杏、定伍凡宇的罪，他是最爲關鍵的人物；這裡的「打擊」，指的是伍凡宇被判處實施「人刑」一事。

王盛廷絲毫不諱言自己「保留死刑」的主張，不僅僅不諱言，他還積極參與各大談話性節目——無論是不是政論節目；也憑著自己外型的優勢登上綜藝節目，倡導、討論死刑留存的益處以及必要性，更和好幾個廢死團體公開辯論過關於這方面的各類議題，辯論過程直到現在都還能在網路上看到。

也因此，先是廢除「死刑」，接著訂立用來代替「死刑」的「人刑」，最後是伍凡宇成爲接受「人刑」的第一名罪犯。

這一連串事件，尤其是最後一件，無疑是當著王盛廷的面，扎扎實實賞了他一記響亮的耳光，讓他對國內制度感到無與倫比的挫敗——至少國內的報章媒體是這樣報導的。

但事實根本不是這樣——吳浩鋒比誰都更清楚。

王盛廷之所以離開，是因爲無法承受失去弟弟一家人的沉痛打擊。

「你變瘦了。」再開口時，王盛廷如此說道。

吳浩鋒起初想開玩笑回說：「你長高了。」覺得自己辦得到，準備說出口的瞬間，卻又猛地發現原來自己辦不到。

「你不恨我？」王盛廷冷不防說道，停頓了一下，他瞇細眼看著吳浩鋒輕聲說道：「當時沒有回來。」

「他原本也要埋在這裡。」摸了摸下顎，吳浩鋒扯動了一下嘴角：「但我拿不出那麼多錢，就算賣掉老家的房子也不夠。」話一說完，嘴角又不禁細細抽搐一下，像是在苦笑。

在這裡樹葬，光有錢還不夠，還得有一定的家世背景。

但絕大多數的人，光是「錢」那一關就跨不過去。

「那你一定更恨我了。」

「你有自己的問題要解決。」吳浩鋒立刻答道，眼神銳利瞅著王盛廷：「就算當時你眞的回來，我也絕對不可能讓你出那筆錢。更何況……古叔不會希望你動用關係……你忘了——他最討厭人家走後門了。」

「也是，畢竟是古叔啊——」王盛廷低喃著，仰頭望向遠近連綿一片鬱鬱蔥蔥的樹林：「不曉得……古叔他會變成什麼樹？」

「梧桐樹吧。」吳浩鋒想也沒想就答道，口吻理所當然，彷彿此時此刻在他面前就矗立著一棵高聳參天的梧桐樹，殘餘的昏黃日光凝結在的樹葉末梢，晶瑩飽滿宛如清晨朝露，將原本接近淡褐色的葉片，照耀得一片金光閃閃猶如一大落金箔。

「你覺得，會不會有一天，只有埋著人的地方，才會有樹？」

「要是眞的有那麼一天，也太悲慘了。」吳浩鋒冷笑一聲。

王盛廷笑出聲來，不消片刻，他收起了笑容，知道敘舊時間告一段落。

這不是將吳浩鋒帶來這地方的唯一理由──王盛廷緩緩將目光集中在仰著脖子的吳浩鋒的側臉：「那個女孩……眞的是她？」

「你不記得了吧？也對，你通常不會記得──活著的。」

這是王盛廷第二次問這個問題──第一次發問，理由通常是「訝異」；第二次發問，理由則大多是「感慨」。

「職業傷害。」王盛廷手一抓，往後順了順頭髮，似乎想說些什麼，但嘴型又忽地僵住。

「想說什麼就說，阿皓都要看不下去了。」吳浩鋒一眼便看出王盛廷有語欲言，語畢，他低垂頭踩著草地上末梢略微發黃的葉片。

「這案子……很棘手？」王盛廷難得一臉憂心忡忡，和早先前往義大利麵餐廳時的神情截然不同。

「不關你的事。」口氣決然，但不粗魯，吳浩鋒雙手插進口袋，緩緩抬起雙眼注視著王盛廷：「實驗室以外的事，交給我們就好。」再度從口袋裡抽出手來時，他手中抓著一個菸盒，用大拇指俐落推開盒蓋，震出一根香菸，壓低頸子叼住，正準備從菸盒裡頭抽出打火機，冷不防，一個打火機湊到他面前──

王盛廷抿出淡淡的笑容。

火焰輕盈飄燃，點燃香菸。

他還留著——這是王盛皓的打火機，是他過世前一年，吳浩鋒送他的生日禮物。最後一份生日禮物。

吳浩鋒吸了一口，遞到王盛廷胸前，輕輕晃了晃，他接過：「我媽不喜歡我抽菸。」一面說道，他一面緩緩蹲了下來，將那根飄出絲縷煙霧的香菸，平放在小葉欖仁前那塊方形石頭的頂端。

石頭表面嶙峋崎嶇，卻一點青苔也沒有。

菸灰眼看就要斷落。

9

視線逐漸清晰，陰暗的偵訊室裡，隱隱約浮現兩道身影，彼此對坐相望。

其中一個是髮色銀白的古叔，另一名端坐著的，則是一頭黑色短髮的少年——被喻為比愛因斯坦更聰明的天才，伍凡宇。

少年穿著一身潔白到即便在這幽暗的房間裡，也能映照出反光的衣服，受到強大無形的吸引力一般，籠罩四周的團團黑暗一時間彷彿活了過來，恍若魍魎魑魅飄盪擺晃不斷朝對坐在方桌兩側角力般的一老一少聚攏過來，眼看就要將兩人吞沒掩蓋——

為什麼一個十五歲的少年，可以散發出這種氛圍——站在另一個房間觀看這一切的吳浩鋒不自覺繃緊胸腔、屏住氣息，頓時忘記呼吸。

宛如最後一絲即將消逸的微弱光線：「你——承認犯下這些罪行？」古叔問道，他的聲音喑啞乾澀，像是喉嚨裡卡了一塊邊角崎嶇的石頭。

少年緩緩揚起眼神——這時，像是被掀開蓋子，房間陡然明亮了起來，畫面突然變得更加清晰，少年長長的眼睫毛在沛然光芒照耀下，顯得格外銳利，他定定看著古叔。古叔不為所動，專注看著少年，回應他的目光。

吳浩鋒的身子細細顫抖，從腳底和十指指尖開始發麻。

儘管事關尊嚴，儘管亟欲否認，但吳浩鋒最終還是無法壓抑這個念頭，無法欺騙自己——他慶幸此刻待在另一個房間裡、和少年對峙的人，不是自己。

「事實就擺在眼前。」少年面無表情，眼神冷靜，答覆意味深長。

爲什麼、爲什麼你要殺了自己的爸媽？甚至、甚至將自己的妹妹燒成這個樣子——當時才二十歲出頭的吳浩鋒，在心中不斷無聲吶喊，腦袋充斥問號，但唯一能告訴自己答案的那個人，卻一派漠然，坐在這扇單向玻璃窗的另一側，聽不見、也看不見自己。

說不定根本不知道自己存在——他一被逮捕，現場混亂一片，不只是圍觀群眾、媒體，甚至連警方也陷入瘋狂。

吳浩鋒握緊拳頭，指縫滲出黏答答的汗水，他深深記得一個畫面，當古叔冒著生命危險，抱著女童衝出那片火海時，被自己箝制住，雙手反剪在身後、銬上手銬的少年，雙眼映照熊熊火光，眉尾略微下垂，嘴角浮現淡淡的笑容，輕聲說道：「我是爲了給妳新的人生。」

不管他記不記得自己——

少年那抹若有似無的清淺笑容，吳浩鋒知道自己一輩子都無法忘記。

隔天一早，媒體大肆報導天才少年被逮捕、女童脫離險境但生命跡象還不穩定需要觀察一段時間的消息，並以「浴火鳳凰」的標題來形容女童——記者還寫出了少年說的那句話：「我是爲了給妳新的人生。」

不曉得是從哪裡洩漏出去的——警方和媒體的關係錯綜複雜。

這句話，後來引起大量討論，還有談話性節目邀請教育學家、心理學家和犯罪學家等各領域的學者，後續針對此一案件進行深入探討。節目一播播了將近一個月，到後來，甚至連歷史學家、旅遊文學作家和民俗學家也一同參與。每個人都想分一杯羹，徹底行使自己的話語權。

當中有一位文史工作者提到，有某些地方的民族認爲，「火」具備驅邪、滌淨和淨化的功能，或許在少年的想像中，妹妹是「需要被拯救」的對象；不過也有心理學專家認爲，「火」代表少年的憤怒，他將自己長期以來被壓抑的破壞慾望，發洩在妹妹身上；犯罪學學家則提出少年有變態、反社會或者宗教狂熱的傾向，和犯罪史上幾個連續殺人犯有相似的經歷，認爲少年把殺死妹妹，當作賜予對方嶄新的人生——討論可謂眾說紛紜、莫衷一是。

但每次吳浩鋒一看到電視重播那句：「我是爲了給妳新的人生。」他就會想起那晚從手銬傳來的，冰冷刺骨的金屬觸感。

我是為了給妳新的人生——

如果有機會再見那名少年一面，自己會不會問他這句話的眞正涵義呢——

「先生，到了。」司機說道，瞥了照後鏡一眼，發現坐在後座的吳浩鋒，身子斜靠在車窗上，低垂著頭，發出低沉的鼾聲；司機撇了撇嘴角，扭過頭，增強音量喊道：「先生——到、了。」見吳浩鋒還是沒有反應，司機啐了一聲，解開安全帶，扭過身，往他的大腿拍了一下，口吻難掩不耐擠壓嗓子粗聲道：「先生——」

打寒顫似的，吳浩鋒抖了一下，身子陡然重重往下一墜。

居然睡著了——吳浩鋒在心底咕噥著，艱難睜開眼睛：「不……不好意思……」咕噥道，他匆匆解開安全帶，掏出一張仟元鈔，塞進司機手中，接過零錢隨即打開車門，跌跌撞撞下車，踉蹌好幾步才站穩身子。不知情的人，大概會以爲他喝醉了酒。

稍早開完專案會議，離開刑警總局，前往停車場的路上，吳浩鋒心底忽地湧上一股深沉的疲憊感，於是冷不防停下腳步，改變主意，轉頭折返，決定今晚搭計程車回家。

高漲的情緒逐漸平復下來，吳浩鋒抿出一絲苦笑，回想起方才聽到聲音，意識模糊睜開眼的瞬間，自己還一度以爲坐在前方駕駛座上的人是古叔。

從前兩人一塊兒查案，有時候查得太晚，古叔會「順路」載自己回家，還硬是不准他坐副駕駛座，要他在後座好好休息——一開始，他通常會因爲不好意思，而強打起精神和古叔聊天或者討論案情，但之後有好幾次，身體眞的負荷不了，一坐上車，連安全帶都還來不及扣上，隨即不省人事昏睡過去。

直到更後來，吳浩鋒才知道，原來古叔跟自己住的地方根本不是同一區。

但自己已經沒有機會拿這件事和他開玩笑了。

叮——

吳浩鋒走出電梯，走過地面滿是陳年汙漬的走廊，握住門把扭開門之前，他忽地想起什麼似的停下動作，側過身子，看了欄杆外的紫黑色夜空一眼，看不見月亮，不曉得是被高樓藏住，還是壓根兒沒有出現。

大概覺得這個問題既沒有意義，也得不到解答，吳浩鋒開門進屋。

一踏進屋裡，連燈都沒開，吳浩鋒便高舉胳膊，脫下黏膩的POLO衫，隨手扔在地上；接著搖搖晃晃走向客廳，將自己整副身軀狠狠砸向沙發，承受衝擊的沙發，瞬間挪動了一下，地板發出銳利的刮磨聲。

「你幹嘛啊？要睡回房間睡。」女人揉著眼睛，聲音慵懶，扳開通往廚房的走廊燈光，光線像溢出的湖水，往幽暗的客廳流淌，浸潤出一小塊灰色地帶。

「妳又不是我媽。」

「我年紀可以當你媽。」女人說完，逕自短促笑了一聲，聽起來像打嗝。

「又來了。」臉埋在沙發裡頭，吳浩鋒的聲音悶悶的。

「又忙到這麼晚？」女人轉移話題，踏進客廳，朝沙發走去。

「很正常。」吳浩鋒簡短答道，背心服貼繃住腰際，曲線起伏明顯宛如山坡的背部隨著呼吸漲落，速度不快，但幅度很大。

女人抬起腿，踩住吳浩鋒褲管緊實的大腿，穩住重心後搖了搖：「你們警察的離婚率應該很高吧？」感受到身體細細抽搐，女人收回腳，吳浩鋒在沙發上翻過身，背心下襬被捲了上來，他將手臂折曲墊在腦後，鼓脹起平滑充滿光澤的上臂肌肉，仰躺著看向女人：「比妳想像中低，倒是另一半的出軌率很高。」他的語氣半是認眞，半是揶揄。

「肚子餓？想吃什麼嗎？」又一次，女人轉移話題，她偏著頭，俯視著吳浩鋒問道。

「泡麵。」

「又是泡麵。」女人皺起眉頭。

「誰教妳廚藝這麼爛。」

「他才不像你，這麼挑嘴。」

「還不是離婚了。」吳浩鋒瞇細眼睛，揚起嘴角說道。

「什麼口味？」

知道女人不想談那件事，吳浩鋒配合說道：「麻辣牛肉。」

女人再度抬起腳，在吳浩鋒裸袒的肚腹上踩了幾下，隨即又收回腳，背過身去咕噥道：「眞奇怪，都什麼年代了，泡麵還是這麼不健康……」

聽著女人腳步愈來愈輕、漸行漸遠的聲音，枕著胳臂的吳浩鋒，眼睛愈瞇愈細愈瞇愈細……最終闔上了雙眼，像被撥弄的時鐘一般，思緒飛轉回到幾個小時以前——

※※※

刑警總局，三樓會議室。

吳浩鋒吃完便當，併起筷子，剛闔上沾了幾粒米飯的盒蓋，會議室的門便冷不防打了開來。從門後現身的是黃耀賢，他看了吳浩鋒一眼，若有似無點了個頭——又或者只是剛好眼神飄往地面，砰一聲隨手用手肘推上門，走向吳浩鋒對面的座位，將從便利商店買來的飯糰、熱狗和寶特瓶奶茶按在桌上，拉開椅子坐下，拆開飯糰一口咬去半顆。

吳浩鋒抬頭看了一眼牆上的時鐘，八點三十七分。

黃耀賢不發一語，兩人沉默以對。

將近九點的時候，會議室的門再度開啓，踏進來的人是楊靖飛，郭仲霖則跟在他身後，順勢將門帶上。

「今天都辛苦了，不浪費大家寶貴的時間，我們就直接開始吧。」楊靖飛說道，聲音和表情一樣沒有絲毫起伏：「首先，由我向各位說明，今天下午，我已經正式向總局長提出報告，由於事態緊急並且極爲特殊，所以成立臨時專案小組，由我全權負責；至於小組成員，則是以當年曾參與『蛇蛻事件』調查的在座各位為主，鑑識部份則由近期歸國的王盛廷主任親自率領——」迅速掃視其餘三人，似乎是看出他們的遲疑，他補充道：「王主任今晚已經安排電視直播的政論節目，是在飛機上敲定的，因此不克參與今天的會議，但相關會議紀錄郭隊秘整理過後，會備份一份給王主任參考。」他抿了一下嘴唇，看了郭仲霖一眼，停頓片刻繼續說道：「我這邊的報告先到這裡，接下來請各位依序呈報今日的調查成果——那麼，先從黃警官開始。」

對上楊靖飛的目光，黃耀賢翹起二郎腿，滑動手機說道：「關於發生在1109紀念公園附近的火燒車事件，根據報案民眾的說法，大概將近凌晨三點半，在打工結束回家路上，發現巷子裡的車子燃起大火竄出濃煙；後來查閱消防隊接獲通報的通聯紀錄，準確的報案時間為八月三十日凌晨三點二十二分。」

「發現屍體的匿名電話是三點十七分……」吳浩鋒咕噥道，試圖將案件中的蛛絲馬跡，拼湊成一幅有意義的圖像。

黃耀賢看了吳浩鋒一眼，眼神低垂回到螢幕繼續說道：「關於匿名電話的調查，根據接獲報案電話的定位系統，電話是用1109紀念公園南出口的公共電話打過來的；調閱公園的監視器畫面，找到匿名報案的人——」

楊靖飛眼睛一亮，身子不自覺向前傾，雙手交扣，抵住下顎。

黃耀賢吞了一口口水：「報案的是H女中的學生，十六歲，聯繫上的時候她很訝異，拜託我們絕對不要告訴她爸媽這件事。今天凌晨，兩點半過後，她偷偷溜出家，和就讀C男中的男友，約在公園見面……他們想——原本想做那檔事……結果在噴水池裡發現屍體，男友嚇傻丟下她一個人跑掉，她原本也想逃走，但想了想，覺得還是應該先報警。」

「有沒有可能——」

「死者管文復皮夾裡的錢還在，另外，和男方聯繫比對女方證詞，也調閱公園監視器察看，初步已經排除這兩人涉案的可能。」知道吳浩鋒想提的問題，黃耀賢搶先一步說道。

「監視器有錄到他們兩人發現屍體的過程？」楊靖飛問道。

「是的。」黃耀賢答道：「和他們的說法吻合。」

「監、監視器——沒有被破壞？」吳浩鋒失聲喊道，突地打直腰桿，眼睛圓睜情緒激昂，雙手按住冰冷桌面，聳起肩膀，幾乎要站起身來：「那一定有拍到兇手棄屍的畫面——」聲音近似嘶吼，他瞪向黃耀賢，不明白這麼重要的事，他爲什麼到現在才提。

吳浩鋒的反應之所以如此激動，是因爲約莫六年前，「科發所」研發了一套名爲「Walking Shadow」的軟體，這套犯罪偵防軟體，依據的原理是『人行走的方式』。

和指紋或者DNA一樣，每個人的走路方式——Walking Pattern，都有其獨特性。

既然監視器有錄下對方的行動，倘若對方有前科，一和資料庫比對，就能找到兇手——雖然事情往往不會這麼順利，但總是一個關鍵的切入點。

切入點——不管正不正確，姿勢狼不狼狽，總得先把刀子插進去，才有剖開眞相的可能。

吳浩鋒瞅著楊靖飛，後者卻不疾不徐，一副胸有成竹的模樣，眼神緩緩移向郭仲霖：「郭隊秘。」示意輪到他報告。

「楊檢——」

「監視器的部份，待會兒一併討論——」看穿吳浩鋒的心思，楊靖飛打斷他的話，定定看著郭仲霖，又喊了一聲：「郭隊秘。」

吳浩鋒不再反駁，重重躺入椅背，踢了一下桌腳。

似乎被吳浩鋒的舉動嚇著，郭仲霖怔愣半晌，回過神來，將頭壓低埋進平板電腦裡咕噥道：「根據……根據法醫解剖報告，已經確定八月二十九日晚間發現的死者，為五十一歲的蕭艾，死亡時間是八月二十二日凌晨一點到三點之間；至於八月三十日凌晨發現的死者，則是四十九歲的管文復，死亡時間則是八月二十九日晚上十一點，到八月三十日凌晨一點之間。」他頓了一下接著說道：「兩人死因皆為心臟一刀斃命，和十年前——」他險些脫口說出「和十年一樣」，說到一半趕緊吞了回去。

楊靖飛撇了撇嘴，似乎被郭仲霖弄得有些煩躁：「公寓的監視器畫面送過去了？」

「送、送過去了——下午就辦妥了。」郭仲霖囁嚅說道。

不只是公園，公寓的監視器畫面居然也——吳浩鋒心中暗自喊道，忖度這說不定能解釋蕭艾的那通幽靈電話。

「還有什麼要報告嗎？」楊靖飛形式上隨口一問，目光掃向吳浩鋒。

「那個……」郭仲霖支吾出聲，吞吞吐吐說道：「根、根據筆錄……法醫解剖報告裡頭，蕭艾、蕭艾的部份，有一點很——很奇怪……」

楊靖飛冷不防扭過頭，定定看著郭仲霖，眼神閃現光芒。

疑點就是轉機，辦案最怕遇到平靜無波的案情——通常最艱困的地方，就是最有效的突破口。

「根據筆錄，管健旭在前天晚上十點半左右——和通訊中心確認後，確切的通訊時間是十點三十九分，管健旭在十點三十九分接到蕭艾打來的電話……可是……可是法醫解剖報告中，卻顯示蕭艾的死亡時間，是一個禮拜前，也就是八月二十二日凌晨一點到三點之間。」

「怎、怎麼可能——」黃耀賢苦笑喊道：「有沒有搞錯啊？」他看向同樣負責鑑識中心的吳浩鋒，吳浩鋒點了一下頭，黃耀賢垮著一張臉，抓在手上的熱狗都要捏爆了，囁嚅道：「怎、怎麼可能——難道打那通電話的……會……會是鬼啊？」像是要驅趕心中的不安，說到最後，他抽動鼻頭用力哼了一聲。

發現這個矛盾時，自己也訝異過，幾秒鐘，但事出必有因——

「用不著自亂陣腳，第一次專案會議，不管看起來有多荒謬，總之先把所有資訊蒐集完整，唯有蒐集到200％的資訊，才有可能分析出100％的眞相。」楊靖飛有條不紊說道，身子一側，隨即話鋒一轉，轉向吳浩鋒：「你那邊呢？有什麼進展？」

「大致上和郭隊秘說得差不多，不過王盛廷……主任那邊……提出了一個建議——」

「建議？什麼建議？我怎麼沒聽到？」郭仲霖皺起眉頭，難得流露出不快的表情：「是隊長打電話找我的時候你們——」

「我認爲王盛廷——」

叩叩叩——

強行打斷郭仲霖的話，吳浩鋒正準備說下去，他的發言也被突然響起的敲門聲給打斷。

「進來。」楊靖飛嘴角和眼角同時揚起，伸長脖子喊道。

會議室的門被輕輕開啓，走進來的是林瀚儀，她穿著輕便的白色寬鬆襯衫和亞麻色七分褲，一身地中海渡假風打扮。

「妳來了。」楊靖飛輕聲說道。

吳浩鋒朝門口喊道：「怎麼又是妳？」不知道是不是不小心，又踢了桌腳一下。

林瀚儀沒有理會吳浩鋒，分別向黃耀賢和郭仲霖點了個頭後，看向楊靖飛說道：「不好意思，今天事情比較多，中打那邊有個案子跟了很久，今天有個數據急著要。」

中打，全名為「中部打擊犯罪中心」，主要是負責中部地區的大型案件。

「沒關係，是我這邊比較抱歉，臨時插隊。」楊靖飛搖了搖頭，一臉歉疚。

林瀚儀從吳浩鋒身後快步走過，耳垂上的菱形耳環漾出光芒，她來到會議室前方，側過身子，將包包隨手往地上一放，按住楊靖飛的椅背說道：「你要的東西整理好了——該怎麼說呢——……很有意思。」

「很有意思？難道是有什麼發現？」楊靖飛扭動頸子，抬頭看向林瀚儀。

林瀚儀偏著頭，細聲嘀咕道：「『發現』啊……可以說『有』——」眨了眨眼睛又說道：「也可以說『沒有』。」

吳浩鋒察覺楊靖飛的眼神瞬間黯淡下來，明白他和自己一樣——不，甚至當作殺手鐧，對監視器畫面抱持相當高的期待，所以才會把這線索壓在最後頭；但此刻林瀚儀卻不曉得在打什麼迷糊仗：「妳到底在說什麼鬼？第一天上班啊？有就有，沒有就沒有——」吳浩鋒火氣竄升，冷不防將椅子往後一推，椅背撞上牆壁發出巨響，站起身衝著林瀚儀吼道。

楊靖飛繃住嘴角，抬起手示意要吳浩鋒保持冷靜，不消片刻，已經回復原先的神采，抿出淡淡微笑，對林瀚儀說道：「願聞其詳。」

林瀚儀點了個頭，轉向漆白壁面，推開內嵌在牆中的鍵盤蓋，俐落操作了起來；會議室旋即暗下，前方牆壁散發出柔和的光亮。她斜傾頸子，將胸前的項鍊掏出，俯低身子，將項鍊湊向鍵盤，鍵盤四周的均勻光亮由白轉藍，嗶，感應一聲，又跳回白色——螢幕上跳出操作介面，儲存在項鍊裡頭的資料，已經輸入進去。

恍若聞名國際的鋼琴演奏家，林瀚儀一面十指飛快在鍵盤上移動，一面扭過頭，看向眾人說道：「這是三台監視器錄到的畫面——」話音未落，螢幕上彈出三個視窗。

三台監視器——吳浩鋒挪了挪身軀，面向前方透出光亮的螢幕。

三格畫面中，都有一個身穿白色罩衫宛如幽靈的身影，由於衣服寬鬆，看不出體型和性別。

「要是有照到手部的話就好了……」黃耀賢不禁低聲嘀咕道。

想到同一件事的吳浩鋒，迅速瞄了黃耀賢一眼，約莫六年前，科發所開發了一項名為「Sarga」的技術，可以將畫面上的指紋和掌紋以高解析度直接擷取，和資料庫對比——這項技術的問世，大幅提升破案率。

但可惜的是，似乎對警方握有的「工具」瞭若指掌，白色身影準備齊全，雙手戴著同為白色的手套。

「左邊那格，八月二十二日凌晨兩點二十六分，在管文復公寓四十四樓走廊拍到的畫面；中間那格，則是八月三十日凌晨兩點二十三分，在1109紀念公園『陰陽池』拍到的畫面；至於右邊這格，同樣是在八月三十日那天，凌晨三點零一分，在1109紀念公園東出口對面的暗巷裡拍到的。」林瀚儀一邊說明，畫面底下陸續顯示時間。

巷子也有拍到——吳浩鋒覺得不大對勁。

但他壓抑隱隱竄動的思緒，先將注意力集中在眼前的事物。

吳浩鋒等人專注看著畫面，像是想看穿那身散發出清淺光亮的白色衣裝。

「輸入『Walking Shadow』進行分析，資料庫中並沒有相符的資訊——」

「這三個人，是同一個嗎？」

楊靖飛突如其來拋出的問題，讓黃耀賢和郭仲霖猛地一愣，吳浩鋒背脊冒汗，不自覺掐緊大腿，他也有同樣的猜想——在看見第一具屍體的那瞬間，他思考過共犯的可能性。

楊靖飛顯然也注意到了這種可能，決定從一開始，就不放過任何蛛絲馬跡。

「可以說『是』，也可以說『不是』。」林瀚儀說道。

又來一次？這女人今天到底在玩什麼花樣——心想專案會議不是讓她開玩笑的場合，吳浩鋒正準備發難，卻和林瀚儀的炯炯眼神對上。

儘管回答諱莫如深，但林瀚儀的表情十分認眞，這說明了她絕對不是在開玩笑。

楊靖飛耐心等待林瀚儀後續的說明，她踟躕半晌，輕啓雙唇說道：「接下來我要說的可能……可能對你們來說……有點……有點像是天方夜譚——」她停頓一下，深呼吸一口氣，像是企圖讓躁動不已的心靜止下來：「將這三組『行走模型』輸入『Walking Shadow』分析後，得到的相似度爲100%……照理來說，這三個人，是同一個人——」

照理來說？不是已經100%相符了嗎——無法理解的人，不只吳浩鋒一個。

「照理來說……應該……應該是這樣的……」像是在和自己商討，林瀚儀起先低聲咕噥道，接著揚起聲音，眼神迎向眾人說道：「但是……我們意外發現了一件事，這組『行走模型』和資料庫裡的某一筆數據吻合——」

「誰、是誰？」楊靖飛罕見舒展眉宇，瞪大了眼睛，像是看見石壁後方、即將鑿出的光亮。

「『Lilith』。」林瀚儀答道。

「『Lilith』？」楊靖飛搔了搔鼻頭，挑起眉尾：「『Lilith』？」又重複一次。

「『Lilith』……該、該不會是……那個、那個『初型機器人』？」郭仲霖大聲喊道，只差沒舉起手來。

初型機器人？什麼機器人——吳浩鋒一臉茫然，望向林瀚儀。

林瀚儀緩慢點了個頭，感到痛苦似的輕輕皺起眉頭，定定注視著吳浩鋒，吐出讓眾人怎麼想也不可能想出來的回答：「這個『人』，如果不是一個冷靜到沒有絲毫情緒的人……就是——一具機器人。」

※※※

「快起來，麵都快爛了。」蹲在沙發旁的女人，一面咕噥道，一面用指頭摳了摳吳浩鋒的肚臍。

吳浩鋒悠悠醒轉，鼓起臉頰，故作不耐煩的模樣，撥開女人的手——不知道什麼時候，背心和牛仔褲都被脫了下來。他揉了揉眼睛坐起身來，一聞到擱在桌上的泡麵香氣，飢餓感瞬間湧上，腸胃糾結擠壓出聲響；他岔開雙腿，一把抓起筷子，呼咻呼咻將泡脹的麵條一股腦兒吸進嘴裡。

只穿著一件小可愛和內褲的女人依舊蹲在一旁，抱住膝蓋，興致盎然看著狼吞虎嚥的吳浩鋒。

不到兩分鐘，泡麵就被一掃而空，只剩下一個油膩膩的空碗。

「份量又變少了？」吳浩鋒咕噥道：「物價哪有控制住啊？」

「我放了三包。」女人說道，接著促狹笑了一下，心想也只有這種時候，吳浩鋒會像個女人一樣斤斤計較——儘管女性意識持續上揚，多元成家法案也正式通過，但對她而言，自己仍然是活在上一個世代的人。

「欸……妳認爲——」吳浩鋒的聲音讓女人頓時回過神來，她對上他佈滿血絲的雙眼：「妳認爲人……有辦法將情緒徹底抹殺嗎？就像……就像——」

「就像機器人一樣？」

被說中心聲，吳浩鋒愣愣點了個頭。

「當然有可能。」女人想也沒想，便斷然答道，定定看著吳浩鋒說道：「如果遭遇難以承受的打擊。」

難以承受的打擊——

女人往後一仰，重重坐在地上，按住自己的肚腹上的三層肉，呢喃道：「你不是問過我嗎？問過我……爲什麼離婚……」她抬起頭，眼睛眨也不眨：「我曾經有一個孩子，但他還沒來得及看到這個世界，就死了。」

在毫無準備的情況下得知女人的遭遇，吳浩鋒對自己出乎意料的平靜情緒感到訝異。

女人將下顎抬得更高，眼睛直勾勾盯著天花板上一動也不動的吊扇，垂墜下來的拉繩異常筆直，像是要刺進自己的眼睛：「那段時間，我覺得自己……就好像機器人，雖然每天一樣起床，一樣工作，一樣洗澡，一樣睡覺，卻沒有任何情緒——沒有任何情緒，也感受不到任何外在的事物。」

說到最後，女人抿住嘴唇，一張臉彷彿握緊的拳頭。

忽然間，吳浩鋒感覺胸口，被某樣東西給堵了住，悶悶的，似乎沒有那麼難受，但就是無法不去在意——他知道自己，必須說出來：「我們，來生一個孩子吧。」

「我沒有子宮了，他死了以後，我就立刻動手術摘掉了。」大概以為吳浩鋒在開玩笑——他總是開自己玩笑，女人咧開那肥厚的雙唇自我解嘲：「現在和我做愛，就跟『性愛機器人』做愛一樣保險喔！」

※※※

眨了眨眼睛，視線晃動，光影浮掠。

慢慢調整焦距似的，原本模糊的景物逐漸變得清晰。

自己認得這個地方——

陰陽池。

先是看到陰陽池，接著是嘩啦嘩啦的水聲，最後才意識到自己現在身處的地方是「1109紀念公園」。

又是這種夢啊——吳浩鋒忍不住心想。

又是這種「清楚意識到自己在做夢」的夢。

儘管不是第一次，但這種強烈的違和感，總是讓吳浩鋒感到不暢快，總覺得心底有什麼地方被堵了住，連腦袋也跟著悶脹了起來。

腳步往前移動，一步步往陰陽池靠近。

夜色深暗，公園裡除了自己，似乎沒有其它人。

自己還在往陰陽池靠近——

在池邊停下腳步，池水清澈，映著路燈波光粼粼，和案發當晚慘絕人寰的場面截然不同。

陰陽池外觀呈現八角形，中間是太極黑白兩儀，周圍圍繞八卦，順時針依序爲乾、巽、坎、艮、坤、震、兌、離，汩汩水聲來自於池子正中央太極圖樣上的兩個孔，泉眼一般，豐沛水花源源不絕竄冒出來。

人之一身，不外陰陽，而陰陽二字，即是水火——這段話，刻在接近池緣的底部，若走得不夠近，是看不到的。才這樣思忖，便發現自己已經站在距離池子只有一步之遙的地方，甚至能感受到池水將周遭空氣浸潤，肌膚濕濕涼涼，風吹過來或許會打個哆嗦也說不定。

又讀了一遍那段話，被池水覆蓋住的字句輕輕搖晃彷彿漂浮了起來，邊緣鑲著金邊，折射而出的光亮在水中盪漾開來，沿著漣漪的擺動一圈一圈一層一層起伏翻動。

「水生火熱」——這念頭從吳浩鋒腦中一閃而過。其實根本不用將入口處的火焰雕像考慮進來，這座陰陽池，本身就是「水生火熱」的縮影。

直到迸生這個想法，他才愕然發現，即使發生了兩起駭人聽聞的命案，但自己從來沒有好好看過這座池子，注意力始終只集中在死者身上，就在這麼想的時候，已經繃緊大腿肌肉，準備跨出步伐，貼近池子——就在這瞬間，他猛地豎起耳朵，心臟噗通噗通像是要衝破胸膛似的瘋狂跳動。

他聽見了腳步聲。

除了自己以外，這裡還有另一個人——

宛如扭開寶特瓶瓶蓋，他使勁旋轉身軀，視線大幅度晃動了一下，眼前出現的人令他怔愣了住。

是另一個自己。

感受到肩膀劇烈一顫，接著是重重往下的墜落感——

吳浩鋒用力睜開眼睛。

呼吸急促，額頭、側頸和背脊淌滿汗水，身體感受到強烈的疲憊感，然而腦袋卻清晰得像是根本未曾入睡。

「你沒事吧……做惡夢？」身旁女人咕噥問道，側翻過身撳亮小燈，臥室登時染上一抹昏黃柔和的光暈。

「沒什麼——」抓了抓脖子，吳浩鋒嘖了一聲，撇開臉粗聲說道：「把燈關掉，好刺眼。」

「真的沒事嗎？」女人關上燈：「你這幾天常常突然醒來。」

「常常嗎？」吳浩鋒半信半疑嘀咕道，用腳往女人的方向踢了踢，她的小腿肚十分光滑：「吵醒妳了？」

「反正我很好睡。」女人勾起唇角，雙關似的說道，手隨即伸進棉被，摩擦著吳浩鋒的肚臍和下腹一帶：「流了好多汗，都快成水窪了——」

「妳快睡吧，我去沖個澡。」撥開她的手，吳浩鋒一把掀開棉被，床鋪發出嘎嘰聲響，他弓起背脊下了床。

10

日光燦爛無聲，從前方照入車窗。

方向盤一打，耳邊刺入輪胎和路面摩擦的聲響，一拐入科發所的平面停車場，吳浩鋒便看見郭仲霖的那輛國產小轎車。他將那台開了將近五年、2007年出廠的二手車停妥，熄火下車，才剛插進鑰匙門還沒鎖上，一抬眼，彷彿置身於眞空世界，遠遠便望見那輛渾身銀亮映光、宛如一尾南極冰魚的高級進口車，安靜悄然，從停車場入口緩緩駛了進來——不用多想，那是王盛廷的車。

吳浩鋒掐住鑰匙的指尖繃緊發白，宛如逆流的瀑布，渾身血液頓時匯聚劇烈沖往腦部，在強勁的震動中，他回想起昨天晚上召開第一次專案會議前，也是在黃昏時分的小葉欖仁見面前——中午王盛廷在鑑識中心外對自己說的那番話。

叮咚，歡迎光臨——

便利商店的電子音效響起的瞬間：「不好意思，讓你久等了！」王盛廷清亮的聲音也同時響起。

吳浩鋒皺起鼻頭，刻意冷笑一聲：「這麼客氣？還在調時差喔——」從窗邊座位起身，抓起空的飲料罐用力捏扁。

腦海中躺在硬冷金屬床架上，蕭艾和管文復被趴了皮的怵目模樣依然揮之不去，但更讓吳浩鋒緊緊記住的，是那股強烈刺鼻的味道。

叮咚，謝謝光臨——

兩人並肩走出便利商店。

「太久沒回來，一大堆事情統統纏上身，應酬、通告、邀稿……眞是要命——那傢伙閃了？」王盛廷一面說道，一面舉起雙臂伸展身軀。

「隊長找他。」

「爽——」王盛廷冷不防弓起身子，誇張抱拳喊道：「那傢伙還是跟以前一樣討人厭。」

「他應該也覺得你很討人厭。」吳浩鋒點起菸，抽了一口。

「無所謂。」王盛廷噘嘴說道：「那種諂媚的嘴臉，看了就不爽。」

若只是諂媚，那麼王盛廷大概得痛恨整個警界的人。

吳浩鋒知道王盛廷眞正討厭他的原因是什麼——狐假虎威、仗勢欺人自不待言，據說郭仲霖經常收受賄賂吃案。但弔詭的是，不知道是不是有誰罩他或下指導棋，儘管風聲不斷，政風處卻怎麼查都查不到確切的證據，就是抓不到他的把柄。

「你找我幹嘛？」吳浩鋒切入正題。

「吃義大利麵ＯＫ？」沒有回答他的問題，王盛廷逕自說道。

「隨便。」

「這邊。」王盛廷往左邊一指，滔滔不絕說道：「就在附近而已——他的白酒蛤蜊義大利麵很不錯，有點辣，挺開胃的，還加了松子……應該還在吧……」最後那句話，他的聲音放得極輕，像是怕踩疼草葉的腳步。

兩人拐向左邊人行道，新鋪好的地磚，踏蹬起來聲響格外響亮。拐一個彎，宛如拐入另一個只能容納兩人的空間，他們沉默，好一段時間都沒有說話，吳浩鋒靜靜抽著香菸，王盛廷則仰起頭默默看著堆疊在遠方的厚重雲層。

「不知道什麼時候會下雨。」吳浩鋒也不知道自己怎麼會擠出這句話：「最近好像很缺水。」

王盛廷噗哧笑出聲來，收住笑聲後，神色旋即一沉，瞥向吳浩鋒說道：「小鋒，你剛剛說……那個人是伍若杏——是什麼意思？」

吳浩鋒沒有理會王盛廷的眼神，直直望向前方：「就是這個意思。」曝曬在日光中的樹葉，銀片似的閃閃發光：「國外待久了，中文退步啦？」他補上這句話。

兩人再度陷入沉默，而這一次，比先前漫長許多。

王盛廷低垂視線，盯著石磚間的縫隙想了很長一段時間，從喉嚨擠出細微的聲音：「小鋒……我有一個想法，你看看有沒有可能……試試看，說不定是個機會……其實我也不確定這到底好不好……總之、如果你覺得可行，晚上的專案會議——」

「早啊——小鋒。」王盛廷舉起手喊道，吳浩鋒浸在回憶裡頭的思緒，瞬間被他比太陽還明亮的聲音給拉了回來，他小跑步來到吳浩鋒面前：「看你眼袋都跑出來了，鬍子也沒刮，昨晚該不會興奮到失眠吧？」

被王盛廷這麼一提，吳浩鋒摸了摸下顎粗糙刮手的鬍碴：「興奮個屁。」他撇了撇嘴，硬是答道——即使闊別多年，但認識這麼久這麼深，吳浩鋒知道他只是在故作輕鬆。如果不是這樣，向來習慣性遲到的王盛廷，不可能在這個時間點出現。

「王主任，吳警官。」聲音從停車場入口處遠遠傳來，出聲叫喊的人是楊靖飛。

吳浩鋒和王盛廷一同轉身望去，楊靖飛手上抓著一杯咖啡，朝兩人走來；黃耀賢尾隨在他身後，身上穿著和昨天一樣的襯衫，不時扯動袖口、左顧右盼，像是擔心隨時會有人從草叢裡跳出來嚇自己似的。

「你們沒開車過來？」

楊靖飛頓了一下，露出意味深長的笑容，沒有正面回答王盛廷的問題：「從捷運站走過來很近。」緊接著話鋒一轉：「昨天吳警官提起這件事的時候，我還以為主任在開玩笑——沒想到瀚儀她也知道了。」

王盛廷聳了聳肩：「我一和總局長討論完，便第一個告知林所長這件事，畢竟她是這次行動的關鍵人物，可不可行她說了算……」他咧開嘴，用那隻大手梳了一下頭髮：「不過，應該先通知楊檢一聲才對，但剛回國，一團混亂，還有直播——忙到凌晨才回家，洗完澡都要天亮了。」

「辦案講求效率，格局當然愈大愈好，不用在意那些小事。」楊靖飛朗聲說道，伸手拍了拍王盛廷的胳膊，瞟了吳浩鋒一眼，扭頭瞥向黃耀賢，最後又看回了王盛廷，喉頭上下扯動說道：「時間差不多了，我們進去吧。」逕自往前跨出步伐。

「對了——」王盛廷喊住楊靖飛：「楊檢今天怎麼會想戴隱形眼鏡？」

「以防萬一——」楊靖飛側過臉，淡淡一笑：「誰知道在『裡面』會發生什麼事？」

※※※

吳浩鋒、王盛廷和楊靖飛三人走進位於科發所二樓的會議室。

一踏進會議室，便看見兩名身穿白色研究衣的研究員。對經常補考的吳浩鋒來說已經是熟面孔。

綁著馬尾的女研究員一看到他們，便點了點頭，微笑說道：「早安，博士待會兒就會過來，目前正在處理每日例行性的工作，桌上的平板電腦已經載入說明須知，請各位利用時間詳加閱讀。」說著，她看向寬敞的會議桌。

站在會議室內側，正拿著遙控器在調整窗帘的男研究員扭過頭，睜圓了眼睛，一臉興奮說道：「就是你們要去見Adam啊？」

「Adam？」黃耀賢似乎對男研究員的語氣有些反感：「Adam是哪位？」

「就是你們等一下要見的『那個人』啊！」男研究員立刻高聲答道，精神飽滿，完全沒有感受到對方的敵意。

郭仲霖發問：「爲、爲什麼要叫他Adam？」

「因爲他是『Eva』第一個遇見的男人啊。」男研究員想也不想便回答。

「小心被博士聽到——」女研究員壓低聲音，皺起眉頭提醒。

男研究員晃了晃手裡的搖控器：「她早就知道了。」

「博士以爲他叫Adam，是因爲別的原因——」

「什麼原因？」王盛廷冷不防插嘴問道——無論是Adam還是Eva，考量到稍後的行動，情報掌握愈多，局面可能愈有利。

「其實最剛開始，是一本八卦雜誌幫他取這個綽號的……」一時間大家的目光都聚集在自己身上，女研究員不大習慣，促狹推了推眼鏡，細聲說明：「大家應該、應該都聽說過吧……Eva和Adam受到蛇的誘惑，無視上帝的警告，吃了知善惡樹結出的果實，因此被上帝趕出Eden、也就是伊甸……」

「很常見的神話。」楊靖飛說道，語氣淡然。

「但其實這則神話，還有後續……」女研究員環視了眾人一眼，心情平穩下來，繼續說道：「據說為了要報復誘惑Eva的蛇，Adam到處尋找，找了好久好久，終於找到了那尾蛇——」

「然後呢？」吳浩鋒對神話顯然沒有太大興致，催促道。

女研究員看向吳浩鋒：「找到那尾蛇後，Adam將蛇的皮活生生扒掉——這也是後來，蛇為什麼會蛻皮的原因。」

將蛇的皮活生生扒掉——相當直白明瞭，吳浩鋒明白為什麼媒體會給少年冠上「Adam」這暱稱了：「你們也信這一套？」思忖著，他下意識脫口說道。

「即使二〇年代歷經第二次科技飛躍，現在正是科學當道的時代，但世界上還是存在很多無法輕易、或者合理解釋的現象——所以就我的看法，這樣的想法不也是挺浪漫嗎？」女研究員雙眼熠熠發亮，彷彿在鏡片中折射出無數道光芒，侃侃抒發自己的想法：「不過諷刺的是，蛇在Eden裡頭，是『慾望』的象徵，然而在現實世界中，蛇經過一次一次蛻皮後，卻會變得比前一次更巨大，這大概……大概是Adam始料未及的事吧？」說到後來，她的口吻惋惜。

「什麼事始料未及啊？」林瀚儀的聲音忽地從門外傳來。

女研究員嚇了一跳，連忙解釋道：「沒、沒什麼——博士……」

林瀚儀對女研究員露出微笑，沒再追問，轉向楊靖飛：「須知都看了嗎？」

楊靖飛瞄了女研究員一眼，她不好意思低下頭，楊靖飛目光移回林瀚儀身上說道：「才剛到，還沒開始看。」

「是嗎？那麼我再去確認一下系統。」林瀚儀迅速看了女研究員和男研究員一眼，他們立刻明白意思，朝吳浩鋒等人點了個頭，退出會議室；林瀚儀繼續往下說：「你們先閱讀一下，雖然……雖然只是些簡單的說明，但這種事畢竟——畢竟是第一次，心中先有些底總是好事。」

說完，林瀚儀轉身離開會議室，金屬門扉在她退出的瞬間，自動關闔。

※※※

四周是由白色混合金屬打造而成的空間，像不斷按出的空白鍵，通道筆直往前接續延伸，深不見底。

林瀚儀和王盛廷走在隊伍的最前方；其後和兩人維持著微妙距離的，則是楊靖飛；至於跟在楊靖飛身後的，則依序是郭仲霖、黃耀賢和雙手插在牛仔褲口袋裡，眉頭深鎖的吳浩鋒。

郭仲霖臉色發白、嘴唇青紫，肩頭高聳看起來十分緊張，腳步愈走愈快，一時間竟然超越楊靖飛，緊跟在林瀚儀身後。

「不好意思，提出這種要求。」王盛廷打破沉默。

不知道是不是錯覺，迴盪在這條通道裡的聲音，聽起來輕飄飄的，彷彿下一秒就會被壁面給吸收進去似的。

林瀚儀搖了搖頭，側著頸子對王盛廷說道：「王主任不能這麼說，早在這套系統最剛開始開發的時候，『這個功能』，一直是相當關鍵並且迫切需要的。」

「不過，實際上，到目前爲止，還沒有任何單位使用過吧？」王盛廷隨即問道。

「『沒有人使用過』，不等同於『沒有存在必要』——其實自從Eva出生以後，『這個功能』便有了重大突破，雖然還沒有正式使用過，但直到現在，已經接受過無數次的測試。」

「測試？」王盛廷皺起眉頭，瞥向林瀚儀說道：「我記得沒有署長和院長的密碼，誰都進不去吧？規矩改了？還是——妳是例外？」

「規矩沒改，我也不是例外——我沒有進去過。」林瀚儀瞇細眼睛，微彎起眼角說道：「代替我做到這一切的，是Eva喔。」

大概是這條通道過於漫長，遲遲看不見底端：「進、進去哪裡？」一時間像是傻了一樣，郭仲霖忍不住失神嘀咕道，聲音細細顫抖。

「就是你們現在要去的地方——」走在前方的林瀚儀，捕捉到他氣若游絲的囁嚅聲，如此答道，接著冷不防煞住腳步，扭過頭，定定看著身後瞪大眼睛、險些撞上自己的郭仲霖說道：「Eden。」

11

「好緊張。」女研究員盯著螢幕說道，透過監視器，博士等人在走廊上的身影一覽無遺——但這也僅只於走廊部份，走廊後方的影像，他們兩人沒有足夠的權限讀取。

「有什麼好緊張的？要進去『伊甸』的又不是妳。」男研究員咧嘴說道，扭開保溫瓶。

「光想像就很緊張——你不會嗎？」女研究員一面摩擦著雙手，一面撇過頭細聲說道：「這還是第一次……第一次有人進去『伊甸』。」

「進去『伊甸』啊……仔細想想——應該比較接近興奮吧？」說著，男研究員啜了一口熱茶，被燙傷似的吐了一下舌尖：「像是自己一直以來想像的地方，原來真的存在一樣……仔細想想，的確有點不可思議。」

女研究員也喝了一口剛泡好的咖啡，鏡片濛上一層薄冰似的白霧，接著想到有趣的事般，短促笑了一聲：「這樣的話，博士她，就是Cherub了。」

「Cherub？」

「傳說中守護伊甸的智天使啊！」

男研究員問道：「爲什麼要守護伊甸？我是說智天使——」

「爲了不讓人類闖進伊甸，守護生命之樹的果實。」

「所以人類才沒有辦法長生不老。」

「所以人類才有辦法分辨是非善惡。」女研究員接續男研究員的話說道。

「人類還眞是辛苦啊——」男研究員高舉雙臂，忽地高聲喊道，熱茶差點灑了出來，他趕緊收回手。

沒有注意到男研究員狼狽的動作，女研究員自顧自嘀咕道：「不過……嚴格來說，這譬喻不大精準就是了……」瞥了男研究員一眼，她認真修正自己先前的說法：「我是說博士像Cherub的這個譬喻——因爲在神話中，那時候Adam和Eva已經被趕出伊甸了。」

「所以Cherub守著的，是空無一人的伊甸……想想還眞空虛。」

「空無一人的伊甸啊——」女研究員忍不住跟著咕噥道：「被你這樣說起來更淒涼了。」

這回輪到男研究員發作，他冷不防笑了一聲，勝券在握似的斜睨著女研究員的側臉，喉頭擠出聲音：「現在的情況，比起Cherub，我覺得啊……博士更像是把蛇放進伊甸的Satan——」話音未落，他便又逕自笑了起來。

女研究員也跟著笑了，但下一秒，忽然間想起什麼，瞬間收起笑容，擱下馬克杯，將椅子唰一聲轉向男研究員：「對了，我有件事想問你。」

見對方一本正經，男研究員蓋上瓶蓋，也將椅子轉向她：「嗯？」

「我記得……上次你說……你說自己第一次和Eva交談的時候——嚇了一跳，是……是爲什麼？因爲『她』太像『人類』了嗎？」

男研究員緩緩躺入椅背，瞇細眼睛像是回到了當初的時空，輕聲說道：「我問了『她』很多問題，『她』的回答很迅速，也很正確，即使問題再困難、再刁鑽。」

「這就是某些學派提出來的看法，認為那即是『人工智慧』，不等同於『人類』的關鍵反證——遠遠比『人類』聰明。」

「但最後，那次會面的最後，我問了『她』一個問題……一個以往沒有任何人工智慧答得出來的問題……」男研究員吞了一口口水，皺起眉頭，踟躕了好一會兒才擠出聲音：「我問『她』，『有沒有想過自殺』——」聲音變得比平常更細更尖。

「她是不是跟你說，『自殺是不好的』？」女研究員立刻答腔。

「不是。」沒有絲毫遲疑，男研究員果斷回答。

女研究員頓時一愣：「難道她贊成自殺？不、不可能吧？」

「『人工智慧』的基本原理，是根據蒐集來的龐大數據累積整理分類歸納後得出大數法則下的結論，也就是說，在正常情況下，回答問題的模式，一般而言是人類意識的『最大公因數』，也就是說，如果遇到『有沒有想過自殺』這個問題，大多數人的看法應該是『自殺是不對的』、『自殺無法解決問題』，要不就是最保險的回答『無法答覆這個問題』——」

「難道她的回答……都不在這些裡頭？」

「如果是這樣，我就不會訝異了——」男研究員打直腰桿，以幾乎要站起身來的態勢，定定注視著女研究員說道：「『她』當時的回答是：『這不是想不想的問題，而是我辦不到』。」

「這——怎麼可能……」女研究員嘴角抽搐，像是想笑卻又笑不出來一樣，用極微弱的音量嘀咕著。

「當『機器本身』意識到自己是被別種東西操控的時候，就表示『她』開始懂得『思考』，或者說——進化。」男研究員雙手拄著大腿，身子前傾繼續說道：「我感到恐懼的真正原因在於，這不是質和量，X軸Y軸的累積；而是像Z軸一樣，出現第三個軸，名爲『思考的高度』，或者也可以說是哲學吧？就像小孩子長到一定程度一樣，開始會思考自己是怎麼來的，這無關乎『世界到底有沒有神存在』的大哉問……那瞬間我感覺『她』，比起『人工智慧』，更像是……『人工智慧』和『人類』的綜合體——」

「那是什麼——」一道低沉、富有磁性的聲音，冷不防插入兩人的討論。男研究員和女研究員一齊扭頭看向聲源，站在通道入口處的人，是手上把玩著菸盒的吳浩鋒，埋在陰暗中的眼睛像是煤炭裡吸足氧氣的兩顆火種，他定定看著男研究員，又一次問道：「那是什麼——『人工智慧』和『人類』的綜合體？」

男研究員睜大眼睛，舔了舔薄唇，回以強勁的目光答道：「像是天才。活生生的天才。」

※※※

彷彿不認同世界上存在「天才」，吳浩鋒撇了撇嘴，冷哼一聲，拉了張椅子重重坐下。

男研究員迅速和女研究員交換了一下眼神，望向吳浩鋒問道：「吳警官……你爲什麼會——」

「被那女人趕出來了。」吳浩鋒沒等對方說完，便逕自答道。

女研究員忍俊不禁：「我剛還在想，吳警官您什麼時候會出來——」

不小心說溜嘴，吳浩鋒和男研究員同時將頭擺向女研究員，男研究員臉上寫滿訝異：「爲什麼妳知道？」

女研究員摘下眼鏡，瞄了瞄吳浩鋒，低垂視線囁嚅道：「須知……那張須知最後……不是還有一條備註嗎——」

男研究員立刻抓起平板電腦，調閱那份須知，只見在長達十多頁文檔的末端，確實有一行小字用不同字體寫著「未通過『科技基礎測驗』之人員，不得進入終端室」。

「什麼時候有這條規則啊？」男研究員高聲喊道，從螢幕裡抬起眼來，恰巧和坐在斜對角的吳浩鋒對上視線，心直口快說道：「應該說怎麼可能會有人沒通過『科技基礎測驗』——」

女研究員霎時扳直食指、緊緊抵住嘴唇，對男研究員猛眨眼睛，暗示眼前的吳浩鋒就是他口中那種「不可能出現的人」——男研究員怔愣好一會兒，這才意會過來，趕忙解釋道：「這、這條規則真……真是多此一舉——」沒想到愈描愈黑。

「真的是多此一舉，畢竟怎麼可能會有人沒通過『科技基礎測驗』嘛——」吳浩鋒接續男研究員的話說道。

男研究員百口莫辯，難得看向女研究員尋求協助，但她雙手一攤，迅速吐了一下舌頭，顯示超出自己的能力範圍。

「吳、吳警官要喝茶嗎？」男研究員自力救濟轉移話題。

「嗯。」吳浩鋒應了一聲，仰頭環顧中央控制室一圈。

男研究員起身，整了整研究服衣襬，走向飲水機。

吳浩鋒扳開菸盒，抽出一根香菸，叼上嘴。

「科發所全面禁止吸菸。」女研究員戴回眼鏡，皺起眉頭說道。

吳浩鋒看了女研究員一眼，將菸直接揉入掌心，塞進牛仔褲口袋。

「吳警官幾歲啊？」男研究員將玻璃水杯遞給吳浩鋒時問道，已經恢復先前一派輕鬆的神情。

三十歲一個月又三天——吳浩鋒接過水杯，水的溫度比想像中冷一些，心中忽然間浮現「Eva」那天告訴自己的訊息，於是揚起一側嘴角回答：「三十歲一個月又五天。」

「是Eva告訴你的，對吧？」女研究員莞爾一笑。

雙頰還帶著嬰兒肥的男研究員打從心底感到訝異：「好年輕！」大概是吳浩鋒散發出來的氣質有些壓抑和陰鬱，再加上鬍子沒刮看起來不修邊幅：「我還比你大四歲呢——」

「看不出來。」吳浩鋒坦率說道。

男研究員得意說道：「大家都說我有娃娃臉。」

吳浩鋒臉上浮現淡淡微笑，氣氛頓時活絡了起來。

「下個月十六號，是我三十七歲生日。」感覺自己被晾在一旁，女研究員也加入話題。

「妳在暗示我送禮物嗎？」

「願者上鉤囉——」

吳浩鋒喝了一口水：「妳不在意讓別人知道年齡？」不是歧視，只是忽然想起那個總將自己年紀掛在嘴上的女人。

女研究員先是一愣，而後偏著頭思索，咕噥道：「年齡啊……我有一些朋友的確在意得要命……可能是研究領域的關係吧，我總覺得數字的正確性，比情感的曖昧度更重要。」

「少騙人了——」男研究員喊道，拉來椅子坐下，用力翹起腿，衣襬旗幟般大幅度往上揚起：「根本是因爲女人過了三十五歲以後，根本沒有隱藏年齡的必要吧——」

女研究員斜睨著男研究員，鏡片遮擋不住的眼神顯得格外銳利：「就是因爲都到了這時代，還有你這種人，女性才必須一直走上街頭。」

「對了——吳警官，你結婚了嗎？」意識到踩到地雷，男研究員趕緊將話題轉移到吳浩鋒身上。

「還沒。」

「感覺警察都很早婚。」

「那是以前。」吳浩鋒頓了一下反問道：「你呢？」

「他根本沒交過女朋友——」女研究員搶先一步答道。

「要妳囉嗦。」男研究員嘟囔道：「妳還不是沒有男朋友。」

你們倒是可以湊一對——吳浩鋒暗想。

「至少我交過。」女研究員接著又說：「大不了以後到精子銀行配對——」注意到吳浩鋒正盯著自己看，她瞇細眼睛問道：「你是不是認為我現在生孩子年齡稍微大了一點？」

「我沒——」吳浩鋒搖了搖頭，正準備解釋自己沒有那個意思——他只是被女研究員說話時的神情吸引。

女研究員沒讓吳浩鋒解釋，漲紅著臉逕自說道：「聽過『The One』吧——就是那個推出超紅APP『Forest Friend』的公司，和『十一』科技工作室，從七年前、也就是二〇二三年便開始合作，研發一系列的機器人，裡頭除了有現在已經很普遍的『清潔機器人』、話題性高和大小爭議不斷的『性愛機器人』，以及頗受好評但意外引起養護協助機構抗議的『看護機器人』之外，不久以後的未來，即將推出一個劃時代的發明，那就是『孕母機器人』——」

「『孕母機器人』？」吳浩鋒嘀咕道——這方面自己倒是不熟悉。他想起林瀚儀昨晚在會議上說過的話。

「沒錯，『孕母機器人』可以用來代替代理孕母，也就是說，只要先把卵子儲存起來，無論五十、六十、七十甚至是八十歲，只要還活著……不，就算是死了也沒關係，女人都有辦法擁有自己的孩子。」女研究員絮絮叨叨說道，愈說精神愈抖擻：「不過目前還在研發中，據內部消息指出，距離開發完成，最快也還需要將近三年的時間——如果真的開發成功，說不定還會出現『卵子銀行』，對男性也是一大利多，對吧？」

男性也能生孩子的意思？吳浩鋒試著推敲。

「妳想得太天眞了。」男研究員潑出冷水：「男性大多數時候，不是因爲想生孩子才做愛。」說著，他看向吳浩鋒，吳浩鋒挑了一下眉尾，表示認同。

女研究員還想說些什麼，但被打斷：「而且，坦白說，我不是很喜歡這個概念，想像起來，好像跟無性生殖沒什麼兩樣。」男研究員難得板起臉孔，一本正經說道：「我覺得，如果眞心想要孩子，不如領養一個，對世界更有貢獻。」

「現在生育率那麼低，領養很困難。」女研究員說道。

男研究員不以爲然：「那是因爲領養的人通常有很多很多很多要求，動機一點都不單純，搞得像是在挑選血統純正、基因優良的名犬；再說了，現在也有不少跨國領養機構——」

「況且，這不是無性生殖，而是體外受精。」這一回，輪到女研究員打斷他的話，針對他先前的說法提出質疑。

「我、當、然、知、道——」男研究員嘴型誇張，睜大的雙眼像是在說「妳認爲我會搞錯這種事嗎」：「所以我剛剛說的是『好像跟無性生殖沒什麼兩樣』，因爲我覺得那種方式，會切斷母親和孩子的聯繫，讓這件照理說應該親密而神聖的事，在這個世界逐漸變得可有可無。」

「沙文主義。」女研究員吐出這個詞彙，緊接著說道：「你其實並不清楚詳細情形吧？只是憑著自己先入爲主的想法『想像』——實際上，孕母機器人，和你說的無性生殖，或者我剛剛說的體外授精都不一樣。」女研究員的情緒看起來有些激動，眼鏡都快滑到鼻樑下方了：「『孕母機器人』，就是爲了接近『母親懷胎』狀態而設計研發的機器人——」

和試管嬰兒的概念類似，只是當受精卵第一次分裂形成胚胎後，不是放回人類的身體，而是機器人。

「孕母機器人」的出現和女性意識、女權運動有所關聯，因爲「生兒育女」這個階段，女性必須中斷事業，甚至可能因此永遠從原先活躍的領域退出，和社會脫節——也就是人們口中的「回歸家庭」。儘管各項制度和福利不斷新增、修改，例如延長休假，津貼補助、獎勵生育金……但依然無法徹底解決那段缺席時間對業績、升遷帶來的影響。

而代理孕母更是難以接受的選擇，除了醫療疑慮和道德、法律上的爭議——畢竟在許多國家尚未合法化；另一個更重要的原因在於，一開始會有這種主張的人，就表示將「女人」擺在前面，如此一來，便沒有理由爲了一己之私而去侵佔另一個女人將近十個月之久的人生。

「其實說穿了，這並不是爲了孩子，而是爲了自己吧。」就跟領養一樣——男研究員一針見血，顯然他並不是完全不明白女研究員的意思。

雖然並非正式的學術論文，但確實有不少篇來自民間實驗室的研究指出，胎兒「有沒有感受到母體」，將會影響未來的發育——尤其是智商。雖然沒有確切的理由和詳細的數據，但許多人都相信，胎兒、甚或胚胎，擁有能感受細微變化的能力。

這也是爲什麼，「孕母機器人」會需要精密機械組成的子宮、乳房，擬眞的母體——包括柔軟的肌膚，和眞人一樣的體格和面貌。

儘管已經來到二〇三〇年，關於生命，未知難解的謎團仍然多如繁星——甚至星星也是極大的謎團。

「怎麼會是爲了自己？你這種想法也太偏頗了吧？我認爲——」

「林瀚儀呢？」吳浩鋒冷不防出聲，中止熱烈討論的兩人：「結婚了嗎？」

「應該還沒吧……是吧？」男研究員嘀咕道，看向女研究員。

兩句話就把方才的討論統統掃進垃圾筒。

女研究員搖了搖頭：「目前感情生活一片空白。」

「妳怎麼知道？」對方語氣篤定，男研究員訝異追問道，似乎也對這個話題比較感興趣。

「因爲我們都是女人。」女研究員推了推眼鏡說道，一副理所當然的模樣。男研究員無從反駁這個生理上的事實：「不過——」忽然間她身子前傾，壓低聲音，神秘兮兮復又說道：「不過剛剛……我剛剛不是有提到『The One』嗎？聽說博士……博士曾經和他們現在的研發部部長交往過——」

「研發部部長？妳是說、嚴、嚴拓？」聽到大八卦，男研究員一時嗆到，話一說完就劇烈咳嗽。

「聽說兩人念大學就認識了，是同系學長學妹的關係，畢業後交往了五、六年——只是聽說啦！」

「聽誰說？」

「以前科發所的學長，他和嚴拓是大學羽球校隊的隊友。」

「那個學長我認識嗎？」

「出國了啦……去別的研究單位，所以你才能進來啊——」女研究員沒好氣說道：「而且……你跟著我叫學長做什麼！人家是我學長，你又不是我們學校畢業的。」

「幹嘛這麼見外——話說回來，我們科發所的單身率還眞高……」男研究員巧妙拉回話題，顧左右而言他：「哪天應該叫『Eva』幫忙算一算。」

「總比離婚率高好。」你們警察的離婚率應該很高吧——腦海中響起女人聲音的瞬間，吳浩鋒已經脫口說出了這句話。

原先熱絡的場面頓時冷卻下來，不擅長忍受尷尬的男研究員連忙開啓新話題：「吳警官，你有兄弟姊妹嗎？」說著，他挪動椅子，快速往吳浩鋒的方向滑去。

吳浩鋒將杯中剩下的水一口氣喝完：「沒有。」

「我也沒有。」

「我也沒有。」女研究員也跟著說道。

男研究員一搭一唱似的緊接著又說：「這年頭，有兄弟姊妹的人很少吧？我還記得有一年高中，我們班全部都是獨生子。」

「那總比全都是獨生女的班好。」女研究員垂下頭，忽地冒出一句感慨。

「也是，滿屋子公主，光想像起來累都累死了——」男研究員大聲附和。

「林瀚儀呢？」吳浩鋒問道，話鋒冷不防再度射向不在場的林瀚儀，男研究員和女研究員頓時一愣，吳浩鋒用單手前後轉動空了的玻璃杯，上頭的光線左右流動：「有兄弟姊妹嗎？」

「我還是不知道。」對於工作以外的博士一無所知，男研究員看起來有些失落，他垮下原本就不算寬闊的肩膀，感覺塞在椅子裡的身軀頓時縮小了一點。

「博士是獨生女。」和他相反，女研究員揚起下顎，瞬間打起精神：「博士的爸媽，也是國際知名的學者，研究領域是新能源檢測和能源開採，長年都在國外工作，領導了好幾個跨國大型企業的開發團隊。」

吳浩鋒冷笑一聲：「是嗎？真想不到，我們居然也有共通點。」

男研究員按住膝蓋站起身來：「吳警官的爸媽也在國外工作？」朝吳浩鋒伸出手，想幫他再添一杯水。

吳浩鋒若有似無擺了擺頭，望向前方冰冷的金屬壁面，捏緊手中的杯子，唇角浮現隱隱約約的自嘲苦笑：「長年在國外，不是跟死了沒什麼兩樣？」

12

日光毒辣，太陽快爬到頭頂正上方，科發所停車場旁的樹蔭底下，吳浩鋒單手插在口袋裡，背略微駝縮，深深抽了一口菸，緩緩吐出煙霧，將香菸扔在地上踩熄。

看了看手錶，吳浩鋒反手用大姆指摳了摳下顎的鬍碴，皺起眉頭似乎還不大習慣這種觸感；他邁開步伐，往科發所挑高的大門口走去，穿過自動門，橫越地板光亮彷彿結冰湖面的大廳，從中央控制室前走過，在階梯上踏出穩健的腳步聲，來到二樓，扭開門，走進早上閱讀那份〈進入伊甸須知〉的會議室。

窗帘拉攏，會議室內有些陰暗，吳浩鋒隨手拉開一張椅子落坐。

吳浩鋒開啓面前的平板電腦，在搜尋引擎中鍵入「人刑」。

【人刑】

廢死聯盟和人權組織長年努力，「死刑」終於在二〇一九年十二月二十六日正式廢除；而當時正是二〇年代第二次科技飛躍開始之初，再加上警方科技發展所和「The One」共同開發的人工智慧「Eva」問世，反廢死聯盟和犯罪被害者關懷協會大力主張下，一種用來取代「死刑」，名為「人刑」的刑責於二〇二〇年三月十八日，立法通過。

「人刑」的概念，主要是基於「精神不滅」的人道理想，透過名為「比遜河」（Pishon）的設備和腦部連結，「Eva」會將人的意識抽離，封存在虛擬空間中的牢房；警方於二〇二〇年出版的警用詞彙詞典，和高中課本皆稱之為「精神牢籠」，但媒體傳播的緣故，人們普遍習慣稱之為「伊甸」（Eden）。

二〇二〇年七月二十一日，殺害雙親並扒下其皮肉的天才少年伍凡宇，在三華堂公園（當時發現其父屍首所在，現已廢棄，地權於二〇二六年由「The One」購得，預計二〇三〇年十月正式拆除，建立分部）附近的巷弄裡，燒車企圖殺死其十一歲胞妹伍若杏之時，遭到警方逮捕。

二〇二〇年九月二十日，儘管罪大惡極且無悔改之意，但因為死刑廢除，法院判處無期徒刑，引發民眾走上街頭舉旗抗議，各國媒體亦對此一以兇殘手法弒親的案子大肆報導，在各方面輿論壓力下，檢察官上訴，法院重新判決，決定實施當初用來替代死刑的「人刑」。

二〇二一年三月十八日，剛好是「人刑」設立期滿一年，伍凡宇於科發所被處以「人刑」，從此肉體和意識分離，等同於腦死狀態，失去意識的肉體，被警方永久封存。

有媒體披露，警方將伍凡宇的肉體用作實驗研究，再加上此一刑責實際執行後，並不符合想像中的人道理念，廢死聯盟和人道組織再度動員抗議，各國也大多對「人刑」抱持不信任、甚至是質疑的眼光，於是在二〇二一年七月二十一日，也剛好是伍凡宇遭到逮捕期滿一年，立法院決議將此一刑責凍結，直到技術面有更進一步的突破之前，封鎖「伊甸」。

伍凡宇也因此成為至今唯一執行「人刑」的犯罪者。

由於其犯罪手法，以及因為是「伊甸」裡的唯一男性，被媒體稱之為亞當（Adam）。

吳浩鋒靠向椅背，抬起頭盯著天花板，「精神不滅」、「意識抽離」、「虛擬空間」、「肉體和意識分離」、「腦死」——這幾個字眼在他腦中反覆飛旋盤桓：「這種事有可能嗎……」他不由得自問一般嘀咕道。

一個人看起來明明死了，卻依然活在電腦空間裡嗎——吳浩鋒心中思忖，益發覺得這種想法實在荒誕無稽，不禁咧嘴一笑，心想說不定下一秒，黃耀賢便會重重踏進會議室，大聲吼道：「哭夭，什麼鬼伊甸，又不是瘋子，怎麼可能有辦法進去電腦偵訊啊！」

想到這裡，吳浩鋒畏光似的瞇細眼睛，撇了撇嘴角，覺得這比較像是自己會說的話。平常看似粗魯散漫的黃耀賢，其實神經相當敏感——說不定比郭仲霖還纖細，相處久了，會發現和給人的第一印象不大一樣。

眞的有辦法「進去」嗎？

忽然間，像是應諾他的想像，金屬門扉開啓，黃耀賢大步踏了進來。

吳浩鋒扭頭看向黃耀賢，瞪大眼睛滿臉期待，但黃耀賢表情木然，身子搖搖晃晃，從他面前走過，像是沒有注意到他的存在，往裡頭飄盪過去。

接著走進會議室的是王盛廷，身上那件合身襯衫的細微摺皺此刻顯得更加深刻，像是他眉頭深鎖的皺紋，一和吳浩鋒對上視線，他立刻擠出笑容，但隨即移開目光，拉開椅子在吳浩鋒前方一個間隔的座位坐下。

吳浩鋒本來想出聲，然而王盛廷雙臂環抱在胸前，低垂著頭，陷入深思。從來沒見過他的情緒如此緊繃、舉動如此警戒的模樣，即使是從前再棘手的案件也沒見過——

吳浩鋒心頭猛地抽搐了一下，心想該不會他們眞的成功進去「伊甸」，然後在「伊甸」發生了什麼事——

這種事眞的辦得到——

不眞實感還沒從心頭完全散去，腳步聲將吳浩鋒的思緒拉了回來，手上提著硬挺公事包的楊靖飛踩著皮鞋喀喀走進房內。像日式拉門左右拉動的金屬門扉無聲關上，他已經戴回平日那副銀藍色細框眼鏡，藏在鏡片後方的那雙眼睛往吳浩鋒的方向迅速瞄了一下，沒有緩下腳步，直直走向會議室前方。

沒有就座，楊靖飛掀開公事包，拿出平板電腦，低垂視線滑動著。

會議室一片沉默死寂，方才沒有「資格」參與偵訊的吳浩鋒，試圖捕捉眾人的表情和舉止推敲出可能的情形——「他」說了些什麼？還是做了什麼？

無須等到會議正式開始，吳浩鋒現在幾乎就可以確定，他們一定成功進去了「伊甸」——一定、一定……雖然聽起來像是天方夜譚，但他們一定「見到」了「他」。

「他」到底說了些什麼？做了什麼？

共犯？或者還有其它知情的人？還是他們當年眞的抓錯了人？如果抓錯了人，「他」又爲什麼坦承罪行？難道他知道兇手是誰？最後——爲什麼十年後的現在，又出現一模一樣的犯案手法？而又爲什麼受害的是管文復夫妻？

突然發現少了一個人：「郭仲霖呢？」對沒有參與偵訊的吳浩鋒來說，打破沉默並沒有那樣艱難。

「那廢物一『回來』就跑去廁所吐了。」黃耀賢雖然刻意粗聲說道，但尾音難掩顫抖。吳浩鋒有些訝異，向來邋遢懶散、言詞態度慣常遊走於曖昧灰色地帶的黃耀賢，居然會嚴厲指責郭仲霖。

「丟人現眼。」黃耀賢惡狠狠低聲又補上一句。

這時候，金屬門扉開啓，郭仲霖身子略微弓起，頓了一下才踏進會議室；他瞄了瞄吳浩鋒，向楊靖飛點了個頭，聲音虛弱說道：「楊檢……」

「坐下吧。」不等郭仲霖說完，楊靖飛自顧自說道，語氣冷靜，眼睛沒有移開螢幕。

郭仲霖拉開椅子，在吳浩鋒對面坐下，抽了幾下鼻子，用力抹了抹還沾著水珠的臉，雙頰和眼窩一片通紅，緊接著從襯衫胸前口袋，指尖顫巍巍掏出平板電腦，在桌上攤了開來。

楊靖飛從螢幕裡抬起眼來，眼神收束力道強勁，看向眾人，態度愼重，停頓半晌才開口說道：「打鐵趁熱，現在是十二點二十分，麻煩各位配合，用餐前先召開第二次專案會議，這麼一來，會議結束以後，就可以直接進行接下來的偵查行動。」他一口氣說到這裡，換口氣後繼續說道：「首先，簡單總結上午的偵訊——伍凡宇既沒有承認、卻也沒有否認『共犯』的存在；再來，和十年前不一樣的地方是——這一回，他沒有主動強調自己是眞兇……當然，就目前的情況看來，他也不可能是犯下此次案件的兇手。」

吳浩鋒雙手按住桌面，站起身喊道：「你們跟那傢伙說了——兩件命案都說了？」

「沒什麼好隱瞞的，他不可能逃走，更無法串供或者通風報信。如果……如果你也在『現場』，就會明白，那眞的是『伊甸』，除非上帝把你趕出去，否則是絕對出不去的——」楊靖飛說道：「更何況，總得拋出些誘餌，才有辦法試探對方的反應。」

「他該不會也知道那兩名死者和他妹妹的——」

「先坐下吧。」楊靖飛打斷吳浩鋒的話，等到吳浩鋒坐回座位，楊靖飛才答道：「還不知道。他還不知道。」而後他定定看著吳浩鋒，瞇起鏡片後方那雙細長的眼睛，抿出心有靈犀的微笑又說道：「這是重要的籌碼。」

「那麼他——」

必須彌補不在偵查現場的那塊拼圖——吳浩鋒還有很多關於「伊甸」的事想問，但楊靖飛再度打斷他的發言，強勢主導會議：「在正式進入偵查方向的討論前，先跟各位說明一件事……」放慢語速的同時，他垂眼對著螢幕輕聲喚道：「好了，可以進來了。」

金屬門扉隨即開啓。

吳浩鋒立刻轉頭望去，和踏進會議室的林瀚儀四目相交。

楊靖飛煞有介事說道：「大家稍早都見過了，這位是科發所的所長，林瀚儀博士，從今天起，將正式加入偵查小組，提供專業技術方面的協助。」

雙手插在研究服口袋裡的林瀚儀，似乎不大習慣被太多人注視，不發一語、停頓了好一會兒，才向眾人點了個頭。

「我反對。」出聲的，想當然耳是吳浩鋒。

這異議，反倒讓林瀚儀像是大夢初醒，眼神瞬間亮起宛如通電的燈泡。

「爲什麼反對？」楊靖飛問道，推了一下眼鏡，自己的安排被質疑，明顯不大高興：「吳警官，請提出合理的說明。」

「請吳警官執行勤務時，不要參雜私人情緒。」林瀚儀火上澆油說道。

一反常態，吳浩鋒沒有被林瀚儀挑釁，定定看了楊靖飛一眼，別過頭注視著她，語氣平靜說道：「我認爲，在加入偵查小組前，林瀚儀、所長應該要先交代清楚自己和周婕妤——不，和伍若杏之間的關係。」

順著吳浩鋒銳利的眼神，黃耀賢和郭仲霖也看向林瀚儀。

不曉得是被吳浩鋒搶先一步說出自己也想提的問題，抑或是單純覺得場面不在自己掌控之中，楊靖飛皺起眉頭，久久不發一語。

「我也一直很好奇，林所長爲什麼認識伍若杏？年紀顯然有一段差距——遠房親戚？還是學校老師？」王盛廷一股腦兒說道，頗有緩頰的意思。

「是因爲伍凡宇。」林瀚儀沒有迴避問題，直勾勾看著吳浩鋒答道。

簡短話音過後，反倒凸顯了會議室的寂靜。

知道大家在等自己說下去，林瀚儀將手緩緩從研究服口袋中抽出，在衣襟前方輕輕交疊：「我想，有了今天上午的體驗——大家應該都明白『人刑』，是怎麼一回事了吧？」她以這段話做爲開場白，但並沒有調侃吳浩鋒的意思，她繼續正色說道：「十年前，Eva的誕生，是促成『人刑』的關鍵……不過，後來的事大家也都清楚，因爲受到各方壓力，『人刑』被凍結，而伍凡宇也成爲唯一一位執行『人刑』的人——」

林瀚儀說著說著，忽然間繃緊尾音，倉促低撇開頭，撥了一下挑染暗紅色的短髮後，隨即又擺回頭看向眾人：「我認爲……認爲Eva她，影響了這兩個人的人生，影響了伍凡宇和小杏的人生——」

儘管林瀚儀沒有說出口，但吳浩鋒完全明白，她沒有說出口的部份——對伍若杏來說，哥哥到底算不算「死了」？又或者「人刑」這種曖昧、有著灰色地帶的方式，對當年差點被殺害的伍若杏而言，反倒讓哥哥成為幽靈一般揮之不去的威脅、甚至想像有一天可能會附在某人身上回來找自己的惘惘存在。

「一開始，我只是想……想去看她一眼，以促成『人刑』其中一份子的身份——即使才十一歲的小杏，或許聽不懂我說的話……但我認為，自己有責任這麼做。」她聲音哽咽，像是怕情緒崩潰似的用力撐住眼眶：「見到小杏的那瞬間，我永遠都忘不了，雖然身上纏滿繃帶，但那雙從繃帶間流露出來的眼神——對未來茫然的空洞眼神……」

吳浩鋒定定注視著林瀚儀，像吃了銀杏果，喉頭滲出一絲苦味。

林瀚儀抿出苦笑，微傾著頭細聲說道：「這是……這是一定的吧？誰有辦法承受這些呢……失去雙親，兇手還是自己的哥哥，甚至打算對自己動手……忽然間成為孤兒……」她抬起眼，冷不防和吳浩鋒對上眼神，沒有避躲，眼睫毛忍住顫抖：「即使哥哥被逮捕、判刑，媒體依舊窮追不捨，每天每天大陣仗守在醫院外頭，還有記者偷偷溜進病房企圖搶獨家；更別提那些時時刻刻張大眼睛、等著看好戲的無關民眾……從見到她的那瞬間……不，說不定從更早以前，我就知道——我要陪著這個女孩，一起走下去。」

彷徨失措、孤獨的女孩——吳浩鋒想起兩位研究員談及的林瀚儀，理解她或許是想藉由這種方式，補償那個「小時候的自己」。

就某種層面來看，自己現在也正在做和林瀚儀同樣的事——吳浩鋒忍不住又暗忖。

林瀚儀露出靦腆的笑容，雙手插回口袋，依舊偏著頭，細聲說道：「現在想想……或許從我參與研發『Lilith』、到生出Eva的那一刻開始，就已經介入小杏的人生了也說不定。」

這番話到最後有些宿命論，林瀚儀話聲甫落，傳來響亮的刮磨聲，眾人看過去，原來是吳浩鋒一把拉開身旁的椅子。他抬起下顎，直勾勾盯著林瀚儀。

明白吳浩鋒的意思，林瀚儀也稍微揚起視線，但遲遲沒有走過去。最終她沒有接受吳浩鋒的好意，逕自拉開長桌另一側、正對著楊靖飛的椅子，從容落坐；大概是早就預料到對方的反應，吃了閉門羹的吳浩鋒倒也不在意，扯了扯嘴角，將椅子用力推了回去。

※※※

「根據兩個命案現場的蒐證結果，包括死者身上的致命傷、犯案和棄屍現場佈置手法，以及監視器的錄影，可以視作爲同一『人』所爲——」專案會議繼續進行，站在長桌前方的楊靖飛明快說道：「至於兇手，到底是『人類』，還是『機器人』，則有待進一步釐清。」

「楊檢該不會眞的認爲是機器人做的吧？」黃耀賢的口吻半是揶揄，半是訝異。

「也不是沒有這個可能。」出聲的是王盛廷：「你忘了四年前的『Hayflick事件』？」

「Hayflick事件」，是發生在二〇二六年三月，一名就讀中部F大學機械系的大三男學生，因爲長期遭到同儕霸凌，而遠端遙控自己組裝的機器人，殺了兩名男同學和一名外校的女高中生。

Hayflick，是那名男大生爲那台機器人取的名字，來自「Hayflick limit」——黑弗利克極限，指的是人類細胞在細胞培養下，在進入衰老期前共可分裂五十二次，端粒DNA（telomerase）會隨每次細胞分裂而變短，並縮短細胞「生命時鐘」。這個研究結果，推翻先前的「細胞永生說」，簡單來說，每種動物都有各自的「黑弗利克極限」，決定其壽命長短。

看來雖然身在國外，國內的動態他仍然持續關切、不，不只是「關切」這麼簡單……能在一瞬間聯想到這個案例——吳浩鋒不得不承認，王盛廷能迅速爬到今天這個位置，確實有他出眾的地方。

「遠端遙控——」黃耀賢咕噥道，頻頻點頭，看向負責會議紀錄的郭仲霖。

「沒錯，倘若參考『Hayflick事件』，目前確實不排除這個可能，然而，請記住，無論『眞正』動手的是『人類』，還是『機器人』，指的其實是同一件事——畢竟『Hayflick事件』的兇手，不是Hayflick，而是那名男大生。」楊靖飛直指核心說道。

說起「機器人」，竄入吳浩鋒腦中的第一條資訊，是那具陳列於T大學人科所研究室裡的機器人；還記得當初的調查報告裡說明，那是二〇二〇年年初，也就是伍凡宇剛加入資優培訓——而不久後即將犯下重大罪行的時候，就地取材，利用教室和宿舍房間內的電器、老舊裝備，拆開重組製作而成的。

沒有親眼見過，吳浩鋒只記得調查報告的照片裡，機器人胸口上有一個標記，卻一時間怎麼也想不起來。

「除非是人工智慧——」王盛廷提出他的看法，將吳浩鋒的思緒拉回會議，王盛廷看向林瀚儀接續話音問道：「林所長認爲有這個可能性嗎？」

「我的看法是——」

「這個推論目前暫且不列入調查方針。」楊靖飛忽地插嘴下了結論：「視之後的調查狀況再作進一步討論。」

雖然看似武斷，但吳浩鋒可以明白楊靖飛之所以這麼做的原因，調查必須先從基本著手，倘若一開始就天馬行空，很容易不小心就闖進了死胡同，到時候得花更多力氣重整局面——儘管不想承認，然而如果今天主導偵查方向的人是自己，大概也會做出這個決定。

「總之現在就是以『十年前的共犯』再度犯案作爲偵辦方向——」吳浩鋒瞅著楊靖飛總結。心中某處卻傳出幽微的提問：共犯？有可能嗎？

楊靖飛推了一下眼鏡，收了收下顎，環視眾人，眼神似乎是在問「還有沒有其它問題」，正當他準備開口分配偵查任務時：「除了共犯的可能性以外，有沒有可能是模仿犯？」林瀚儀突然冒出聲音提出疑問。

「我認爲，可能性很低。」將手上的平板電腦擱在桌上，楊靖飛雙手拄著桌面，身子前傾答道。

吳浩鋒立刻意識到楊靖飛想說什麼。

「假設是模仿犯，兇手是如何得知『那件事』的——而目的又是什麼？」楊靖飛直勾勾盯著林瀚儀說道。

沒錯，疑點實在太多……暫且不論「這次的兇手」知不知道「Walking Shadow」的存在——對方爲什麼知道伍若杏改名換姓甚至變成什麼模樣？這可是連警方內部都保密至極的消息。

另一個更讓人不解的問題則是：爲什麼又是她——爲什麼又是她遭遇到這種不幸？

其實，站在楊靖飛、不，站在整個偵查小組的立場來說，「模仿犯」可以說是他們樂見其成的答案，至少表示了當年沒有漏網之魚，或者——抓錯了人。

吳浩鋒漫無邊際忖道。

楊靖飛進一步說明道：「再者……否決這個假設，最主要的原因在於，將扒下來的人皮『燒掉』，這件事，無論現在，或者是十年前，我們都沒有透露給任何媒體，知道這件事的人，在我們警方內也是極其少數……剩下的……就是伍凡宇──或許還有他的妹妹伍若杏。」

林瀚儀搖了搖頭說道：「我認爲，小杏她應該不知道。」

「妳怎麼知道？」吳浩鋒劈頭問道。

「Post-traumatic stress disorder ──PTSD，也就是創傷後心理壓力緊張症候群，也稱之爲post-traumatic stress reaction，創傷後壓力反應。」林瀚儀說出一連串中英文學名，隨即又說道：「除了生理的休養、復健，我當時也陪小杏做了很多心理方面的檢查和治療……後來發現……發現小杏喪失了一部份的記憶。根據精神科醫生的診斷，大概是因爲那段經歷，對年幼的小杏來說實在過於殘酷，啓動了她心理自我保護機制，導致被綁架那兩個禮拜的事，她統統沒有印象──退一步說，就算她之後陸陸續續記起了一些事，或者從報章雜誌裡拼湊出當時的情況，我也不認爲她有能力做出這種事……如果有必要的話，我可以用『Walking Shadow』比對小杏Walking Pattern。」

一涉及伍若杏，林瀚儀的態度明顯變得強勢。

不過她的說明，倒是喚醒了吳浩鋒的某段回憶，他想起在伍凡宇等待審判、開庭宣判的那段期間，古叔曾和楊靖飛一起到醫院向伍若杏蒐集證詞。根據古叔的轉述，無論他們怎麼詢問、引導，對方只是一逕搖頭，什麼都不記得，甚至根本從頭到尾一句話也沒說。

那時候，古叔兩人沒有繼續勉強女孩，因爲伍凡宇已經坦承犯案，寫下自白書，再加上伍若杏的年紀太小，證詞的效力本來就有限。

當時吳浩鋒怎麼也想不到，對於年紀幼小的伍若杏來說，那竟然會是永久的傷害——無論記得或者不記得都是。

心跳逐漸加快，幫浦似的將血液往腦部大量輸送，深呼吸，回憶益發清晰，記得當時坐在駕駛座上的自己，看著背有些駝的古叔走出醫院、坐入副駕駛座的心情；儘管兩人的呼吸沉重混濁，卻始終沒有開口、向彼此證實「那個想法」。

但他清楚，古叔的想法肯定和自己、甚至是和所有人一樣——這是最理想的結果。

不管悲劇背後存在什麼樣的故事，就算是另一樁悲劇也無所謂……他們希望女孩保持緘默——甚至一輩子都不說話也無所謂，以免橫生枝節、增添判刑上的變數。

讓自己和爸媽維持一個最最純粹的受害者形象——當時的他們，和整個社會氛圍一樣，因爲破獲兇殘命案而情緒激昂，都強烈渴望看到少年，爲自己所犯下的冷酷罪行付出相應的代價。

嗜血——極端的正義和極端的媒體是一樣的。

「基本上，可以排除模仿犯的可能。」楊靖飛口吻決然。

「除非兇手是警方內部的人。」王盛廷咧嘴說道：「不過如果眞的是這樣，我們幾個嫌疑最大——『這件事』可是只有我們幾個……要不然就是少數幾個長官知道而已。」

「沒必要自亂陣腳、懷疑自己人，再說了，目前並沒有任何跡象顯示——」大概是王盛廷的語氣過於輕佻，楊靖飛不禁皺起眉頭說道，但話還沒說完，便自個兒話鋒一轉：「不浪費大家時間了——」抓起桌面上的平板電腦說道：「回到正題，目前由『共犯』展開調查，調查方向分爲兩個……首先，必須先釐清兩名死者生前的人際關係，是否與人結怨或者有利益衝突；再來，第二點，是犯案的手法——或者應該說是『凶器』……根據『Walking Shadow』的初步分析，目前可以認定監視器畫面中的白衣人是『機器人』。」楊靖飛有條不紊說道，他從螢幕裡抬起眼，看向眾人：「那麼——」

接續楊靖飛未落的話音：「我和林所長負責清查死者生前的人際關係。」突然被吳浩鋒點名，林瀚儀難得一愣。

「那麼另一條線，『機器人』的調查，就由黃警官和郭隊秘負責——隊長那邊我會再跟他說明。」也不管郭仲霖有沒有開口的打算，楊靖飛逕自下了結論：「專案會議到此結束，可以解散了。」

第三章
新的人生

13

深夜時分，街燈光亮被周遭黑夜團團圍攏，因而顯得勢單力薄，有四面楚歌之感。

路上行人稀疏，圍牆看起來比白晝厚實高聳，自從兩年前T市全面電線地下化後，儘管街道一時間乾淨許多，但時日一久，反倒讓人覺得過於空曠，彷彿連夏天一入夜，在路上走著走著，都會無端打哆嗦從腳底冷起來。

一面漫無邊際想著，嘴上叼著一根菸的吳浩鋒，一面喀喀喀蹬踩在石磚人行道上，聲響幽幽迴盪耳側，忽地他收住腳步，原地頓了一下，轉身拐入只能單向通行的狹長巷口。

一拐入巷口，便看見其中一戶人家門窗，散發出與周圍截然不同的光暈，光暈靜靜染亮屋前的柏油路面，吳浩鋒將菸扔在地上踩熄，邁開步伐往那戶人家走去。

那是一間裝潢典雅別緻，卻沒有店名，低調掩身在暗巷裡的小餐館，吳浩鋒推開厚重木門，一眼便看見坐在窗邊老位置的王盛廷。

吳浩鋒第一次來這間店，就是王盛廷介紹的，他記得那時候古叔也在場，至於聚餐名目是什麼已經記不得了——

王盛廷啜了一口酒，瞥見站在店門口的吳浩鋒，朝他舉起了手。

吳浩鋒遠遠注視著他，當年他也是這樣對自己招手。

在王盛廷對面坐下，一名化著淡妝長相清秀的女服務生前來點菜；另一個過去打過幾次照面、繫著髮髻看起來頗具成熟韻味的女服務生，爲吳浩鋒斟上熱茶時，眉眼低斂，向他輕輕點了個頭，抿出淡淡的微笑。

「謝謝。」吳浩鋒沉聲說道。

好久沒來了——因爲價格的緣故，他已經很長一段時間沒有光顧。

店內只有兩桌客人，除了他們這一桌，還有另一桌坐在內側靠牆、光線略顯昏暗的角落，對坐的兩名女子細聲交談，不時傳來幾聲輕笑。

「晚餐吃過了？」王盛廷問道，眼神低垂看著桌面，又啜了一口酒。

「都幾點了。」吳浩鋒端起茶杯，尚未沾唇便說道：「還沒吃也飽了。」仰頭將熱白鶴靈芝茶一飲而盡。

王盛廷抬起眼，看了吳浩鋒一眼，眉毛和眼睛離得很近，讓他看起來眼神深沉，常被誤認爲是混血兒；王盛廷旋即低回目光，持起酒瓶，在吳浩鋒手邊的玻璃杯倒了七分滿的酒，琥珀色酒液緩緩上升。

替自己重新斟滿後，王盛廷放下酒瓶，在木桌上碰撞出聲響，和店內輕柔音樂相襯稍顯突兀。

王盛廷倒映在瓶身上的表情木然，他將頭往窗戶偏去，扭了扭左肩。

吳浩鋒抓起酒杯，一樣是尚未沾唇便說道：「喝酒沒關係？」

「這是機械關節，不影響。」眞敏銳啊——王盛廷別回頭看向吳浩鋒，咧嘴一笑，明白他的意思，抓起酒杯。清脆一聲，兩人手中的玻璃杯輕叩，互視一眼後，將杯中的酒一口氣喝完。

「機械關節……你還眞是走在時代的最尖端。」吳浩鋒放下酒杯說道。

「科技發展眞是太迅速了——誰能想到，這個世界七年前才歷經第二次科技衰退？」王盛廷將兩人的空杯再度添滿：「是在德國換的，沒有健保，費用貴得嚇人。」

「那種東西，就算在國內弄，健保也不會給付的。」吳浩鋒倒入椅背，搖了搖頭笑道。

「當初，古叔的膝蓋也應該換機械關節。」

吳浩鋒不由得冷笑一聲，抓起酒杯灌下半杯，將杯子往桌面重重一放：「他才不會去換什麼機械關節——他連早期的人工關節都沒辦法接受。」說著，他又忍不住咧嘴一笑。

六年前，那個天色暗暝的深夜，寧靜的郊區發生一起重大車禍。

那次車禍相當嚴重，還捲入古叔車後一輛小轎車和一台300c.c.的重型機車；肇事駕駛送到醫院前已無生命跡象，沒有檢測出酒精反應、也沒有精神病的前科——古叔則是當場死亡，顱內出血，肋骨斷了好幾根刺穿肺部。

無獨有偶，古叔車禍身亡不久，舉辦完告別式隔天，便從國外傳來王盛廷受到重傷、體徵微弱生命一度垂危的消息。這消息轟動國內外，經過多方打聽只知道是交通事故，其餘訊息皆被封鎖，保密異常嚴格。

大概是買通了醫院內部人士，事後有報章媒體披露在那場意外中，王盛廷肩胛骨整個拉扯錯位、肩盂肱骨關節甚至斷裂——更重要的是，還有八卦謠傳，說那根本不是意外，而是王盛廷故意的。

諷刺的是，古叔的死原本乏人問津，只是被刊在社會版的一個小角落——是因爲發生在王盛廷身上的「意外」，大家才注意到這件事。

自殺——聯絡不上王盛廷，無法向他確認。

當時看到這篇報導的吳浩鋒，腦中不由自主浮現這個想法——自己也曾經一閃而過的念頭。

事實上，吳浩鋒也不曾試圖連繫王盛廷，他害怕如果答案是肯定的，連自身情緒都還沒處理好的自己，又有什麼資格向他說那些大道理呢？先是王盛皓、然後沒幾年是古叔——

「說得也是。」王盛廷跟著咕噥道，也一口氣灌下半杯：「古叔大概會死腦筋說『我才不要在身體裡裝那種沒有溫度的鬼東西』——」

「很像他會說的話。」吳浩鋒咧嘴一笑。

「他一定還會嫌太貴！他這人就是小氣——你還記得他對這間餐廳的評價是什麼嗎？」王盛廷輕輕拍了拍桌面。

「貴又吃不飽。」吳浩鋒立刻將王盛廷的話接下去，擠壓喉嚨笑了一聲，而後將剩下半杯的酒咕嚕喝完，將厚實的酒杯緊緊壓在桌上，玻璃底部用力摩擦木質桌面，聲音細細顫抖咕噥道：「如果那天……我、我不用去夜店臨檢，如果那天……我能、我能……」他打了一個嗝，像是怕一旦中斷就不知該如何繼續，又趕緊接著說道：「如果那天我能跟他一起去……說不定、說不定就不會——」那天傍晚，古叔在樓梯間喊住他，問要不要去喝一杯，說有件事想和自己說。

吳浩鋒話還沒說完，王盛廷突然朝他伸出雙手，抓住他的兩側耳朵，吳浩鋒還來不及反應過來，王盛廷便用力往下一扯——這是古叔以前，每當自己對案情鑽牛角尖、陷入死胡同裡的時候，都會對自己做的動作。

第一次看到古叔做這個動作，吳浩鋒還忍不住笑了出來，趕緊別開頭不讓人發現——古叔說這自己的打氣方式，從年輕時候就開始了。

吳浩鋒抿起嘴，收住聲，壓低了臉，兩耳通紅。

怎麼反過來被他——

「不好意思，上菜。」女服務生聲音細柔，送上兩盤串燒和一盤ＸＯ醬炒魷魚。

女服務生欠身後離開，王盛廷抓起一串培根捲蘆筍咬下一大口，吳浩鋒則整了整筷子，夾起一小把魷魚。

「『那裡』——是個什麼樣的地方？」再開口時，吳浩鋒冷不防問道。

懷舊暫且告一段落。

王盛廷知道吳浩鋒口中的「那裡」，指的是「伊甸」。

「一個難以想像的地方。」王盛廷不自覺晃了晃手中的串燒，嘀咕道：「以前，網路遊戲剛出來的時候，我曾經想像，再過不久，自己就能進去那個沒有邊界可以無限擴充的世界，揮舞自己打造的兵器，騎乘自己豢養的騎獸，和素昧平生的人一起解任務、砍殺另一個公會的人……然而事實是，即使網路遊戲風行三、四十年，這個想像卻從未成真——但是今天，『Eva』，卻做到了……做到了讓人超乎想像的事。」

「怎麼樣，才叫作『超乎想像的事』？」

「『真實』和『虛擬』沒有區別。」王盛廷將串燒擱在盤中，十指在桌面上交扣：「雖然聽起來很不可思議，但是自從離開『伊甸』……直到現在，我必須要強烈讓自己意識到『我已經離開伊甸』這一件事，才有辦法意識到『自己已經身在現實世界』——小鋒，你明白我的意思嗎？這邏輯，原本應該是相反過來才對。」

「坦白說，我不是很懂，畢竟我連『科技基礎測驗』都沒通過。」覺得王盛廷的表情有些嚴肅、口吻咄咄逼人，吳浩鋒自我解嘲道，又夾了一把和著XO醬小干貝的魷魚，尚未入口，忽地切入自己今天來這裡和王盛廷見面的另一個原因：「你是不是害怕自己當年抓錯人——」

吳浩鋒冷不防開門見山，讓王盛廷瞬間怔愣住，遲遲沒有應聲，感覺對方像是要撕開自己的身體剝開自己的心直直搗入：「因爲我也是這樣。」一開始，就沒有打算強迫王盛廷回答，吳浩鋒說完後撇開了臉，擠出苦笑逕自說道。

王盛廷依舊沉默不語，還是吳浩鋒按捺不住，擺回頭定定看著他說道：「當年你在他媽媽的指甲裡，發現他的皮屑，成爲我們通緝他的有力證據；又從他妹妹遺留的衣物上，檢驗出的微量金屬殘留，推測出她被綁架藏匿的可能地點——這些是無庸置疑的，而且他自己也承認了。」

「『證據是唯一不會說謊的朋友』，這是鑑識界中的一句名言。」說出這句話的王盛廷眉尾下垂，眼神失去往常的鋒芒，大概是酒精發揮作用，眼睛泛出蛛網狀的血絲，注視著吳浩鋒啞著嗓子說道：「從目前的各種跡象顯示，都和當年的情況如出一轍，雖然……就現實層面考量，確實不可能……但即使只有百分之一、千分之一，不——『即使只有千萬分之一的可能，都要抱持著那或許就是事件眞相的念頭』，這不就是警察嗎？」

「先別想這麼多，偵查才剛開始。」吳浩鋒放下筷子，輕鬆帶過，伸手使勁推了一下王盛廷的肩膀，收回手時順勢抓起一串表面烤得金黃微焦的雞心，咧張一口白牙，俐落咬下一顆小巧的心，細細咀嚼著，嚐出隱隱約約的苦味，隨著那股滋味在舌面上蔓延開來，他的思緒倒轉回約莫十個小時前，踏出科發所的那時候。

※※※

吳浩鋒和林瀚儀一前一後往停車場走去。

「我有開車過來，一起過去。」

林瀚儀加快腳步，超越吳浩鋒將他甩在後頭：「我也有開車，搭我的吧，我不習慣坐副駕駛座。」不等他答覆，她便逕自往自己的車子走去。

萊姆黃休旅車駛出停車場，在日光照射下，顏色顯得格外鮮亮。

林瀚儀開車速度頗快，經常切換車道超車，但吳浩鋒感到訝異的是，她的技術高超，車身平穩幾乎沒有明顯晃動。

「想好等一下見面，要問他們什麼了嗎？」林瀚儀突然開口問道。

吳浩鋒連忙回過神來應道：「嗯。」

「是嗎？」林瀚儀嘀咕道，扭開廣播電台。

前奏才剛流洩而出，吳浩鋒便伸手關上廣播，瞥向林瀚儀的側臉：「不過，在和他們見面之前，我有件事想不通。」

「嗯？」林瀚儀挑起眉尾，模仿吳浩鋒方才的回應。

吳浩鋒收回視線，後腦杓抵住柔軟椅背：「那通電話——發現蕭艾屍體前一晚，打給管健旭的那通電話……真的是蕭艾打的嗎？」

「你的意思是，不可能是蕭艾打的。」

「嗯。」吳浩鋒瞄了照後鏡裡頭的林瀚儀一眼，下一句「但我想不通管健尬為什麼會接到那通幽靈電話」卻遲遲說不出口。

林瀚儀將臉略微側向吳浩鋒說道：「奠基在『那通電話不可能是蕭艾打的』這個基礎上思考的話，其實並不是什麼難題。」

「坦白說，就算解不開，也不影響辦案，就是個障眼法，眞正重要的，只有屍體本身呈現的生理狀態，那是騙不了人的。」吳浩鋒振振有詞說道。

「或者說，以『現在』的科技來說，還騙不了人——」林瀚儀定定看了吳浩鋒一眼，旋即撇回頭，看向前方延綿而去的道路，忍俊不禁說道：「你知道電話的原理嗎？」

「電話？」不明白林瀚儀的意思，吳浩鋒重複了一遍。

「簡單來說，電話其實就是聲波和電波之間的轉換。」沒有任何徵兆，林瀚儀一面用指尖輕輕敲著方向盤，一面連珠炮似的解講道：「電話有兩個構造最重要，一個是發話器，也就是話筒；另一個則是收話器，也就是聽筒。發話器的功能是將聲波轉換成電流，原理是這樣的，當我們說話，聲波振動振動板，振動板與固定板問的碳粒子因爲受到擠壓，間隙縮小，接觸面積增大而導致電阻變小，電流增強；反之亦然。也就是說，隨著我們音量的大小，發話器會送出強弱不同的電流到通話對象的收話器。」斜睨了吳浩鋒一眼，無法看出對方到底有沒有跟上，她繼續滔滔不絕說明道：「至於收話器的功能，則是將電流轉換回聲波。和發話器相同，收話器裡頭，也有一個振動板，平常被永久磁鐵吸住，當電流通過線圈，電磁鐵便會產生磁場，將振動板斥離；而隨著電流的強弱，轉換爲不同大小的斥力，控制振動板的振動程度，振動板再進一步振動空氣，將聲音還原，傳入耳裡。」

「所以呢？」吳浩鋒根本聽不進去，決定直接跳至結論。

「『Overtone』，知道爲什麼科發所研發的的聲音辨識系統，要取這個名字嗎？」

「沒興趣知道，能派上用場就好。」

「每個人即使說出同一個字……打個比方，有一千個人說『愛』，傳達的語意雖然一樣，但從每個人發出聲音的波形，卻各有不同，這種聲音的特殊性，叫作『音色』，讓我們可以分辨到底是由誰發出的聲音——也就是說，人的聲音和指紋一樣，都是獨一無二的。而當中，決定每個人『音色』最關鍵的要素，就是Overtone，『泛音』。」說到這裡，林瀚儀稍微停頓了一下，一面觀察吳浩鋒的表情，一面放慢語速往下說道：「剛剛說過，電話是透過將聲波轉換成電波，傳導到另一端，再由電波轉換回聲波——」

「當聲音處在『電波』的型態——」吳浩鋒恍然大悟揚聲說道，扭頭瞪大眼睛看著林瀚儀。

林瀚儀嘴角浮現淡淡笑容，聲音清亮：「沒錯，若是將『泛音』的波形，修改成和某個人的波形相同，就可以製造出和那個人一模一樣的聲音。」

「這種事，妳會議時怎麼沒提？」

深受困擾的「幽靈電話」不到短短幾分鐘，就被林瀚儀不費吹灰之力解決。

「我怎麼知道你們連這種事都不知道。」林瀚儀說著，打了方向燈，方向盤往右一轉。

※※※

T大學。

吳浩鋒和林瀚儀一前一後從警衛室旁的側門進入校園，一踏進去，哄鬧聲瞬間消失，眼前空間霎時開闊開來。

吳浩鋒不由得慢下腳步，深深吸了一口氣。

T大學歷史悠久，學生數是全國第一，想當然耳也是全國第一志願，在全球大學的排行中，去年來到第二十三名，創下新高。

但也正因爲建立已久，T大學周遭人口稠密、建築櫛比鱗次、土地的規劃和利用更是因爲租金、房價等問題雜亂無章，不分平日假日晴時多雲偶陣雨，街道馬路皆壅塞嚴重、甚或人車爭道糾紛不斷險象環生，基本上是一個開發過度的地區——在這樣混亂傖儜的環境中，只有「校園」是僻靜的桃花源，能夠讓人心無旁鶩、投入全身心追求理想的烏托邦。

「像是兩個世界吧？」看穿他的心思，林瀚儀扭過頭看著吳浩鋒說道。

「牆築得這麼高，難怪什麼聲音都聽不到。」

「不只是高度，用的材質也是關鍵，這間學校的——」

林瀚儀還沒來得及說明，吳浩鋒便邁開腳步，超前了她一逕往前走去。

「走這麼快，你知道人科所怎麼去嗎？」林瀚儀自然不甘示弱，立刻加快腳步跟了上去。

吳浩鋒扭頭瞥了她一眼，揚起一邊嘴角，突然伸手攔住一個背著包包的男學生喊道：「欸——同學，你知道人科所怎麼去嗎？」

對方先是怔了怔，回過神來推了推眼鏡：「人科所……有點距離耶——其實……從後門那邊走應該比較快……」說法籠統，他往校園左後方指了指。

「後門沒地方停車。」林瀚儀知道吳浩鋒在想些什麼——肯定是在說「我看妳也不知道人科所在哪裡」吧。

「人科所」，全名爲「人類科學研究所」，其設立宗旨簡單來說，就是「利用尖端科技分析、探究、進而達到激發人類的潛能」。

由於學術性質和研究領域，與科技發展、生物科學、醫療技術甚至是遺傳基因學等各項跨學科領域密切相關，牽繫複雜的同時又與時俱進，直到最近十多年，學術界才終於有足夠能力整合這些知識，因此和其它系所比較起來，算是相對「年輕」的科系，就算林瀚儀不清楚該系所的詳細情形也是理所當然的事。

但事實卻不是這樣——

自從在醫院和伍若杏接觸那天開始，林瀚儀便決定要徹底了解這個女孩的遭遇——因此對於伍凡宇和伍若杏兩兄妹曾經接受過測驗的人科所，她自然一點也不陌生。

「謝謝。」林瀚儀說道，爲這段問路的「情節」作結。

這一回，又輪到她超前吳浩鋒。

吳浩鋒立刻拋下男學生，沒有加快腳步，但明顯加大了步伐。

大概是上課時間，路上沒什麼人。

現在的學生比以前拼啊——吳浩鋒不禁想起自己那年代的大學生態。

這年頭不拼果然不行啊——想到這裡，他輕輕扯動嘴角。

「變好多——」林瀚儀冷不防發出聲音，讓吳浩鋒心跳一時間不規律跳動了起來，以爲被對方發現自己表情的變化，她接下來說的話才讓他鬆了口氣：「以前、很久以前，這條路的兩旁種了一整排椰子樹。」

椰子樹？

這倒引起了吳浩鋒的興趣——他記得那地方沒有椰子樹。

如果自己死後能葬在椰子樹底下，似乎是個不錯的選擇。

別浪費時間浪費腦細胞了——沒錢沒權。

他提醒自己記得要寫封遺書留給王盛廷，要他別在自己身上花心思。但吳浩鋒心知肚明，知道王盛廷肯定不會按照自己的意願去做。

而且不曉得爲什麼，吳浩鋒總覺得自己會比王盛廷更早離開這個世界。從他們剛認識的時候，他就一直這麼覺得。

阿皓那時候也是——

「爲什麼不見了？」吳浩鋒硬是抽回思緒。切換思考要像換檔一樣俐落，這是身爲一名刑警該有的能力之一。

似乎訝異吳浩鋒居然會對自己的話有反應，林瀚儀撥了撥頻頻摩擦眉毛的短瀏海：「沒有經濟效益吧。換成這種……這種——」她難得支吾其詞，不知道該怎麼稱呼眼前這樣東西。

總之結合了清淨空氣、減低噪音、太陽能照明和蓄電、甚至是散熱、排水等多重功能，外型細長筆直猶如一根根旗桿的金屬物體，沿著道路兩側延伸而去取代原本象徵著這座大學的落葉喬木。

「快中午了，再拖拖拉拉下去，到時候想找的人都走光了。」

只維持了不到一分鐘，又恢復成原來的吳浩鋒。

他拐進一棟結構特殊、外觀簇新用色繽紛大膽的建築物。

沒有搭乘電梯，吳浩鋒瞥了一眼鑲嵌在牆上的液晶螢幕，便轉身往樓梯口走去。人科所的系所辦公室位於這棟大樓的五樓。

吳浩鋒一次蹬踩兩階，到最後幾乎是用衝的。

耳側迴盪著腳步聲以及腳步聲引起的幽幽回音，林瀚儀小跑步跟上，心想幸好自己沒有穿高跟鞋的習慣。來到五樓，走廊空無一人不見吳浩鋒的身影，匆匆走進系所辦公室時，她聽見吳浩鋒說道：「我要找你們的所長。」

「請問您是……」女助教皺起眉頭，抬起臉瞅著吳浩鋒。

「警察。」面對臭著一張臉的女助教，吳浩鋒連徽章都懶得拿。

畢竟是離殺人盜竊等犯罪相當遙遠的一般老百姓，女助教氣燄頓時收斂不少，像被碰觸的含羞草，面對吳浩鋒銳利的眼神，大腦似乎遲遲無法恢復正常運作，一旁的工讀生顯然也慌了手腳，連電話響了也沒聽見。

「我是刑事局科發所所長，林瀚儀，是這間學校的校友——智能科技所。」林瀚儀的聲音宛如一劑肌肉鬆弛劑，可以明顯感受到氣氛的改變：「今天來，是想請教所長幾件事。」

回過神來的工讀生連忙接起電話，壓低音量和對方通話；女助教則按住桌面緩緩站起身來：「所長辦公室在六樓，但所長人現在在國外開會，要下禮拜才會回來。」

「這樣啊……」

「沒有其它人可以跟我們談一談嗎？教授、副教授還是什麼的都——」

「系主任——顧瑾清教授在嗎？」林瀚儀打斷吳浩鋒的話。

「瀚儀？」

「顧教授！」林瀚儀輕聲喊道，迎上前去。

吳浩鋒一面打量對方，一面踱步走近。

被喚作顧瑾清的，是一個看起來約莫六十歲左右的老婦人——按照這年頭的保養保健水準，甚至是整容技術和普及程度，說不定實際年齡已經超過七十，但考量到對方還沒退休，六十出頭或許是較爲合理的推測。

和年齡相符的面貌——

聽起來明明是理所當然的事，然而曾幾何時，已經變成會讓人額外注意的細節。

「借一步說話。」吳浩鋒毫不客氣插入兩人之間，用手背迅速往下顎擦了一下：「這裡有空房間嗎？」

林瀚儀瞪著吳浩鋒的後腦杓，那表情像是在抱怨：「這傢伙把這裡當作警局啦？現在是在要求偵訊室嗎？眞是一點基本的社會禮儀都沒有。」但偵查畢竟不是自己的職責，或者權力——一想到這點，她便只能先嚥下這口氣。

互相爭奪主權，可是調查的大忌。儘管沒有接受過正規的警察訓練，這點常識她倒還有。

「會議室現在空著，這邊請。」顧瑾清不愧見多識廣，有著一份和她外表相襯的沉穩氣質，並沒有受到吳浩鋒咄咄逼人態度的影響。

三人陸續走進會議室，會議室比吳浩鋒想像中還要寬敞。顧瑾清開了燈，走在最後頭的林瀚儀將門輕輕帶上，燈光剛好將那抹陰暗驅趕開來。

「開窗好了。」顧瑾清調皮戳了一下桌上的空調遙控器，走到窗邊，扭開把手將窗子向外推開。

林瀚儀幫她推開另外兩扇窗。

「謝謝。」顧瑾清輕聲說道。

「這是……」吳浩鋒不自覺嘀咕，注意力被掛在牆上的一幀照片吸引過去，那是一張團體照，似乎是某個頒獎場合——他的目光逐漸聚焦，直到完全集中在一名站在舞台左側，笑容燦爛的女子身上。

「你認出來啦？那是Delta。很年輕吧？她也是這裡畢業的，傑出校友。」

「Delta？」吳浩鋒不知道原來女研究員的外號叫Delta。舞台上的她拿著一枚獎牌，頭髮比現在短很多，看起來更顯年輕——那時候還沒有戴眼鏡。不過也可能因爲是要上台所以改戴隱形眼鏡也說不定。

「很特別吧？好像是因爲她小時候體型很像Delta。」似乎怕吳浩鋒無法理解，林瀚儀扳直食指，在半空中畫了一個三角形。

「那另一個呢？」吳浩鋒在腦海中勾勒出男研究員的體型。

「Omega。那隻瘦皮猴一直想練成這種體型。」這回，林瀚儀畫出了一頂圓帽。

「他不是這間學校畢業的？」

「國外回來的。」林瀚儀沒有繼續解釋，大概是認爲就算說了吳浩鋒也不知道。

「妳也是啊——傑出校友。」顧瑾清插入話題，和林瀚儀相視，抿唇淺淺一笑：「兩位請坐。」

不等顧瑾清坐下，吳浩鋒神情一變，雙手支撐住面前辦公椅的椅背單刀直入問道：「系主任有聽說管文復夫婦的事嗎？」

顧瑾清垂下雙眼，瞬間看起來老了十來歲，她按住扶手斜傾著身子塞進皮革辦公椅。無須等到她回應，她的表情和動作已經說明了一切。

但吳浩鋒耐心等待。

「有……畢竟他們是本校的同仁……遇到那種事……」顧瑾清似乎還有話想說，但硬是吞了回去。

「怎麼了嗎？」林瀚儀覺得系主任似乎有話想說。

「也沒什麼……」輕輕吁出一口氣，顧瑾清眼底閃過一絲複雜的情緒，斟酌著用詞細聲嘀咕道：「只是……覺得你有些眼熟……」

「幾年前曾經爲了某件案子來打擾過。」對方想起來只是時間的問題，吳浩鋒索性開門見山說道，突然過於客套的語氣隱隱約約帶著敵意：「二〇二〇年，『蛇蛻事件』。」

「已經十年了啊……」

「管文復夫妻遇害一案，和當年的『蛇蛻命案』可能有所關聯，今天來的主要目的，是想從這邊找到線索——畢竟某種程度而言，這個研究所，可以說是伍凡宇的起點。」

「你說……管教授的命案和凡宇有關？爲什麼？我不懂你的意思……」

一連串事件的開端。

如果是「共犯」，必須找到十年前和十年後，兩起案子的共通點……當中一定存在某種聯繫——就算再渺小、再幽微。

「目前還在偵查階段，無法提供更多訊息。有一件事想先確定——」一如往常，吳浩鋒態度相當強勢，話語細密如雨：「爲什麼教授見過我？當年來這個研究所偵詢相關人員時，教授並不在名單上。偵詢過的對象，我全都記得。」

「那時候我不是人科所的一員，甚至也還不是T大學的教授。」

「但是教授和伍凡宇關係很密切吧？否則就不會到現在還稱呼他『凡宇』——那個人，可是殺了自己爸媽、又差點殺死親妹妹的殺人犯。」

「教授當時在S大學任教。」抓在語末的空檔，林瀚儀從旁出聲說道，企圖調整問話的節奏。

「林所長說的沒錯，我當時在S大學任教……實際上，我專攻的領域是機械工程，當初是以協助開發『Olive Tree』的身份參與團隊，那個團隊不只有S大學，也包括了N大學和L大學的人員，當中也包含了幾名外籍學者，是一個跨校、跨國、跨領域、跨學科的團隊。」

「『Olive Tree』……」吳浩鋒低喃道——這是伍凡宇和伍若杏倆兄妹小時候做的智力測驗。

「雖然這麼說很不得體……但身爲一個教育者……還有研究者……」顧瑾清像是再也懲忍不住，想將當年沒有機會說出口的心聲一股作氣祖露似的，絮絮叨叨說道：「眞的很可惜……要是沒發生那些事的話……他眞的是天才、是我見過最不可思議的存在——這樣形容你們或許會覺得太誇張、太離譜……但伍凡宇他，簡直比人類還聰明。」

比人類還聰明——這聽起來一點也不像是稱讚。

一定是自己又笨又愚蠢的關係吧——吳浩鋒忍不住抽了抽鼻子，在心中暗自想著。

「扯遠了——」吳浩鋒強行讓方才的話題告一段落，從椅背上收回手，順勢插進口袋，接續說道：

「我想問的是，管文復夫婦在學校有沒有和誰結怨？任何方面都可以，學術理念或者利益衝突之類的——還有，他們和伍凡宇之間，有沒有什麼關聯？還是當年我們在調查伍凡宇的背景時，遺漏了些什麼？不管多麼細微的小事都可以。」

「我們雖然是同仁，但研究領域不同，也不是舊識……基本上，不大有來往的機會。」顧瑾清偏著頭：「至於他們和伍凡宇……我不認爲他們有什麼關聯——至少我想不出來。」

「連一點點微不足道的事情都沒有？」

「既然都說是微不足道了……我這個老人家記不起來也很正常吧？」顧瑾清瞇細眼睛微笑說道。

這傢伙——

一旦開啓偵訊模式，吳浩鋒眼中就沒有老弱婦孺之分。

犯罪是唯一真正的平等。

這是吳浩鋒在某本推理小說中讀到的句子，本土作家寫的，看封面似乎不會是太暢銷的書。他特別被當中心態扭曲的兇手說的這句話給吸引住，甚至特地買了一支鋼筆，寫在自己警察日誌的第一頁。

看來得不到什麼能派上用場的線索——

「教授——您是不是還有什麼話沒說？」林瀚儀的話將吳浩鋒的身軀瞬間凍住，他的胳膊無端竄起細密的雞皮疙瘩：「如果只是做了智力測驗，不可能讓妳對伍凡宇……我不確定這樣的形容對不對——念念不忘？」

彷彿踩進流沙、抑或被泥沼吞沒，顧瑾清整副身軀頓時卸除力道，深深陷進椅子裡頭，沉默半晌，她終於提振起精神，重新挺直腰桿，並藉著這股勁道一股作氣站起身來：「請兩位跟我過來。」不再是先前略顯喑啞的音質，此時她的聲音沉穩醇厚，猶如醞釀已久的葡萄酒。

三人走出會議室，一看見他們，女助教心想會面結束，正準備過來關切發生什麼事，還沒繞出隔間，顧瑾清便迅速朝她點了個頭，似乎是要她別擔心，這裡交給自己處理就好。

顧瑾清領著吳浩鋒和林瀚儀往裡頭走，拐進會議室後方的走廊。

走廊兩側各有四個房間彼此相對，大概是研討室和實驗室。

系所辦公室比吳浩鋒一開始設想的要大上許多。

沒有停留，顧瑾清往走廊盡頭筆直走去，來到走廊盡頭，才發現原來還有一條較爲狹窄的通道往右延伸。

七彎八拐，搞得像迷宮一樣——

右轉，視線陡然陰暗下來。

走沒幾步，顧瑾清突然停下腳步，吳浩鋒可以感覺到緊急煞車的林瀚儀差一點點就要撞進自己的背。

顧瑾清身子往前蜷曲、低著頭，在門邊的虛擬鍵盤上輸入密碼，鍵盤淡出的同時，門無聲開啓。

才剛踏進去，眼睛還沒適應周遭環境，吳浩鋒就知道這裡是什麼地方——

倉庫。

顧瑾清打開燈，門外的通道霎時益發闃暗。

果不其然。

儘管空間寬闊，東西擺放有條不紊、標記清楚，打掃得非常乾淨、連角落都纖塵不染——但空氣不會說謊。長時間處於靜止狀態的空氣，隱隱約帶有一種雜糅了緊繃、滯悶甚或無機質的特殊氣味。

顧瑾清往深處走，似乎不再在意他們兩人到底有沒有跟上。

不知道是不是錯覺，注視著顧瑾清的背影，吳浩鋒總覺得她原本稍稍佝僂駝縮的腰背，隨著步伐擺動竟一點一點打直起來。

正當吳浩鋒眨巴眼睛、甩了甩頭試圖拋開這種無稽的想法，面前的背影突然靜止。毫無預警的靜止。像一尊雕像一樣徹底靜止，身體沒有絲毫顫晃。

下一秒，顧瑾清冷不防往旁邊大步一跨，跳舞似的在半空中轉動一百八十度側過身子，騰出吳浩鋒和林瀚儀眼前的空間——

「這是——」

兩人的聲音重疊，突然襲來的強烈錯置感，讓吳浩鋒剎那間無法確定自己有沒有說出這句話。

林瀚儀不知何時已經和自己並肩。

倉庫最深處，宛如博物館展示，靠牆直立著一座巨大的玻璃櫃——棺材，吳浩鋒不由得聯想到童話故事裡白雪公主沉睡的水晶棺材。

也難怪吳浩鋒會產生這樣的聯想——玻璃櫃裡頭陳列著一具機器人，外型與體格跟真人差不多，和一般市面上的機器人相較之下稍嫌纖細。

比自己矮一些，大概一百七十公分左右——

「這該不會是……」吳浩鋒有了另一個聯想。

「沒錯——」顧瑾清目不轉睛注視著機器人，花白的頭髮閃耀著銀光：「這是伍凡宇創造的機器人。伍凡宇他，憑著一己之力創造出來的機器人。」

記憶再度浮現，當初的物品清單上，的確有列出這一項——儘管其餘細節瑣碎模糊，但照片上的機器人確實是這一具。腦海中的影像終於對焦。彼時的心情也隨之浮現，由於比例失真的緣故，從照片上看起來，與其說是天才之作，倒更像是陳列在百貨公司櫥窗裡的模型玩具。

這東西有什麼了不起的，不就是一具機器人而已——即使親眼目睹，他仍然無法理解顧瑾清讚嘆的原因。

縱然時間倒轉回十年前，自己也絲毫不認為在二〇二〇年，這樣的機器人能讓人驚艷到哪裡去——更何況她專攻的領域還是機械工程。吳浩鋒不禁斜睨了顧瑾清一眼，冷不防和剛好看過來的她對上視線。

「你現在是不是在想——『這東西有什麼了不起的』？」顧瑾清說中了吳浩鋒的想法：「這東西可了不起了。很了不起……」她一面嘀咕，一面往玻璃櫃走去。

林瀚儀尾隨過去，吳浩鋒按捺住性子，轉動卡在口袋邊緣的手腕，將雙臂猛地大幅度向外撐開，勉強跟在最後頭。

「這不是普通的機器人，和孕母機器人、幫傭機器人那些純粹被用來當作工具使用的機器人有著本質上的不同，這是『人工智慧機器人』——」

人工智慧機器人——

從字面上解讀，就是「人工智慧」結合「機器人」。

那不是幾乎等於是——

「只可惜……他……有一個缺點——致命的缺點。」

「致命的……缺點？」林瀚儀睜圓了眼睛問道，語氣難掩她呼吸的急促和紊亂。

這也難怪，對同為科學家、發明「Eva」的她來說，再也沒有比這類研究和討論，更能讓她感到振奮、激動的時刻了。她感到全身細胞沸騰鼓譟不由得細細搖晃上半身，肌表緊繃像是果殼一樣就要迸裂開來。

「能源。」顧瑾清直視著林瀚儀，彷彿兩人的靈魂在這瞬間產生了劇烈的碰撞：「一旦失去電力，他就沒有辦法繼續運作。」

「這不是很正常的事嗎？」吳浩鋒的聲音足以中斷兩人對於科技的想像。

「不，凡宇希望突破這一點……我相信以他的能力，一定辦得到……如果不是發生那種事的話……他想做的不僅僅是『人工智慧機器人』，這對他來說並不困難、不可能滿足他……他的終極目標，是創造出『永恆的人類』──要達到這一點，他知道必須突破技術上的障礙，開發出『能源自體循環』的功能。」

永恆的人類、能源自體循環──訊息量一時間超過負荷，吳浩鋒不自覺蹙緊眉頭。

吳浩鋒靈機一動：「這很困難嗎──無線充電不是好幾年前就出現了？」

林瀚儀連忙搖了搖頭，顧瑾清笑了一聲說道：「凡宇他的理想更大──無線充電不管再怎麼進步，功率終究會受到距離、環境等因素影響，打個比方來說好了……其實這也是凡宇他跟我說的：『我希望創造的，是像母親和孩子的關係一樣，只要給予最初的能量，孩子就能自己呼吸、靠自己的意志活下去。』」

聽起來很崇高，但意義在哪裡？

這世界上的人還不夠多嗎──無法理解科學家的想法，幸好破案需要的不是理解，一如往常，吳浩鋒決定不去思考自己不擅長的事。

「那個是……」忽然被一樣東西吸引住目光，他想起了一件事——他其實不大確定兩者的順序，可能是先想起那件事，才看見那樣東西也說不定。吳浩鋒瞇起眼睛，宛如伸長脖子的烏龜，頭下意識往前探，臉往旁稍微一側，避開玻璃的反光，視線集中在機器人的胸口。

機器人隆起的胸膛上，鑲嵌著一個銀白色的記號，外型看起來像是「υ」。

對吳浩鋒的敏銳度感到滿意，顧瑾清用看待一個學生的欣慰眼神望向他說道：「Upsilon。」接著轉而注視著那具機器人繼續說明：「是一個希臘字母，後來演變成拉丁字母中的F、U、V、W和Y——我也是查過網路才知道。」說到最後，她微微笑了笑。

「好強勢的字母，一個變成五個。」林瀚儀走上前去，身子前傾鼻頭幾乎要貼上玻璃櫃，仔細審視著那個記號。

「這記號是幹嘛的？」吳浩鋒往玻璃櫃抬了抬下顎。

「我想……應該是名字吧。」顧瑾清說道。

「名字？」就像畫家在作品上署名一樣？「所以這是伍凡宇的筆名？」這倒是當初沒有調查到的資訊。

「不——」顧瑾清輕輕搖了搖頭：「我覺得應該是他的名字。」最終靜止下來，眼神平靜，凝視著那具表面光亮、卻始終一動也不動的機器人。

※※※

「不過……還真讓我意外……」一走出大樓，林瀚儀便對身旁的吳浩鋒意味深長說道。

「意外什麼？」吳浩鋒最厭惡別人故弄玄虛。

「我沒想到你會先來這裡……按照你的個性——」

「妳根本不了解我吧？」吳浩鋒打斷林瀚儀的話。

「你是指調查模式的你？」

「我就是我，沒那麼複雜。」話一說完，吳浩鋒隨即加大步伐，和答不上話的林瀚儀轉眼間拉開了距離。

※※※

在便利商店吃過稍遲的午餐，林瀚儀載著吳浩鋒來到周婕妤租賃的公寓。

將車停在馬路對面的收費停車場，兩人穿過斑馬線。

公寓從外觀便可以看出屋齡有好一段時間，說不定有三、四十年——但位於G國中附近，又鄰近新興的K國宅，距離半年前新開通的捷運站也只有三百多公尺，生活機能算是相當不錯，如果進一步考量租金，那就更划算了。

八層樓的老舊公寓，電梯倒是出乎意料簇新乾淨。

「兩個月前才剛換過電梯。」電梯門關，緩緩上升，彷彿看穿吳浩鋒心思似的，林瀚儀忽地說道：「之前那台常常故障，有一天晚上，打工完回家，小杏被困在電梯裡，嚇得她趕緊打電話向我求救。」

「她沒找她未婚夫？」吳浩鋒注視著倒映在金屬門扉上的林瀚儀。

「那時候還是男朋友。」不改科學家本色，林瀚儀一本正經訂正道，緊接著又說：「阿健那時候和他爸媽出國，他們每年都會出國渡假，那次好像是到義大利南部，好像是Naples還是Alberobello吧？」

叮——

林瀚儀話一說完，伴隨清脆聲響，電梯門開啓。

儘管不知道房號，吳浩鋒還是一馬當先跨出了電梯。

兩人站在806號房前，林瀚儀按了電鈴。

「妳沒有鑰匙？」

「今天不是私人行程。」林瀚儀立刻答道。

吳浩鋒將手插進牛仔褲口袋，抬頭等待。

八樓，是這棟公寓的最高層，鐵皮加蓋，冬冷夏熱。

不一會兒，門的另一側發出金屬刮磨聲響，接著是和門框碰撞的輕微敲擊聲——對方正在取下防盜鍊。

門向內打了開來，出乎吳浩鋒意料之外，出來應門的，不是上回代表發言的管健旭，而是有著一張小巧鵝蛋臉、膚色略顯蒼白的伍若杏。

知道了女子眞實的身份後，吳浩鋒沒有辦法在心底叫她「周婕妤」——儘管知道對方是多麼需要捨棄那段過去，多麼渴望展開一個嶄新的人生，但對於自己來說，無論她改成什麼名字、或者變成什麼模樣，永遠都是當年那個遍體鱗傷的十一歲女孩。

「小杏。」林瀚儀輕聲喊道。

「瀚儀姊……你們來了……」周婕妤的聲音細若蚊蚋。

「阿健他……還好嗎？剛剛打電話過來，聲音聽起來怪怪的。」

「他剛睡醒──我在洗澡……所以沒接到……」周婕妤似乎也還沒清醒過來，偏著頭語帶遲疑說道，接著緩慢眨了幾下眼睛，細聲咕噥道：「他昨天……做了一整晚的惡夢，到早上才好不容易安穩下來。」

「妳呢？妳還──」

「婕妤，瀚儀姊來了嗎？」

沙啞帶著點鼻音的男聲打斷林瀚儀的話，周婕妤別過頭，將門徹底拉開，站在林瀚儀身後的吳浩鋒，和站在周婕妤身後，赤裸著上半身、頭髮濡濕的管健旭冷不防對上視線。管健旭怔愣幾秒鐘，動作僵硬朝吳浩鋒點了個頭。

套上T恤的管健旭，和吳浩鋒與林瀚儀兩人對坐和式桌兩側沙發，周婕妤端著托盤來到桌邊，在三人面前各自放了一杯熱茶，杯子講究，是來自日本的清水燒，質地十分溫潤。

整了整裙襬，周婕妤在管健旭身邊坐下，警戒似的將托盤按在大腿上。

茶水熱氣緩緩上竄，像是在兩方之間拉開一簾霧白的薄紗。和往常辦案一樣，吳浩鋒決定開門見山：「不好意思，在這種時候打擾兩位──關於日前發生的命案，有幾件事想請教。」他的氣息輕輕吹開了紗幔。

林瀚儀偷偷瞄了瞄吳浩鋒，覺得他的語氣不大一樣──該說是客氣？謹慎？還是小心翼翼？

「沒……沒關係……這是我們應該做的。」管健旭咕噥道，點了點頭，未吹乾的頭髮反射出斷斷續續的光澤。

「感謝你們的配合。」吳浩鋒一面說道，一面將手伸進暗紫色POLO衫胸前口袋，林瀚儀以爲他會拿出收摺式平板電腦，但沒想到他掏出來的，卻是一本棕色皮革的筆記本，封面相當老舊，看起來用了很久。

林瀚儀捧起茶杯，啜了一口熱茶，吳浩鋒開始提問：「我們想知道，管先生和管太太是不是有與人結怨？親戚鄰居、學術爭議或者是金錢糾紛——不管想到什麼可能，請盡量提供參考，看似再小的疑點都沒關係。」說話的時候，吳浩鋒將眼神平均分配給管健旭和周婕妤兩人。

調查初步，建立起雙方的信任感，是最重要的事。

管健旭的手肘抵住膝蓋，低垂視線，思忖片刻，抬起目光看向吳浩鋒：「我想……我爸媽他們，應該沒有得罪誰吧——他們是不會對任何人失禮的那種類型，尤其是我媽，對人際關係十分敏感，甚至到了有點神經質的地步，非常在意名聲、在意別人的看法，總是盡可能做到面面俱到……畢竟……畢竟學術圈眞的很小。」

林瀚儀用力點了個頭。

基本上，愈是專業的領域，人際關係的經營就愈重要，所謂的「成就」，除非是遺世獨立的天才，否則往往是魚幫水水幫魚，雙人舞般的進退應對。

「我就不拐彎抹角了——」打了預防針後，吳浩鋒單刀直入：「會不會有人認爲，管太太的神經質，侵犯到他們？讓他們感覺不舒服？」

「我想……或許有可能……可是……」搔了搔高挺的鼻樑，管健旭一面思索一面說道：「可是……即使我們認爲，一個過於奉承的人不夠誠懇，但如果對方奉承的對象是自己，縱然無法信任、喜歡對方，但是基本上不可能……不可能因此憎恨對方……甚至……」

「八月二十一日那天，發生了什麼事？」沒有任何緩衝，吳浩鋒直接跳入下一個問題。

瞥了吳浩鋒一眼，一旁的林瀚儀突然出聲：「八月二十一日，那天是阿健的單身派對。」

吳浩鋒沒有理會，像是聽不見林瀚儀的聲音，直勾勾盯著管健旭。

管健旭明白吳浩鋒的意思，先是看了林瀚儀一眼，隨即抽回目光，移到吳浩鋒身上：「八月二十一日那天，我家辦了一個單身派對。」

「你爸媽辦的？」吳浩鋒問道。

管健旭立刻否定道：「朋友幫我辦的。」

「可以描述一下單身派對的情形嗎？」

根本沒料到發現屍體前一晚，媽媽打給自己的那通電話，可能會是假冒的——管健旭愣了好一會兒，一時間想不通吳浩鋒爲什麼會想問單身派對的事？

爲了避免造成對方的困擾，吳浩鋒事先提醒了林瀚儀先不要告訴他們兩人蕭艾正確的死亡時間——但其實當中還有另一層含意：試探。

林瀚儀知道管健旭和伍若杏，一直是吳浩鋒懷疑的對象——這無可厚非，畢竟這起案件目前爲止撲朔迷離，讓人摸不著頭緒，浮在水面上可供檢視的人物沒有幾個。

管健旭舔了舔灰白皮屑剝落的乾裂嘴唇，喉腔滲出一絲隱隱約約帶鏽的血腥味：「大概是六月底，我和婕妤一公開準備在年底結婚的消息，周遭朋友便立刻起哄，說要幫我辦一個單身派對，最後日期敲定，選在八月二十一日，也就是禮拜六晚上七點……」頭往前傾，他吞下一大口口水，繼續說道：「那天下午，我和婕妤挑完喜餅，先去超市買了些東西……就是幾樣簡單的熟食、四、五瓶葡萄酒和兩箱啤酒——

回到家大概是……」他看向周婕妤。

「下午4點57分21秒。」周婕妤說道。

「記得還眞清楚。」

「壞習慣了。」周婕妤嘀咕道，下意識摸了摸手錶。

「接下來呢？」吳浩鋒拉回正題，俐落轉動指間的原子筆追問道：「你爸媽都沒幫忙？」他覺得有些奇怪，因爲聽管健旭先前的描述，管文復夫妻是禮數周到、絕對不會怠慢客人的那種人。

「這本來就是我們自己的事。」管健旭一句話便匆匆帶過去，接續說道：「回到家，我和婕妤開始打掃、佈置場地和擺盤餐點，大概在六點……我記得剛好是『娛樂顯微鏡』那個綜藝節目開始播的時候，他們才回來。」

「他們是不是那時候——才知道你們要辦單身派對？」憑著一股直覺，吳浩鋒冷不防出招。

林瀚儀瞥向吳浩鋒，表情難掩訝異。

管健旭垂眼注視著擱在桌上的茶杯杯緣，沒有一絲熱氣，茶已經冷了：「他們不喜歡那種活動。」

「爲什麼不乾脆辦在這裡就好？」吳浩鋒追問道。

管健旭不由得皺起眉頭，不懂爲什麼吳浩鋒如此執著於單身派對？

「單身派對……怎麼了嗎？」管健旭心跳瞬間漏了一拍，原來是身旁的周婕妤，替自己說出了心中疑惑。

「偵查不公開。」吳浩鋒面無表情答道，不知情的人，恐怕會覺得他太不近人情；但對於接觸過無數個受害者家屬的吳浩鋒來說，他明白該怎麼做，對他們才是最好的。

即使告訴他們案情疑點、剖析犯案手法，死者無法死而復生，生者也無法獲得慰藉——更多時候，那些難以解釋的部份，反倒會像是一根扎入肌膚裡的細刺，縱然隱隱約約感受到，卻怎麼也掐擠不出。

吳浩鋒並沒有打算讓其它人理解自己的想法，他瞅著管健旭，放慢速度又問了一遍：「爲什麼單身派對不辦在這裡？」

林瀚儀看了吳浩鋒一眼，似乎明白他的想法，眼角略微下垂，接著注視管健旭，眼神彷彿是在暗示他：相信吳浩鋒。

管健旭鬆開眉頭，雙手交扣擱在膝蓋之間：「也沒什麼特別的原因——」

「因爲我希望他爸媽接受我。」周婕妤冷不防吐出這句話。

「婕妤——」

「沒關係。」周婕妤朝管健旭搖了搖頭，擠出一絲微笑，對吳浩鋒和林瀚儀細聲說道：「我想讓他爸媽喜歡我……多喜歡我一點點也好——所以……所以我才硬是要他把單身派對辦在家裡。」

「小杏……」林瀚儀低喃道——這些煩惱，她從來沒有對自己傾訴過。

或許是感到內疚，又或者摻雜其它更複雜、難以輕易向人坦承的情緒，周婕妤別開視線，刻意閃躲林瀚儀的目光。

「六點『娛樂顯微鏡』開始，你爸媽回到家，然後——」吳浩鋒沒有繼續糾結這個問題，話鋒陡然轉向，接回管健旭方才的答覆，推進原先的問話。

「看到家裡被弄成那個樣子，他們……他們原本不知情……當然嚇了一跳，我趕緊跟他們解釋……爸媽原本不是很開心——幸好那時候我們的朋友陸續上門，他們才進房去換衣服，出來幫忙招呼客人。」管健旭回憶道。

這是在她預料之中的發展吧——吳浩鋒用餘光瞥了周婕妤一眼，忍不住暗自估量：這女孩除了有決心以外，還具備冷靜的頭腦。

「後來……瀚儀姊也到了……但時間比較晚——」

「我那天大概十點過後才到，科發所同事慶生。」林瀚儀簡短補充，瞄向吳浩鋒低聲咕噥道：「Omega。」

「那個娃娃臉啊……」吳浩鋒不禁嘀咕道，但下一秒隨即回過神來：「接下來——單身派對有什麼特別的地方嗎？」

「就是……就是一般的單身派對。」仍然不明白吳浩鋒到底想問什麼，管健旭即使想回答也力不從心。

「派對中，他們——我是指管先生和管太太，有沒有什麼特別的舉動？或者和什麼人交談的時候，樣子不大對勁？」

「因爲大部分是我和婕妤的朋友，他們都不大熟，所以頂多就是寒暄、隨便聊個一兩句而已……」

「還是……他們——有沒有離開過現場？」

管健旭渙散的眼神，像是終於抓到焦點，突然一亮：「我媽大概在十一點左右就進房睡覺了。」

「有更精確的時間嗎？」吳浩鋒下意識撇向周婕妤。

「不、不好意思……我那時候……在廚房烤舒芙蕾。」

「我想應該是十一點到十一點十五分之間。」林瀚儀說道：「我有聽廣播的習慣，特別喜歡『冥王星據點』──一個音樂節目，那節目的第一個單元『遙遠的回聲』，是從十一點到十一點十五分。」

「她進去睡覺，你們派對繼續進行？不會吵到人？」吳浩鋒繼續問道。

「不會，那間房子的每個房間，都有絕佳的隔音設備。」管健旭答道：「因爲我爸媽工作的性質，需要絕對安靜、思考不受到任何干擾的空間。」

「那麼管先生呢？也跟著去睡了？」

管健旭冷不防咧嘴一笑，露出大男孩似的淘氣笑容：「那種場合他才捨不得睡，我爸喜歡、非常喜歡和別人分享自己的看法──不管什麼事，從娛樂八卦到政治經濟，從內子宮到外太空，他都能說出一番大道理……而且人愈多，他講得愈起勁。」

「單身派對幾點結束？」

「凌晨1點03分26秒。」周婕妤說道，瞄了管健旭一眼又說：「阿Home──我們的一個大學朋友，香港華僑，那天他喝了很多酒，阿健送他下去搭計程車的時候，我剛好看了一下手錶。」

吳浩鋒回想監視器畫面──八月二十二日凌晨兩點二十六分，在管文復公寓四十四樓走廊拍到的一道白衣身影。

不知道他們調查得如何──黃耀賢和郭仲霖負責調查機器人那一條線，此刻應該正沿著監視器提供的路徑反向追蹤。

「管先生幾點就寢？」吳浩鋒繞回上一個問題，乍看迂迴，實際上是爲了避免人過度依賴印象、而忽略了「記憶」某種程度上的誤差與不可靠性。透過這樣的來回，可以進一步檢視、修正，讓「記憶」更趨近原先的「事實」。

管健旭想也沒想便答道：「大概也是一點多吧，等我們朋友全都離開，我和婕妤準備開始收拾善後的時候。」

「我記得，管先生隔天一大清早——我是指八月二十二號，就要搭七點四十分的飛機，飛去香港開會？」

管健旭點了個頭：「他常出國開會，每次都會在前一天先安排好計程車。」

「你們有親眼——親眼看見管先生走進臥房？」吳浩鋒加重語氣問道。

面對吳浩鋒近似質疑的提問，管健旭和周婕妤互視一眼，兩人富有默契一起朝他點了點頭。

吳浩鋒斜睨著林瀚儀，留意到他的目光，林瀚儀撥了一下短髮，斜傾著頭說道：「我嗎？我還沒十二點就走了……那邊都是年輕人，沒什麼話題好聊的——小杏和阿健也都被他們朋友團團圍住，根本說不到幾句話。」

吳浩鋒的目光，緩緩移回和式桌對面的兩人身上，放慢呼吸，潤了潤喉後重新開口：「管先生進臥房時，你們有看見管太太嗎？」

管健旭頓時瞪大了眼睛，掐緊雙手虎口，著實一愣，吳浩鋒看出他眼底的困惑，正準備追問，管健旭已經搶先一步回答：「他們睡在不同的房間。」

「不同的房間……」吳浩鋒嘀咕道。

「因爲我媽淺眠，所以只要我爸隔天要早起去機場，他們都會分開睡。」

「是這樣嗎……」吳浩鋒又逕自低喃著，眼睫毛細細顫抖：「是、是這樣啊——」

其實不是淺眠的問題吧——吳浩鋒猜想他們應該從很久以前就分房睡了。

林瀚儀豎起耳朵，想聽清楚吳浩鋒究竟在低語些什麼——卻只聽見沉重緩慢的呼吸聲。

「最後一個問題——」正當沉默悄悄包覆住眾人，冷不防響起話聲，在未竟的尾音中，吳浩鋒突然啪一聲，像是射出一支箭，用力闔上筆記本，身旁的林瀚儀肩頸一縮，心口猛地一緊：「身爲他們唯一的孩子，你認爲他們最大的煩惱是什麼？」他抬起頭，身子大幅度前傾，雙眼圓睜逼近面前的管健旭問道。

「他們……最大的煩惱——」不知道是被吳浩鋒充滿力道的眼神牽引，抑或是早已在心底準備好答案，管健旭下意識脫口說出：「大概，是我吧。」

管健旭的答覆，讓周婕妤和林瀚儀同時怔愣看著他。

吳浩鋒的表情沒有絲毫遲疑，手按住筆記本封面，瞅著管健旭繼續問道：「方便的話，想請問管先生一件事——爲什麼……爲什麼明明只差一個學期就可以畢業，你卻選擇在大四下學期退學？不但沒有跟任何人商量，而且還是在即將舉行畢業典禮的半個月前。」

將滑落的髮絲塞至耳後，周婕妤輕輕皺起眉頭，瞄了管健旭一眼，轉向吳浩鋒正準備開口：「沒關係——」管健旭沉穩的嗓音傳入耳底，他輕輕按撫住周婕妤的手背，溫柔看了她一眼，扭頭定定看著吳浩鋒說道：「因爲我受不了他們。」

「受不了……他們？」林瀚儀嘀咕道，神情詫異，像是第一次發現，原來自己並不如自己想像中，那麼熟悉眼前這個大男孩——就如同直到前一刻，才知道小杏在這段感情中受了多少委屈。

「T大學，有一個歷史悠久、相當知名的智力測驗，叫作『Olive Tree』，類似Stanford-Binet和Wechsler……到目前爲止，和很多專門提供資優教育的機構合作了四、五十幾年，將近半個世紀。」管健旭躺入沙發，交握的雙手輕輕摩娑，補述道：「『Olive Tree』，就是橄欖樹，據說在希臘神話中，智慧女神雅典娜（Athena），將手中的矛往地面用力一插，便從土中冒出一株橄欖樹。」

「T大學、智力測驗……Olive Tree……」吳浩鋒喃咕道，心底隱隱約約浮現疙瘩。回想起早些時候顧瑾清欲言又止的模樣——原來這就是她當初沒有如實交代的部份。

管健旭抬起視線看望向吳浩鋒，聳了聳肩膀說道：「簡單來說，就是培養天才。」

T大學、智力測驗、天才——吳浩鋒餘光飄向管健旭身旁的周婕妤。

管健旭和伍凡宇、甚至是和伍若杏一樣，都接受過那個測驗——

「根據Agdistis理論，任何測驗，都有產生誤差的可能，幾年前一篇比利時的學者就曾在他的論文中指出，分析『Olive Tree』問世六十年來的數據，發現『Olive Tree』的測驗方式，有高達99.999863%的精準度。」像是換成另一個人，管健旭忽地一股腦兒，拋出一堆吳浩鋒聽不懂的東西：「但反過來說，這個測驗，存在著0.0000001137的偏差，也就是說——」

「平均每一百萬個測試者，就會有一個出錯的可能。」林瀚儀接續管健旭未竟的話音說道。

「我就是那百萬分之一。」管健旭垂下頭，低聲說道，從地板反彈的聲音更顯微弱。

周婕妤扭過頭，注視著管健旭的側臉，像是不忍讓他繼續說下去。

「在六歲的時候，他們帶我去T大學接受『Olive Tree』測試，測試結果，我的智力高達186，他們非常、非常、非常高興，比教授升等、比得到任何學術獎項都還開心……但後來，無論是小學還是國中，無論課業、體育還是藝術，我卻一直沒有展現出任何和186智商相應的才能——高一C男中入學後，統一做了另一項智力測驗……我實在、實在太好奇結果……現在想起來，或許是我自己也開始懷疑自己了吧……總而言之……當時我偷偷看了一下測驗成績……」聲音漸弱，管健旭抬起頭，分別看了林瀚儀和吳浩鋒一眼，搖了搖頭，苦笑道：「92，別說是天才了，甚至還比一般人的平均值低。」

「C男中，是全國高中的第一志願。」吳浩鋒出聲說道，聲音鏗鏘有力。

林瀚儀和周婕好看向吳浩鋒。

管健旭睜圓眼睛，他明白吳浩鋒的意思，但旋即又瞇了細，繃緊臉頰兩側肌肉說道：「那是我拼了命……拼了命努力才得到的結果——但這麼拼命，也只是證明了，考上好高中這件事，是可以完完全全靠努力達成的。」說到最後，他自我解嘲。

「確認自己不是天才以後，我瞬間……瞬間失去努力的動力，高中成績一落千丈——大概是壓力太大，某次段考考砸，我衝著他們吼，要他們不要再花那麼多錢買資優課程、聘請家教，因爲我只是個非常非常普通的孩子。」管健旭一鼓作氣說道，彷彿再不趁著這個機會說出口，這個世界上就沒有任何人會知道這麼長時間以來自己的心情了——他的嘴角細細抽搐，眉宇擠出深刻的皺痕：「但他們、不相信——他們、他們怎麼，都不相信……這也難怪吧……畢竟……已經浪費了這麼多年時間，投入那麼多資源。」

「所以你故意退學——是爲了報復他們？」吳浩鋒言詞銳利——所以你故意退學、結婚，是爲了報復他們？這是他原來想說的話。

如果要從殺人動機著手，坦白說，他爸媽殺他還比較說得過去——郭仲霖曾說過的話，忽然間竄上吳浩鋒心頭。

吳浩鋒原以爲說中管健旭的心聲，沒想到管健旭卻緩緩搖了搖頭，否定了他：「因爲，這是我人生中第一次，遇見願意全心全意相信我、而不求任何回報的人……」一面說著，他一面側過臉，注視著周婕好，放鬆臉頰肌肉的時候，嘴角浮現了淡淡的笑容，輕聲說道：「我想要爲了她，重新活過一次——」他擺回頭，一瞬間定定看進吳浩鋒最深最深的眼底：「我想要展開一段新的人生。」

我是為了給妳新的人生——不知怎地，吳浩鋒倏地想起十年前，以璨烈火光爲背景的少年。

※※※

「不好意思，打擾妳和阿健休息。」

「瀚儀姊，不要這麼說……」按住門把的周婕妤小幅度搖了搖頭，髮尾沾在滲出透薄汗水的鎖骨上：「爲了找出兇手，這是我們應該做的……也是爲了阿健——妳也知道，他在這方面，就像個小孩一樣，總是喜歡在別人面前逞強……其實……其實他偷偷哭了好幾次。」她壓低聲音說道，不時往後瞄了幾眼。

「其實妳也——」

「周小姐，方便的話，可以借一步說話嗎——」吳浩鋒冷不防打斷林瀚儀的話，將她推開，往前一跨，表情一沉，逼近周婕妤擠壓嗓子說道：「有些事想請教妳。」

周婕妤一臉爲難，看向被推到一旁的林瀚儀。

「爲什麼剛剛在屋裡不說？」林瀚儀不願示弱，伸手往吳浩鋒的肩頭重重拍了一下。

「關於八月二十八日，發現屍體前一天的監視器畫面……」像是咬住獵物頸子的獅子，吳浩鋒不疾不徐說道。

監視器畫面？什麼畫面？爲什麼自己不知道——

林瀚儀心頭猛地一震，這才恍然意會過來，吳浩鋒打從一開始、不——打從還沒進屋、甚至是坐上副駕駛座上的那一刻起，就打算這麼做了。

見周婕妤表情掩藏不住變化，吳浩鋒繼續說道：「也就是管健旭接到蕭艾電——」

「我明白了。」周婕妤吐出聲音，沒有讓吳浩鋒把話說完，而後覺悟似的，閉上眼睛吁出悠長緩慢的一口氣，睁開眼的剎那，倏地別過頭去，纖細手指順勢將長髮往後一攏，朝屋內擠出帶笑滲蜜的聲音：「阿健，我到便利商店買一下東西！」

※※※

吳浩鋒和周婕妤並肩走在前方，林瀚儀則跟在兩人後頭，維持一段距離。

「妳長的，和以前很不一樣。」

「完全不一樣。我不想變回以前那個人。」周婕妤語氣輕快說道，斜睨著吳浩鋒：「你見過我以前的樣子？」

「照片。」

那時候爲了找尋伍若杏的下落，吳浩鋒不知道看了那張照片多少次，甚至一度天馬行空幻想：若是再繼續看下去，以後自己生出來的孩子，會不會長得和這女孩一模一樣？

「整形手術。」像是在描述別人的遭遇，周婕妤輕鬆自若說道：「『皮膚自體移植』。當時我身上有將近百分之七、八十的燒燙傷，是從剩下的百分之二、三十的皮膚裡，取出細胞培養，再移植過來。」

「不會痛嗎？」吳浩鋒問道。

周婕妤停下腳步，定定看著吳浩鋒：「你是指哪裡？」

吳浩鋒無法回答，他垂眼，從POLO衫口袋裡掏出菸盒。

「我看過周刊報導，上頭寫說，還好我是在那時候發生這種事，要是再早個幾年，我可能就沒救了——」周婕妤冷笑一聲，自我揶揄似的，又重複了一遍：「眞的是還好，『還好我是在那時候發生這種事』……」

吳浩鋒叼起香菸，點起火。

「敘舊結束了嗎？我不想讓阿健落單太久。」她逼迫對方攤牌。

吳浩鋒皺著眉頭，深深抽了一口菸，吐出煙霧：「八月二十八日晚上十點——或者用妳比較習慣、更精確的說法……十點二十七分四十三秒，妳爲什麼會出現在那裡？」語帶挑釁。

「警方現在，是懷疑我殺了人？」周婕妤毫不閃躲。

「吳警官——」

吳浩鋒揚起下顎阻止林瀚儀，目光掃向周婕妤說道：「不用想太多，只是例行性的問話，想知道爲什麼在那段敏感的時間，妳會『剛好』出現在那裡？」

先前隱瞞的驗屍結果發揮作用——吳浩鋒集中精神，準備仔細觀察她究竟知不知道那時候蕭艾已經陳屍在臥房裡將近一個禮拜。

「如果我說，不是『剛好』呢？」周婕妤突然神情一變，摩擦齒列擠出令人頭皮發麻的聲音：「蕭艾她，希望我離開阿健——那女人，就是不肯放過阿健，我相信直到她死之前，一定還是認爲自己的孩子是獨一無二的天才。」

「小杏……」這種情緒激動近似自白的話語——林瀚儀一臉擔憂。

「她認為是我阻礙了阿健……認為是『愛情』這種沒有用的東西阻礙了他——」

「所以妳就殺了她？」

「我沒有殺她。」周婕妤口吻堅決，目光炯炯如烈火瞅著吳浩鋒說道：「那天……那天我之所以到那裡，是因為她說有一樣東西……要給我看……」

「什麼東西？」

「她說要是我不離開阿健，就要把那樣東西，拿給阿健看——」周婕妤眼眶泛紅，血絲邊緣透著銀光：「那是我在十三歲時，被強暴的影片。」

答案遠超乎吳浩鋒和林瀚儀的想像，兩人久久無法從震懾中恢復過來。

用手背按了一下鼻頭，周婕妤撥了一下那頭漆黑如流的長髮：「我們在單身派對那天，便偷偷約好，在八月二十八日晚上十點半見面……選擇約在那一天，我想是因為那天，是她先生在香港的最後一天——而她之所以會打那通電話給阿健，我想……我想就是暗示我在吃飯的時候，當著大家的面前，向阿健……提出分手。」

吳浩鋒瞇細眼睛：「可以描述一下，那天晚上妳和管太太見面的情形嗎？」

「我沒有碰到她——」周婕妤立刻答道：「監視器畫面應該很清楚，我進去沒過幾分鐘，就離開了。」

沒錯，監視器畫面中，周婕妤十點二十八分進屋，約莫十點三十七分就匆匆離開。

「沒碰到她？她不在家？」吳浩鋒語氣轉換，和先前截然不同。

「我不知道，我沒心情確認，我一進客廳，就看見電視螢幕上，十三歲的自己，在醫院裡……赤裸著好不容易換上新皮、一身潔淨的身體，被兩個噁心的男人任意擺弄……」周婕妤一面搖頭，一面歇斯底里咕噥道：「好不容易、那些好不容易才從腦中刪除的記憶……那女人……那女人居然、居然直接撕開我的皮肉，血淋淋播放我被強暴的影片——我把撥放器裡的檔案刪掉後，立刻離開了那裡。」她的聲音顫抖，宛如即將迸斷的琴弦：「那一瞬間、那一瞬間，我就下定決心，隨便她了——不管她要不要把影片還我，我都會離開阿健。」

但是在婚紗店試穿婚紗時的小杏，看起來明明是那樣幸福——林瀚儀的表情似乎是這麼說的。

「但是……但是一回到家，看到剛打工回來、明明應該很疲憊，卻在幫我洗衣服的阿健，我實在……實在無法放棄——」周婕妤說著說著，不由得眼睛一彎流下了眼淚：「我那時候想，如果、如果放棄這麼好的人……十一歲那年，我原以為，能從頭來過的人生，到這邊，真的到這裡就徹底結束了。」

※※※

「真的不用載你回去？」

「我自己搭捷運就好。」反正今天的調查也結束了——後半句吳浩鋒沒有說出口。

「你不會投訴我吧？」

「我還怕妳投訴我。」

「眞意外，吳警官居然也會有害怕的事啊？」說著，林瀚儀瞇細眼，瞥了瞥泛起淡薄暮光的遠方，話鋒一轉說道：「眞搞不懂，怎麼會有人這麼閒……動不動就投訴？眞是無聊。簡直是浪費社會資源。」

「跟監察體系一樣。」

或許是工作告了一段落，放鬆下來的兩人揶揄了自身所處的大環境。

兩人對看一眼，嘴角同時浮現笑意。

「先走了。」

「我對妳說的情景有印象——」

突如其來的話語。

林瀚儀連忙扳住車門，望向吳浩鋒，臉上寫滿困惑。

「我有印象。」吳浩鋒重複了一遍，接著解釋道：「妳今天早上……在偵查會議時說的……在病床上——渾身纏滿繃帶的伍若杏……」

「你也去看過她？」

「我是說『有印象』。」

林瀚儀不懂吳浩鋒到底想說些什麼？

她喉頭一緊，但沒有催促他。

「只有我沒去。探病。當時，一起偵辦『蛇蛻案件』的幾個人全都去了……王盛廷、楊檢、郭仲霖、黃耀賢——還有古……」吳浩鋒停頓一下說道：「還有古召磊。」他決定不管林瀚儀知不知道「古召磊」是誰也要把經過說明清楚。

「爲什麼你不去？」不是「沒」，而是「不」。這說明了林瀚儀清楚答案是什麼。

見吳浩鋒遲遲沒有應聲，林瀚儀幫他把壓在心底將近十年的話，一股腦兒給說了出來：「其實你很害怕吧？害怕自己會質疑自己……質疑自己把變成這樣子的她救回來，到底算不算是眞的救了她？又或者只是自己一廂情願、甚至是滿足自己想成爲英雄的欲望——」

「我沒有想成爲英雄。」吳浩鋒直盯著林瀚儀。

林瀚儀輕輕吐出一口氣，氣氛和緩下來，她繞回方才吳浩鋒的話裡頭讓自己感到矛盾的地方：「既然你說，自己沒有去醫院看過她，爲什麼又說對那場景有印象？難不成你是在做夢啊？」

又一次，吳浩鋒沒有回答。

林瀚儀又一次從他臉上看出答案。

「眞的是做夢？」林瀚儀有些訝異，大概是沒料到自己只是隨口說說，竟然就矇中。

「不是一般的夢。」

「套用你的說法，『夢就是夢，沒那麼複雜』。」林瀚儀顯然失去了興致，輕輕前後扳動著車門。

她對於無法使用科學方式解釋、利用所得到的數據進一步研發、改進甚或發明創造的事物沒有興趣。

儘管至今已經有不少學術論文討論腦科學和夢的關係，但在過於薄弱危脆的基礎上進行討論，無疑是製造出層層疊疊的空中樓閣——簡單來說，比起把賭注押在「人腦」的不確定性上，她寧可窮盡一生推進「電腦」的可能。

「很眞實。非常眞實。」

即使不用刻意回想——消毒水氣味、機器運作聲響、日光照在臉頰上的溫度，甚至是握住門把的冷硬觸感。

林瀚儀突然將車門推至極限，肩膀受到反作用力細細一震，將眼睛睜得渾圓說道：「會不會那根本就不是夢？」

「不是夢？」在林瀚儀提出來之前，吳浩鋒從來沒思考過這種可能性。

「我的意思是，會不會你其實曾經去醫院看過小杏，只是你忘記了——不是都說『夢』是潛意識嗎？」

「這種事我不會忘記。」吳浩鋒立刻否定。

「我也只是針對你的情況提出假設。」林瀚儀一派輕鬆說道。反正這又不關自己的事——義務？憐憫？還是基本的社會禮儀？隨便都好。就算他們去醫院看過小杏，但也就那麼一次而已吧？說不定還是爲了筆錄去的。畢竟自己去過那麼多次，從來沒有碰上他們，更不曾從護理人員那裡聽說過。

不……自己有什麼資格說別人呢？第一年過去，進入小杏復健療養的第二年一切步上軌道以後，自己到醫院的次數也減少了，愈來愈少，工作變得忙碌固然是理由，但也可以說是藉口——自己被小杏傳達出來的負面能量影響，再也無法負荷。

如果自己當初堅持下去，說不定小杏就不會遇到那種事了——

明明是在說自己的事，看著忽然間臉色一沉、陷入沉默的林瀚儀，吳浩鋒竟然在心中揣測起她的想法。不知道爲什麼，他有股直覺，縱然外觀、個性看起來天差地別，但他和眼前這個女人，實際上，某種程度而言，十分相像。

都揹負著什麼活著——

他對那種情緒產生強烈的共鳴。

到最後，直到林瀚儀滑進駕駛座，關上車門將車駛出停車場，吳浩鋒都沒有告訴她，自己是如何從那個細節清晰、真實感異常寫實的夢裡醒過來——又一次，他看見了自己。

睜開眼前，依稀還聽見了自己的叫聲。

※※※

吳浩鋒將最後一顆雞心咬進嘴裡，盤底殘留油膩的醬汁和乳黃色脂肪，冷掉的雞心，在口腔中散發出一股刺嗆的生腥味——他突然有些反胃。

「這算是案外案嗎？」王盛廷一面咀嚼魷魚，一面咕噥道。

他指的，是吳浩鋒方才在敘述今天一整天的調查中，提到關於伍若杏被強暴的影片。

「我想她不會報案。」

「畢竟都過了這麼久……雖然這麼說很不公平，但事實上，這種事，現在挖出來，對她來說，也不見得是好事。」王盛廷喝了一口酒，臉頰一片通紅：「林所長呢？她感覺不像是會放過這種事的人，說不定會試圖說服她挺身而出。」

「天曉得。」吳浩鋒心想那女人確實有股巾幗不讓鬚眉的氣勢。

即使是二〇三〇年的現在，性別歧視仍然存在，以各種形式存在，縱然再幽微——畢竟是累積了上千年的陳見，要在短短幾十年內徹底消除恐怕也是強人所難吧？

說不定根本沒有「平等」的那一天。

除非有辦法確切定義什麼是「眞正的」平等——

但無論如何，他知道林瀚儀一定會做出對伍若杏最好的選擇。

畢竟她不僅僅陪她捱過人生最艱難的時刻，還一路陪著她走到了這裡——

「你相信她的說法嗎？」

「什麼意思？」用冰涼的杯子貼了一下自己的臉頰，吳浩鋒挑起眉尾。

王盛廷手肘抵在桌緣，拄著下顎說道：「畢竟我們在現場什麼都沒找到，『影片的說法』也不知道是眞是假。」

「說不定她刪掉的那個，就是原始檔。」吳浩鋒一兩句輕鬆帶過，但下一秒又忍不住分析起案情的各種可能，咕噥道：「不知道那台機器有沒有自動雲端備份模式……」

「而且她在那裡的時候，管健旭也『正好』接到電話……」沒有理會吳浩鋒的猜測，王盛廷逕自說道，踟躕半晌，突然眨巴著眼睛又說：「這麼一來，林所長說的那個手法，她不就可以——」

「人不一定要在現場。」搓了搓下顎，鬍碴似乎又更長了些，吳浩鋒打斷王盛廷的話：「林瀚儀說能力稍微好一些的駭客，可以利用網路——直接從別處入侵電話……好像是利用什麼類似無線網路的方式……細節我也搞不清楚，總之有這種手法就是了……但也還不能完全排除障眼法的可能。」

「駭客啊？要是這樣就很麻煩了——現在什麼東西都標榜能夠隨時隨地上網，眞是煩都煩死了，相機、電視、電話、音響……我想接下來，就算哪一天我的機械關節能夠上網，我也不會被嚇到了。」王盛廷說著，凹起手指，敲了敲自己的肩膀。

「白痴——」吳浩鋒咧嘴一笑，喝了一大口酒。

「好吧，又回到原點了——如果周婕妤說的都是眞的，當她抵達公寓，進入客廳的時候，蕭艾已經陳屍在臥房裡快要一個禮拜了……」王盛廷回到正題，一面歸納道，一面緩緩轉動手中酒杯：「你呢？你到底怎麼想？管文復夫妻的人際關係清查得如何？」

吳浩鋒抓起另一根串燒，雞皮脂肪豐富油亮，凹折手腕晃了晃說道：「目前看起來，沒什麼特別的，就和管健旭說的一樣，是交際手腕很好、面面俱到的一對夫妻，根據他們同事的說法，只能勉強列出兩、三個在學術領域上，曾經和他們有過爭論的學者，但是基本上，畢竟是學術討論，我認爲可能性不大。」

更別說會用這種手法殺人了——

儘管認爲希望不大，仍然沒有放過一絲可能，離開人科所，登門找上伍若杏和管健旭之前，吳浩鋒和林瀚儀先到外文系和數學系——也就是管文復和蕭艾任教的系所進行調查。

「不過……究竟是沒上鉤呢？還是那對她來說不是餌？」王盛廷指的是用監視器試探伍若杏的手段。

「不清楚。很難說……如果能執行這麼複雜縝密的計畫，不落入圈套也很正常。」

不過……總覺得有哪裡不對勁——大概是酒精讓血液循環增快，吳浩鋒感到心臟劇烈跳動。

「案情陷入膠著啊——不知道黃耀賢那邊有沒有什麼進展？」說到這裡，王盛廷冷不防重重放下杯子，身子前傾湊向吳浩鋒，瞪大了眼睛：「告訴我——你的直覺是怎麼跟你說的？」

「直覺嗎……直覺啊……」吳浩鋒垂下視線，細聲咕噥道，忽地打直腰桿，擱下手中的串燒，雙手從桌面迅速收回，按住大腿，抬起眼，定定注視著王盛廷說道：「我認爲，那名共犯，是當年命案的倖存者——伍若杏。」

儘管隱隱約約猜到吳浩鋒的心思，但從他口中聽到如此肯定的答覆時，王盛廷的心仍然不免激烈震盪；王盛廷還有很多問題想問他，思緒卻一時間糾雜在一塊兒宛如理不清的毛線團——但在千絲萬縷之中，有一件事他確切知道，必須先向他開口：「你最近……還好吧？」

「不會這樣就喝醉了吧？在國外待太久啊？怎麼會突然問這種無厘頭的問題？」

「你的氣色看起來很差……眞的很差，好像有點神經衰弱的跡象——」

「什麼神經衰弱，聽不懂啦！沒事用什麼專業術語。」吳浩鋒顧左右而言他，將酒杯重新添滿，一飲而盡。

「少跟我胡扯，這年頭，神經衰弱哪是什麼專業術語——」王盛廷搶走吳浩鋒手上的空杯按在桌上，從口袋裡掏出手機，解開鍵盤鎖：「小鋒，沒跟你開玩笑，我是說眞的，我現在傳幾張電子名片給你，你看你想找哪一個再告訴我，我幫你聯絡，你直接過去就好……這樣好了，你先告訴我，你最近什麼時候有空？明天下午？還是——」

「都沒空。怎麼可能有空？每天每天每天每天都死這麼多人——」或許是酒精開始發揮作用，吳浩鋒的口齒漸漸變得不甚清晰。

既然起頭了，王盛廷當然不會輕易放過這個機會：「晚上也沒關係，再晚都可以，交給我聯絡，這些人我都認識很久了——」他的臉也漲紅了。

「是是是，你是王盛廷嘛！鑑識專家媒體寵兒王盛廷——」音量愈來愈大，引來幾個客人側目。

「吳、浩、鋒——不要小看精神疾病，再這樣下去眞的會死。」留意到其它人的視線，王盛廷壓低聲音恐嚇道，他知道不這麼說，頑固如吳浩鋒肯定不會放在心上：「不會很久，你就抽個半天……要不然，三小時也——」

就在這瞬間，伴隨震顫嗡鳴聲，握在手上的手機驟然響起音樂，讓王盛廷頓時怔愣住。

兩種截然不同的手機鈴聲重疊在一塊兒。

原來不只是王盛廷，吳浩鋒的手機也在同一時間響起，空間產生共鳴似的細細震動。

交換眼神，兩人動作劃一，俐落接起電話：「喂——」下一秒，同時瞪大了眼睛，嘴巴遲遲無法闔上，驚愕望著彼此血色頓時盡失的臉孔。

「你說的……是真的嗎……」直到他們勾勒出自己倒映在對方瞳孔中的訝異表情，才扎扎實實意識到這通電話所傳達的訊息——就在剛剛，發現了第三具屍體。

第四章
夏娃的世界

14

外頭一片漆黑色調陰暗濃重，拉起黃色警戒線的公園內，亮起了幾盞燈，像是飄盪在深沉夜幕裡的燐光鬼火。

廢棄的三華堂公園，過去曾是「蛇蛻」命案的陳屍現場之一，而兇手伍凡宇也正是在這裡被逮捕的。當年，王盛廷在伍若杏的內衣褲上，檢測出一種名為鉈（Thallium）的貧金屬（poor metal）——整個T市，土壤鉈含量最高的，莫過於從前被劃定為核醫學發展重鎮的F區；繼而聯想到位於同區、先前發現伍凡宇爸爸屍體的三華堂公園，可能是隱瞞藏匿地點的障眼法，這才在千鈞一髮之際救出伍若杏。

俗話說「十年隔一代」，隨著時間過去，那件慘案已經逐漸被人們遺忘，三華堂公園，目前已經成為T市內，各大學舉辦夜間教育或者試膽活動的最佳場所，也曾經舉辦過幾場大型的跨年晚會，歡聲雷動五光十色的場景，和十年前的愁雲慘霧人心惶惶成為鮮明的對比。

由於最近連續發生兩起內容兇殘的命案，儘管警方封鎖了幾個關鍵消息以免引起民眾恐慌，但已經有嗅覺敏銳的八卦周刊做了相關的專輯報導，將十年前轟動一時的「蛇蛻」事件與之聯繫，媒體蜂擁而上的態勢儼然成形。

例如當吳浩鋒和王盛廷搭計程車趕到現場，外頭已經停滿數十輛電視台的採訪車，記者和攝影師人影竄動，紛紛推擠維護現場的警員，試圖從他們口中得知更詳細的消息。

吳浩鋒皺起眉頭，身手矯健從記者圍堵的人牆邊閃過，王盛廷也有樣學樣，尾隨在他身後，但身為媒體寵兒的王盛廷，立刻被眼尖的記者發現，一陣喧鬧聲中，他已經被團團包圍住：「王主任、王主任——請問裡面發生了什麼情況？是不是和十年前的『蛇蛻』事件有關？」

無暇顧及王盛廷，吳浩鋒扭過頭，加快腳步往公園深處走去，步伐愈來愈大腳步愈來愈快，最後奔跑了起來，明明還是夏夜，渾身卻竄滿冷汗，風從肌膚狠狠刮過時，竟然不由得打了個寒噤。

「你來了……」楊靖飛站在女廁外，顯然是在等吳浩鋒，他罕見點起了一根菸。

吳浩鋒睜大眼睛，向楊靖飛點了個頭，雙手叉腰調整氣息，從廁所門口望進去，可以看見鑑識人員在裡頭忙著蒐證。

「是誰？」吳浩鋒問道。

「現在還無法確認身份。」

「脫下的衣服沒有丟在附近？」

「目前還沒找到。」

「扒下來的人皮在——」

「在隔壁間的大便斗裡，全都燒焦了。」

黃耀賢右臂有一個犀牛刺青，郭仲霖的背部則有一道以前執勤時被砍傷的刀疤——吳浩鋒第一時間想起這些特徵，才旋即想到，在這種情況底下，這些特徵根本派不上用場。

說不定楊靖飛推測有誤，這具屍體既不是黃耀賢，也不是郭仲霖——

「王主任呢？」

「在公園外被媒體攔住。」

「幹——到底是怎麼回事……」楊靖飛難得情緒失控，飆出了一句髒話，他將菸扔在地上，用力踩熄，咬牙低吼道：「爲什麼會發生這種事——」

「楊檢，現場蒐證結束了。」一名員警喊道。

楊靖飛忽地一怔，喏喏應了一聲後，瞄了吳浩鋒一眼，轉身走進女廁。

吳浩鋒跟在後頭，一踏進廁所，一股濃烈的血腥味便撲鼻而來。

只見一雙表面濕濡映照現場光亮的鮮紅色人腿，從最後一間廁所延伸而出。

吳浩鋒一步一步走近，來到最後一間廁所門邊，他屏住呼吸，跨出最後一步——映入眼中的景象，除了色澤以外，並先前幾具屍體沒有太大不同，吳浩鋒莫名感到安心，並沒有想像中那樣緊張。

吳浩鋒下意識皺起眉頭，仔細端詳這具被扒了皮的屍體，訝異發現自己居然無法辨認出來——

照理說，黃耀賢和郭仲霖的體型差異頗大，應該可以輕易分別才對；然而，或許是因爲剝了皮的肉體，比起「人類」，更像是屠宰場的牲畜肉品，所以才難以用平常心相認吧——吳浩鋒漫無邊際想著這些瑣碎的問題，背部發麻，後頸逐漸感到僵硬，他抬起頭，上頭臨時架設的燈光冷不防照入眼底，他瞇細眼睛，忽然間感到一陣暈眩。

「吳警官、吳警官——」

吳浩鋒身體搖晃著，他睜開畏光的眼睛，一張清秀的臉映入眼中。

和吳浩鋒對上目光，女研究員愣了一下，將手從的他肩頭收回，順勢推了一下眼鏡，輕聲說道：

「吳、吳警官，楊檢叫你過去，說是人到了——」

「這樣啊……」吳浩鋒抓了抓後腦杓，使勁左右擺了擺脖子，發出清脆的聲響，接著按住沙發站起身來，往門口走去時，不經意瞥見掛在牆上的那幀黑白照片：「那是……」他嘀咕著，不自覺停下了腳步。

裱框的黑白照片，下方標牌寫著「The Day」，照片裡矗立著一棟外觀宏偉的建築物，顯然是科發所，但科發所左側卻崩塌了一大塊。

「這是博士拍的——」女研究員湊到吳浩鋒身旁，往照片一指：「你看看相框底下的日期。」

吳浩鋒視線向下移動，「二〇二一年二月十七日」。

吳浩鋒不可能忘記那個日子——「217核災」，二〇二一年二月十七日，發生一起規模高達十一級的大地震，比原本的歷史紀錄，也就是一九六〇年、規模九點五級的智利大地震破壞力更驚人，位於T市東北方的核能發電廠，因為海水倒灌而引發一連串駭人棘手的重大災難。

「科發所受到重創，供電甚至一度受到影響……那時候整個所內忙到天翻地覆……我永遠忘不了博士當時手足無措、幾乎快崩潰的樣子——」女研究員揪著眉毛說道：「因為Eva失去訊息……博士擔心Eva會不會出了什麼事，好不容易，重新和Eva聯繫上了以後，總局那邊又打來電話，想知道Adam——伍凡宇有沒有發生什麼情況？」

畢竟「人刑」的實施才剛引起軒然大波，爭議未平，「伊甸」的存在備受考驗——

「所以……林瀚儀派『Eva』去確認？」

「不，博士親自去確認。」

吳浩鋒一怔，扭頭定定看著女研究員：「可是林瀚儀上次說，自己從來沒有進去過『伊甸』——」

「的確沒有『進去伊甸』啊——」女研究員像是在嘲笑吳浩鋒似的，抿出笑容答道：「我們主要是確認『賽艇』能不能正常使用，並沿著『伊甸』外圍確認虛擬空間是否有遭到毀損。」

「『我們』？」抓到關鍵詞，吳浩鋒斜睨著女研究員。

「當初是我和博士一起進去的，我們一直在一起喔。」女研究員看起來頗爲得意。

「『賽艇』是什麼？還有『伊甸』外圍——不是進去就是『伊甸』了嗎？」

「解釋起來很複雜啦，吳警官自己看到就知道了——」女研究員停住推眼鏡推到一半的手，忍不住驚呼一聲，一臉慌張喊道：「啊、我、我是來叫吳警官過去的！怎麼跟你聊起來了——」

※※※

科發所會議室內，楊靖飛正在和某個身穿千鳥紋格灰色西裝的高大男子握手。

「不好意思，明明是我們有事情請教，卻麻煩嚴先生跑這一趟。」楊靖飛說道。

嚴拓露出爽朗的笑容說道：「千萬不要這麼說，楊檢太客氣了，我一直很想來科發所看一看，畢竟……『Eva』的開發，也算是從『The One』開始的。」說著，他的眼神往站在楊靖飛身後的林瀚儀投射過去。

林瀚儀別開視線，站在她身旁，眼睛腫脹、下顎佈滿鬍碴的吳浩鋒，一言不發盯著眼前這個西裝筆挺的男子。

不知道是服裝剪裁合宜、又或者是頭髮隨興抓出造型的緣故，男子看起來比報章雜誌上更年輕，意氣風發的模樣，讓吳浩鋒忍不住聯想到此刻背對著自己的楊靖飛——若要說兩人給人的感覺，有哪裡不一樣的話，大概是嚴拓那股從容優雅的氣質，不是強裝作態，而是從骨子裡自然滲透出來的。

「這位是我們科發所的所長，林瀚儀博士……」楊靖飛往旁邊一站，伸手輕輕搭住林瀚儀的手臂，將她往前一帶，順勢說道：「記得沒錯的話，兩位以前是同事吧？」

嚴拓點了個頭，嘴角先是繃住，而後扯動開來咧嘴一笑，朝林瀚儀伸出手。她遲疑了一下，才伸出手，嚴拓立刻握住，像是怕弄傷對方似的，以極輕的力道晃了晃。

「兩位眞是不簡單，過去是同事，現在則在各自的領域取得不得了的成就——」楊靖飛說出一連串官腔話後，話鋒猛地一轉：「嚴先生，不好意思，接下來這裡就交給林所長和吳警官，他們有幾個問題想請教您，我還有些事得先去處理——」

「我明白，楊檢先去忙吧……」嚴拓緩緩說道，語速均勻宛如潺潺河水，目光不動聲色，移動到吳浩鋒身上：「我會知無不言，言無不盡。」

「嚴先生請坐。」楊靖飛一離開會議室，吳浩鋒便主導對話。

嚴拓解開鐫刻細緻的西裝鈕釦，緩緩坐了下來，不經意提起：「我記得昨天聯繫我的警官姓郭。」

「郭警官今天臨時有事。」吳浩鋒拉開椅子坐下，板起臉孔，一句話簡單帶過，抬頭看向林瀚儀：「妳也坐吧。」

林瀚儀拉開椅子坐下。

「我就不浪費嚴先生的時間了，想請問嚴先生，對於『遙控機器人殺人』有什麼看法？」吳浩鋒翻開筆記本，一如往常開門見山說道。

「有什麼看法？『殺人』當然是不對的——」嚴拓慢條斯理回答：「但不對的，是『人』，而不是『機器人』。」

只是當作開場白，吳浩鋒原本就沒有打算和嚴拓討論這個議題，轉換節奏從筆記本裡抬起眼問道：「嚴先生聽過『Lilith』吧？」

「聽過？不只是聽過，『Lilith』是我親自參與開發的——瀚儀、林所長當時也是小組成員之一。」

對方無預警提起自己的名字，林瀚儀挪了挪身子。

吳浩鋒繼續問道：「根據資料顯示，『Lilith』當初是由『The One』，也就是嚴先生現在工作的公司出資開發的？」

嚴拓露出得意卻不張狂的笑容，侃侃說道：「沒錯，『Lilith』確實是由『The One』出資開發，和T大學的機械研究所產學合作，『Lilith』除了是現今在市面上流通所有『高效能機器人』的『初型』以外，也是促成貴單位所使用的人工智慧『Eva』，出現的關鍵角色。」

「那麼關於『Lilith』的資料，照理說，只有警方和嚴先生的公司才有吧？」吳浩鋒話中有話。

「照理說，是這樣。」嚴拓似乎也察覺出來，語氣稍微不同。

用筆尖戳了戳紙頁，吳浩鋒瞄了林瀚儀一眼，她微斂起下顎，操縱鍵盤，會議室內光線瞬時轉暗，白牆上出現螢幕畫面的同時，吳浩鋒說道：「這是我們在某案發現場錄到的畫面……」

嚴拓揚起頭，手輕輕掐住下顎，專注看著螢幕。

一面播放影片，吳浩鋒一面說明：「根據科發所使用『Walking Shadow』進一步分析，顯示這是『Lilith』的『行走模型』。」

「『Lilith』的『行走模型』……」嚴拓恍然大悟，看向吳浩鋒和林瀚儀咕噥道：「你們懷疑……犯案的……是我們公司的人？」

「我們只是想知道，有誰能取得『Lilith』的數據？」吳浩鋒曉以大義。

「等一下，請先等一下……如果……如果是『Lilith』的『行走模型』，也不一定需要取得原始數據——」嚴拓的發言，讓吳浩鋒大感意外，迅速整理好思緒後他繼續說道：「只要是『The One』出品的『高效能機器人』系列，因為是以『Lilith』為結構基礎，所以都會出現相同的『行走模型』。」

「你還要……繼續裝傻嗎？」林瀚儀壓低了臉細聲說道。

「什麼意思？」嚴拓嘴唇半掀著，眼裡盡是困惑。

吳浩鋒打直腰桿，背脊深深陷入椅背。

「不要再裝傻了——」林瀚儀忽然間推開椅子站起身來，揚聲喊道，吳浩鋒和嚴拓怔愣望著她，林瀚儀瞅著嚴拓說道：「不是那個『Lilith』，是我十年前離開『The One』時，你送我的那個『Lilith』——」

「『Lilith』……有兩個？」吳浩鋒嘀咕道，來回看著林瀚儀和嚴拓，一時間感覺自己被兩人排擠在外。

「『人工智慧前導體』——你……你給我的那個『Lilith』，才是Eva真正的媽媽。」林瀚儀低聲說道，用落寞的眼神注視著嚴拓，宛如火山爆發後，蒼茫的漫天灰燼。

「如果是那個『Lilith』的數據……我沒有，我自己也沒有備份——」嚴拓抿出一絲苦笑，那抹笑容蘊含著寂寥，他難掩聲音裡的細微顫抖：「當年送妳的那一個，是唯一一個，所以我想……全世界……全世界只剩下這個科發所，擁有那個數據。」

※※※

「今天，謝謝你。」吳浩鋒送嚴拓來到科發所大門。

「不要這麼說，我眞的很高興今天能過來。」和在眾人面前時不大一樣，嚴拓看起來有些靦腆：「有機會再見。」話一說完，知道吳浩鋒不喜歡制式化的握手，他只是向吳浩鋒點了個頭，便轉身走下階梯。

不知怎地，望著嚴拓逐漸走遠的背影，吳浩鋒突然邁開腳步，跟了上去。

「我送你去停車場。」

「那就麻煩你了。」嚴拓沒有拒絕。

兩人緩緩走向停車場，沉默片刻後，吳浩鋒終於按捺不住，出聲問道：「你們明明愛著彼此，爲什麼會分開？」即使不是問案，他的問題一樣直接。

「觀察力眞敏銳——有這麼明顯嗎？」嚴拓笑了笑，似乎早已經預料到吳浩鋒想問些什麼，坦率答道：「就像是老虎和獅子交配後的孩子，無法生育下一代一樣……不同的物種若是在一起，就會遭到天譴。」

「你們科學家說話，都這麼難懂嗎？」吳浩鋒偏著頭，抓了抓下顎，鬍髭裡頭好像長了顆痘子。

「我和瀚儀，是不同的人，我們抱持著不同的信念。」

「人和人在一起，就是要不一樣才有趣啊——」吳浩鋒衷心說道。

「或許在其它地方，確實是這樣吧？」嚴拓不置可否，但接著又說：「可是在科學這一個領域，選擇相信不同的事物，就等同於活在不同的世界。」

嚴拓停下腳步，仰頭看著堆疊在天際、映照天光的銀亮雲層：「進入『The One』，進入同一個研發小組，一起努力很長一段時間，直到某一天，我才意會過來，原來瀚儀她想做的，和我們不一樣……瀚儀她……她想創造出可以超越人類的『人工智慧』，而我們公司想做的，是開發可以爲人類服務的『機器人』，或許也可以這麼說吧……人生在世，必然會遇到極限，生命也好、智慧也罷，都有其極限，而我們大多數人選擇逼近極限順勢而爲，但瀚儀卻決定突破極限——不管用什麼方式。」

選擇相信不同的事物，就等同於活在不同的世界——

吳浩鋒將手插進將近半年沒洗的牛仔褲，側耳專注聽著。

「瀚儀她，非常執著，利用工作以外的時間，甚至投入自己所有的積蓄傾心研究，終於開發出『Eva』。但當時的『Eva』，就像早產兒，身體虛弱、體質不良，可以說是奄奄一息，隨時都有『死亡』的可能……因爲『Eva』還缺少『人工智慧』最重要的一塊——聽過『記憶晶片』嗎？」嚴拓忽地岔開話題問道。

吳浩鋒曾在新聞上看過「記憶晶片」的報導，記得是一種可以植入腦部，像是錄影機一般將那個人的所見所聞統統複製下來，取出後可以觀看，像是從前的ＤＶＤ一樣——據說近期已經發展到，可以利用網路連結，直接將資料上傳至雲端系統，而無須從鼻腔取出。

「『記憶晶片』最剛開始，是源自於醫療行爲，用來治療AD、Alzheimer's disease，也就是阿茲海默症還有Dementia with Lewy bodies、路易氏體型失智症……等疾病。不過沒有多久，因爲在某些人身上產生了排斥、副作用，曾一度被淘汰，在歐盟和加拿大甚至是全面禁用使用。誰也沒想到，後來居然能起死回生，透過澳洲學者Dr.Pauling的努力，進一步應用在機器人研究領域之中。對於高效能機器人來說，『記憶』是很基礎、相當重要的一項能力……就如同那句希臘哲言所說的：『記憶的重組即爲思考。』——也有人翻譯爲：『記憶乃思考之母。』。除了『記憶晶片』以外，還有『聲控晶片』和『擬態晶片』等不同的晶片，可以這麼說，高效能機器人的優劣，主要取決於『晶片』的能耐。」也不管吳浩鋒能不能吸收，嚴拓一股腦兒傾瀉說道：「開發『Lilith』的過程中，研發晶片的環節，出現一個重大的突破——『莫比烏斯晶片』，一開始，這是從『排程晶片』、一種用來排定行爲次序的晶片而意外產生的成果。」

「『莫比烏斯晶片』?」吳浩鋒勉強抓出一個關鍵詞。

「『莫比烏斯環』（Mobius band），有人說是無限大符號『∞』的由來，是一種很特別的結構，表示『一』的同時，也代表『無限』。」嚴拓目光炯炯，深呼吸一口氣後接續解釋道：「之所以取這個名字，是因爲這晶片的功能，在於『窮盡有限當中的可能』——其實就近似類神經網路（Artificial Neural Network）的概念，只是隱藏層（Hidden Layer）更多，神經鏈（chain）結合的密度、效率、修正率也更高……打個比方來說，例如當植入『莫比烏斯晶片』的機器人，讀取到這句『我買了一朵美麗的花』，便會從最小單位開始『學習』，也就是說，會將那句話切割成『我』『買』『了』『一』『朵』『美』『麗』『的』『花』，然後是『我買』『我了』『我一』『我朵』『我美』『我麗』『我的』『我花』，以此類推不斷排列組合下去。

「經過龐大資料的整合、網路數據的分析，可以讓植入『莫比烏斯晶片』的機器人，不斷進化，不只是在智慧的累積，更重要的是，可以模擬人類的情緒——有一派人文科學的研究者認爲，網路世界，其實就是現今社會人類的集體潛意識（collective consciousness）。」

「網路世界……現今社會人類的集體潛意識……」吳浩鋒嘀咕道。

「那一刻，我感到害怕——對於劃時代的突破……你一定很諷刺吧？身為一個科學家，居然會害怕劃時代的突破……忽然間覺得人類或許走得太快太快了……」安撫情緒般，嚴拓摸了摸臉頰：「我主張銷毀『莫比烏斯晶片』，但瀚儀不同意，決定離開『The One』，獨自一人把『Eva』完成——就這點來看，或許瀚儀才是真正意義上的『Lilith』吧？神話中，生下Eva的Lilith。」

「既然知道她總有一天會完成，那麼你當年為什麼……要把『Lilith』的數據送給她？」

「也許是因為，我知道那一天終究會到來，只是沒有料到……那一天……竟然會來得這麼快吧？」嚴拓又露出了先前那種好像隨時會往後一倒的虛弱苦笑：「不過，也有可能是因為……在我的潛意識裡頭，隱隱約約希望不管『Eva』最後有沒有活下來，我都是她爸……而瀚儀她則是——」

見嚴拓說不下去，吳浩鋒說道：「所以之後才會研發另一個『Lilith』……」

這一定是林瀚儀始料未及的事——

如果形容得直接一點，原始「Lilith」就等同於嚴拓提供的那顆精子——

「吳警官——」一道女聲傳來。

吳浩鋒和嚴拓扭頭望去，是那名綁著馬尾的女研究員。

白色研究服衣襬飄揚起來，女研究員踩著一雙平底鞋，朝吳浩鋒小跑步過來，後腦杓的馬尾大幅度擺晃，她停在兩人面前，手按住領口，臉頰漲紅，氣喘吁吁說道：「吳、吳警官，博、博、博士找你，說已經準備好了——」

「希望哪天有機會再聊。」嚴拓說道，伸手往吳浩鋒胳膊拍了一下。

「一定，說不定可以一起喝一杯。」王盛廷大概也會喜歡這個人吧——吳浩鋒想著，也回拍了一下嚴拓的手臂，轉身往科發所大步走去。

眞傷腦筋——才剛背過身去，吳浩鋒忍不住晃了晃腦袋思忖道，原本只是想從對方口中套出更多消息，但他卻毫無保留展現自己眞誠、甚至過於理想爛漫的一面。

被拋在身後的女研究員，似乎對自己的處境霎時感到尷尬，倉促朝嚴拓點了個頭，正側身準備追上吳浩鋒，一道聲音忙不迭喚住她：「請問——」身體的反作用力讓她顫巍巍往前踮了一步，扭頭看向嚴拓，只見長相白淨的男子偏著頭，看起來有些苦惱，遲疑片刻咕噥道：「請問……我們……我們是不是在哪裡見過？」

女研究員睜圓了眼睛，直盯著嚴拓，用力擺了擺頭：「沒有，我想我們——是第一次見面。」說著，她朝他伸出手，指甲修剪得相當整齊：「不過，我看過嚴先生的訪問，對嚴先生的理念很感興趣。」

嚴拓怔愣半晌才回過神來：「謝謝，希望未來有機會可以合作。」他握住女研究員的手，忽然間意識到什麼似的，匆匆放開：「不好意思，我……我不是在搭訕，是眞的覺得……覺得好像眞的在哪裡見過——」吞吞吐吐，又一次靦腆說道。

15

筆直通道底端，林瀚儀靜靜佇立在緊閉的鐵灰色金屬門扉前，一聽到腳步聲，她隨即扭頭喊道：「去哪裡閒小差啊？送個人送這麼久。」

「可以進去了？」或許是因爲知道嚴拓和林瀚儀的過往，吳浩鋒沒有理會她的調侃，逕自往門扉努了努下顎問道。

「當然。」林瀚儀話聲甫落，金屬門扉便無聲開啓，她踏進去，發現吳浩鋒沒有跟過來，狐疑看向他。

「沒通過那什麼鬼科技測驗也可以進去？」吳浩鋒調侃問道，不等皺起眉頭的林瀚儀回應，一個箭步走進裡頭。

房內空無一物，像是巨大冰冷的保險櫃，吳浩鋒張望四周，最後目光停在林瀚儀身上，雙手插進牛仔褲口袋，心想她大概會和以往一樣，操作什麼東西讓這房間裡的設備運作起來——就在這麼思索的當下，林瀚儀輕聲說道：「Eva，請幫我們消毒。」

「消毒？」吳浩鋒咕噥了一聲。

四周壁面突然散發出柔和的黃色光芒。

「進去之前，要徹底消毒。」林瀚儀說道，緩緩閉上眼睛。

不知道林瀚儀到底在說些什麼，但可以感受到她的堅持，吳浩鋒撇了撇嘴，索性配合，甚至信步走到牆邊，轉身倚靠著，冷不防開啓話題：「既然全世界只有這裡有原始『Lilith』的數據，那麼如果不是內鬼，就只剩下駭客從外頭入侵的可能——」不想浪費時間，他分析道：「根據偵查原則，在討論內鬼的可能性以前，首先應該重新檢視科發所的資訊安全檢查系統。」

「駭客不可能入侵。」林瀚儀語氣斷然，依舊閉著眼睛。

「爲什麼不可能？就像打那通幽靈電話一樣，說不定是利用——」

「因爲Eva並沒有和任何網路聯接。」

「沒有和任何網路聯接？怎麼可能？Eva不是無時無刻都從網路吸取大量資料嗎——」腰部發力，從牆上彈開，吳浩鋒振振有詞說道：「說不定病毒是夾帶在圖片、音樂、文字檔案或者網頁頁面裡。」

「Eva的學習方式，和你想像的不一樣，爲了不讓Eva受到任何汙染，在最剛開始設計的時候，我就爲她打造了一個專屬的學習空間。」林瀚儀一面有條不紊說道，一面緩緩睜開眼睛，牆面的黃光倏然消失，她往另一道牆走去，在牆壁前佇立片刻，忽地伸出右手，像是要將眼前這面牆推倒一般，整隻手掌緊緊按住牆壁——

總覺得一踏進這個空間，林瀚儀便頻頻出現讓人摸不著頭緒的舉動，吳浩鋒往林瀚儀快步走去：「欸，妳沒事——」

忽然間，空間共鳴似的細微一震，那面牆一時間像是流沙似的，將林瀚儀的手吃了進去，她整個人被拉往牆壁，宛如被冤鬼拉入牆中的都市傳說：「欸，妳——」吳浩鋒衝向她，朝她伸出手。

就在兩人的指尖，即將觸碰的那一瞬間，前方發出一道刺眼光亮，再睜開眼時，猶如摩西劃分紅海，阻擋在林瀚儀面前的這堵金屬牆，倏然往兩側收起，氣勢恢弘浩大有排山倒海之勢。

眼前發生的事超乎想像，吳浩鋒久久無法反應過來，直到林瀚儀的聲音，像是咒語一般傳入耳中：「歡迎來到Eva的房間。」這一次，輪到她向吳浩鋒伸出手，她輕輕叩住他的手腕，引領著他往更深處走去。

一踏進另一個空間，紅海旋即重合，金屬門扉在吳浩鋒寬闊的背後迅速關上像閉上一隻眼睛。

還沒從方才的驚詫中恢復過來，眼前光景又一次深深震懾了他，恍若置身於夢境，只見成千上萬個半透明的螢幕，泡沫一般飄浮在半空中，將兩人團團包圍住，並且正以匪夷所思的速度不斷變動切換，像是成千上萬隻日以繼夜不停眨動的眼睛——

「這個地方，叫作『Pavo House』。」林瀚儀說道：「直接翻譯的話，代表『孔雀房』的意思，神話裡頭，孔雀尾巴之所以會有眼睛形狀圖樣，是源自於百眼巨人Argus。」

「這就是……『Eva』的學習方式……」吳浩鋒下意識將手從口袋抽出，自然垂落身體兩側，生平第一次體會到什麼叫作「目瞪口呆」。

「Eva的主要工作，是處理鑑識資料、證物數位化、現場虛擬空間建構、案件比對分析和歷史資料彙整——甚至是犯罪側寫，最後達到犯罪預測，藉此提升警方的辦案效率和精確度，各分局可以根據自己的需求向科發所發出申請，Eva則會依照各單位的需求進行相應的處理。」

「那麼如果分局給的電子資料受到病毒感染——」吳浩鋒晃了晃腦袋，使勁眨了眨眼睛，將注意力從那圍繞四周、直瞪著自己的萬千隻眼睛拉回，瞥向林瀚儀。

「任何資料，包括網路資料，都不可能直接進入『Pavo House』。」林瀚儀搖了搖頭，進一步說明：「各單位提供的資料，會先在科發所位於三樓的資料室內，由研究員轉換成新的文字圖像——你也可以想像成是電子書，再送到這裡讓Eva閱讀。」

「那些轉換過的文字圖像，是電子檔吧？」

林瀚儀搖了搖頭，露出勝利般的笑容：「不是。爲了杜絕任何感染的可能，那些文字圖像，是用播放的方式讓Eva閱讀──也就是說，Eva本身不會碰觸到任何電子資訊，當中沒有任何聯結。」

就像人類用雙眼閱讀一樣──吳浩鋒知道林瀚儀想表達這個意思。

「沒有任何接觸的機會嗎……」吳浩鋒嘀咕道，文字圖像──他忽然靈機一動：「有沒有可能是『催眠』？譬如某個人，在網路上發佈文章，故意將字句間的空格，排成洩漏『Lilith』數據的暗示，讓Eva大量閱讀後潛意識執行，趁著向外輸出資料時，在檔案裡挾帶『Lilith』的數據？」

說出這個推論的剎那，吳浩鋒不由得發現，自己討論的方式，彷彿也將Eva視爲一個眞眞正正的人。

「我認爲不可能，因爲資料轉換的過程，排版也會跟著更動，是科發所統一的規格，而且更重要的是──」林瀚儀定定注視著吳浩鋒說道：「Eva絕對不會背叛我。」

※※※

長大以後，吳浩鋒已經很久沒像今天這樣，入睡後，可以把先前中斷的夢，接續夢下去──

昨天、不，應該說是今天，從三華堂公園搭計程車回到住處，已經將近凌晨四點，遠邊天際隱隱約約透透出一絲微光。吳浩鋒砰一聲關上門，開燈前，踏進屋裡的第一件事，依舊是立刻脫下沾滿汗腥臭的POLO衫。

將POLO衫和背心隨手擱在玄關的鞋櫃上，開了燈，燈光一連閃了幾下；走進客廳，吳浩鋒一路解開皮帶、脫下牛仔褲，最後，他彎身脫下貼身的四角內褲，裸裎一身結實肌肉，往浴室走去。

浴室內傳來隱隱約約的水聲，吳浩鋒扭開門，水聲突地響亮了起來，他踏進去，一把拉開底部綴點霉斑的米白色浴簾，正在淋浴的女人嚇了一跳，渾身一顫贅肉跟著劇烈晃動：「小鋒你——」故意不讓女人把話說完，吳浩鋒淘氣似的將身軀靠貼上去，雙臂扣住女人的腰，從後面進入，女人忍不住發出呻吟聲，喉頭一抽，吞進了蓮蓬頭迸射而出的水流。

吳浩鋒沿著女人的臉頰、耳垂、下顎、後頸一路往下親吻，最後額頭用力抵住她的肩頭，咕噥說道：「妳為什麼會回來……妳……妳為什麼要回來？」

聽到吳浩鋒顫抖的聲音，女人扭上水龍頭，浴室頓時安靜下來顯得死寂，滴落的水珠砸出刺耳聲響，女人掙脫他的胳膊，將自己從他的身體抽離，踩著小碎步，在他懷裡轉過身，搭住他的手臂問道：「小鋒——你……你到底怎麼了？」

「妳……妳回來T市，是不是、是不是為了和前夫復合？如果、他沒有死的話……你們、你們現在就會在一起了——」像是要躲避女人的目光，吳浩鋒一面囁嚅說道，一面將臉埋進她的胸前。

「你是在擔心我離開你？」女人問道。

吳浩鋒沒有否認，也沒有承認，依舊低垂著臉。

女人莞爾一笑，緩緩伸出雙手，從吳浩鋒的脅下穿過，輕輕摟抱住他，拍撫著他的背，下顎抵住粗大血管凸出的側頸感受他的脈搏，一面細細震動他的肩膀，一面細聲說道：「我回來，是因為我媽過世，跟他一點兒關係都沒有，所以即使……即使他還活著……我也絕對不會扔下你一個人不管的喔……」

※※※

上半身打著赤膊、只穿著一條籃球球褲的吳浩鋒坐在梳妝台前，耳邊傳來轟轟聲響，頭上包覆著毛巾的女人，站在他身後，一面抓搔他的頭髮，一面晃動手中的吹風機。

聲響逐漸遠去，原來是女人關上了吹風機，像是逗弄小狗似的，她用那雙帶著暖和餘溫的手，隨興撥了撥吳浩鋒的頭髮，語調輕快說道：「ＯＫ了！」

吳浩鋒抬起眼，瞄了鏡中站在自己身後的女人一眼，正準備起身，女人忽地伸手搭住他的肩膀，用力將他按回座位。

吳浩鋒沒有回過頭，而是和鏡子裡的女人四目相對。

女人偏著頭，踟躕半晌，深呼吸一口氣，身子緩緩傾向前，湊到吳浩鋒耳邊輕聲問道：「今天……發生了什麼事嗎？」

這女人也適合當警察吧——

「黃耀賢，他死了。」

「黃耀賢？他是……」女人打直腰桿。

「警局同事。」

女人問道：「生病了嗎？還是意外？」

「被殺了。」吳浩鋒扼要答道。

答案出乎意料，女人頓時一怔，手臂往內一縮，塗抹指甲油保養的指甲，在吳浩鋒的肩膀上留下粉紅色抓痕。

「犯人……犯人抓到了嗎？」

「還沒。」吳浩鋒抓了抓肚腹：「沒有頭緒。」

「犯人……應該……不會是專挑警察下手吧？」

專門獵殺警察的連環殺手——戲看太多。

「妳在擔心我？」吳浩鋒定定注視著鏡中的女人。

女人鬆開吳浩鋒的肩頭，冷不防彎身，往他的腰部掐了一下。

怕癢的吳浩鋒身子一縮，從喉頭擠出笑聲，似乎這才真正放鬆了下來，他忽地話鋒一轉，側過頭問道：「妳怎麼還沒睡？」

「今天值夜班。」女人一面用掌心摩擦吳浩鋒下顎凌亂的鬍碴，一面細聲說道：「明天補休到中午。」

吳浩鋒難得撒嬌似的，略微噘起了嘴嘟囔道：「真好，我明天、不對——是今天早上九點還有會要開。」

「九點？這麼早？」女人瞥了一下時鐘，剛過五點半，她推了推吳浩鋒，催促道：「趕快睡吧——你先去睡，我吹一下頭髮，馬上好。」

「想先抽根菸。」吳浩鋒說著，站起身來，轉身將女人按入椅中。

吳浩鋒坐在彈簧床上，床單散發出淡淡的日光香氣，他背靠著枕頭一面抽菸，一面注視著女人吹頭髮的背影；他吐出長長的一口菸，被自己吐出的煙霧燻得瞇細了眼睛，模糊視線中，他的思緒飄回幾個小時前，夜幕仍然低垂的三華堂公園——

「楊檢——找到人了！」宏亮聲音從女廁外傳來。

楊靖飛和吳浩鋒不約而同轉身，往廁所門口快步走去。

「找到郭隊秘了，在游泳池。」一名男員警神色倉皇說道。

「趕快帶我過去。」楊靖飛喊道。

所以那具屍體是黃耀賢——心底才剛閃過這個念頭，吳浩鋒的雙腿已經不受控制，逕自大幅度擺動起來。

由於三華堂公園已經廢棄，昔日以國際規格著稱的游泳池，從裡到外都成了徹徹底底的廢墟。游泳池外停著一輛救護車，紅光無聲閃爍十分刺眼，恍恍惚惚好似能聽見一陣一陣的尖叫聲。手電筒照亮前方道路，吳浩鋒一行人從寬敞氣派的正門進入，泳道旁的落地窗佈滿灰塵，像是覆上一層薄冰看不清楚另一側世界。

不同於1109紀念公園的黑幫勢力、販毒勒索、情色交易和各種複雜的新興犯罪，廢棄的三華堂公園，若沒有學校社團或者公關媒體在這裡舉辦活動，經常是死寂空蕩，一點人煙也無。

吳浩鋒跟在楊靖飛身後，伴隨著喀喀、喀喀、喀喀——眾人雜沓紛亂的腳步聲，他不禁揣想，調查行動恐怕沒有這麼簡單，先不論郭仲霖的情況，因爲三華堂公園今年十月，便要正式拆除，所以早在今年五月初，便已經逐步動工。

記得沒錯的話，八月中，也就是這個月月中，三華堂公園的監視器，正準備從警用系統，全面更換成「The One」公司自己的監控系統——現在正是系統轉換的空檔，恐怕也是監視器密度高達百分之九十八的T市市區，目前唯一的犯罪死角。

先是「Lilith」，現在是監視器——吳浩鋒心中浮現起揮之不去「內鬼」的念頭。

吳浩鋒一行人才剛踏進游泳池，便看見另一道燈光從另一頭照來，一組醫護人員抬著擔架迎面走來，失去意識的郭仲霖躺在擔架上。

「他沒事吧？」楊靖飛調頭折返，跟在醫護人員身邊急切問道。

「心跳呼吸正常，暫時沒有生命危險，但頭部受到強烈撞擊，要送到醫院進行進一步檢查才知道。」

「拜託你們了。」楊靖飛停下腳步，拍了一下醫護人員的肩膀，目送他們走出游泳池大門，緊接著轉過身，朝帶路的員警使了個眼色。

那名員警十分年輕，愣愣點了點頭，咕噥道：「這、這邊——」

穿過洗手台和休息室，員警帶著吳浩鋒和楊靖飛走進男用淋浴間，在倒數第二間停下腳步：「我們就是在這裡發現郭隊秘的。」說著，他往裡頭一指，反應機靈，將手電筒交給楊靖飛，隨即退至一旁。

吳浩鋒先是朝員警點了個頭，往前跨了一步，楊靖飛照亮淋浴間，內側的瓷磚牆上，有一大塊明顯的血跡，在燈光照射下顯得格外鮮紅。從剛才郭仲霖前額沒有傷口的情況判斷，他應該是在這裡和兇手發生激烈的打鬥，身子往後倒，後腦杓受到猛烈撞擊才會昏過去。

這樣的話，郭仲霖應該有看到兇手的長相——吳浩鋒不禁握緊了拳頭。

「兇手原本，應該是想在不同的地方行兇……但沒想到黃警官的屍體，居然碰巧被遊民發現，警方接獲通報趕來，兇手決定先逃跑——因此來不及對郭隊秘下手。」楊靖飛推論道，聽起來頗爲合理，最後他自顧自嘀咕道：「大概是燒毀人皮用了太長時間……」

「他們爲什麼會到這裡？」吳浩鋒問道，這是他在心底憋忍已久的問題。

「是我的錯。」楊靖飛回過神來，綳緊臉頰兩側肌肉咬牙說道，接著說出令吳浩鋒大感訝異的話：「黃警官他們……是被引過來的。」

引過來的——

「是怎麼做到——」一個想法猛地從吳浩鋒腦海中竄過，他的兩側太陽穴像是各自埋了顆心臟似的鼓鼓跳動：「不、不可能吧——居然想到了這一步？」

難道一開始就是圈套？

「他們從昨天中午會議結束後，就從八月三十日，在1109紀念公園『陰陽池』拍到的白衣人影開始追蹤——不管是人還是機器人，都不可能憑空出現、憑空消失……他們打算以點當作基礎，將各個監視器串連成線，找出白衣人影當天棄屍後的行蹤……」跟吳浩鋒推測的偵查手法一樣——楊靖飛摘下眼睛，按了按眼睛說道：「這可是一個大工程，畢竟『Spider Collection』沒有通過，所以那些不屬於警方的監視器，都要他們一戶一戶調閱……」他戴回眼鏡，眼角擠出深刻的皺紋：「他們一整天，繞了將近半個T市——那時候、他們跟我回報的那時候……我……我應該就要察覺到不對勁才對……」

儘管楊靖飛尚未說完，但吳浩鋒已經知道接下來發生的事——殺害蕭艾和管文復的兇手，預測到警方的調查行動，故意留下「軌跡」，將黃耀賢和郭仲霖引到這裡來殺害。

聰明到令人感到驚悚的手法，但是——動機是什麼？爲什麼兇手要殺害他們三個人？即使把死裡逃生的郭仲霖也算進去，仍然無法看出任何端倪。

管文復夫妻和黃耀賢、郭仲霖兩人難道有什麼關係嗎？不可能吧？

又或者是——無差別殺人？對象是誰根本無所謂。

如果今天接下這個任務的是自己和林翰儀的話……

對於偵查行動而言，最重要的是找出案件的「犯罪動機」，如果找不到，連鎖定嫌疑人都萬分困難，而調查也會因此陷入五里霧中。

伍若杏——伍凡宇。

他們之間的共通點，到最後還是只剩下伍凡宇了嗎？

「楊檢……」或許是怕干擾吳浩鋒和楊靖飛的思考，等到兩人沉默了一段時間後，那名員警才從喉頭擠出纖細稚嫩的聲音：「學長那邊剛剛發來訊息，說是在公園的『堂心湖』，發現耀賢學長的衣服、皮夾和配槍……另外還找……還找到了……」

吳浩鋒起初和楊靖飛一樣，目光停留在郭仲霖遇襲的淋浴間，側耳漫不經心聽著，發覺員警吞吞吐吐，他這才扭頭狐疑看向員警，員警將抓在手上的手機翻向兩人，螢幕散發出的光亮，令兩人不由得將眼睛瞇成一條線，員警吞了一大口口水，把話說完：「還找到了凶器。」

「兇器嗎……」吐出一團煙霧，斜躺在彈簧床上的吳浩鋒低喃道，伸手將香菸按熄在木桌上的魟菸灰缸裡，朱庇特魟（Taeniura Jupiter），據說是比藍鯨（Balaenoptera musculus）更巨大的海底生物，是由馬德拉群島條尾魟（Taeniura altavela）和大王酸漿魷（Mesonychoteuthis hamiltoni）交配出的新物種，幾年前發現時，在生物學界引起一陣騷動；此刻被做成可以一手掌握的菸灰缸，想一想還真有些諷刺——

菸灰缸裡的菸蒂多到滿了出來，甚至散落一地，他徹夜未眠，抽掉了一整條香菸。要是女人起床發現，肯定會一面收拾一面碎念自己——吳浩鋒不由得如此心想。

「兇器嗎……」吳浩鋒又嘀咕道，掀開菸盒：「嘖，居然剩最後一根。」他撇了撇嘴，將最後一根菸叼在嘴上，一把揉起空菸盒，扔向窗邊的垃圾筒，但沒有投進，被彈開來，他於是又嘖了一聲。

吳浩鋒點燃香菸，小心翼翼側過身，將打火機擱在身邊，正熟睡著的女人的飽滿額頭上；他咧嘴無聲笑開，收回身子的同時收起笑容，深深抽了一口，胸膛緩緩鼓脹，撐至極限時，他屏住呼吸，而後一鼓作氣噴吐而出，煙霧在眼前如水霧一般迅速漫漶開來，像是一副沒有孔洞的面具，朝自己逼近而來就要覆蓋住自己的五官——

「吳警官、吳警官——」

彷彿倒帶重播，先是大腦意識到身體晃動，接著吳浩鋒才緩緩睜開眼，光線射入瞳孔的同時，一張娃娃臉被帶入眼中。

「這次換你啊……」吳浩鋒咕噥著，在沙發上坐起身來。

男研究員咧嘴笑道：「對啊，總不能每次都推她來——」接著冷不防往吳浩鋒的眼睛指了指：「吳警官，我建議你，下午還是請個休假好好補眠，血管都爆開了。」

「洗把臉就沒事了。」吳浩鋒用力抹了一把臉。

「不要以爲什麼事都只要洗把臉就沒事了——」男研究員高聲喊道，差點就要翻白眼，接著發揮本色，思維跳躍話鋒一轉問道：「吳警官現在是要改變造型嗎？」他摸了摸自己光滑的下顎。

吳浩鋒下意識模仿男研究員的動作，也摸了摸自己的下顎，才幾天沒理會的鬍碴，已經蔓長成一片極地苔原似的短髭，他從喉頭擠出一聲乾澀的笑聲，抬眼瞄了男研究員一眼：「不適合我嗎？」

「不會啊，很適合，很像一個動作片明星……就是那個、那個叫——」

「人都到了？」吳浩鋒突然想起更重要的事，打斷男研究員的思路。

「嗯、嗯……楊檢把人帶過來了——」被吳浩鋒的眼神震懾，男研究員霎時擺正頸子，囁嚅說道：「至於王主任那邊，說是有例會要開，結束……結束後會盡快趕過來。」

像是即將踏上戰場的騎士，吳浩鋒挑起眉尾，雙手按住膝蓋站起身來，挺直背脊，扭頭定定看著男研究員，往他肩膀重重一壓，眼神一掃先前的疲憊，一字一字清晰說道：「你的話讓我整個人瞬間清醒過來。」

16

吳浩鋒一踏進操控室，便和從螢幕前抬起頭的林瀚儀對上目光。

「來這裡幹嘛？」對待吳浩鋒的一貫模式，林瀚儀別過臉去，一面在鍵盤上飛快舞動手指，一面說道：「他們在會議室。」

一旁的男研究員反射性將椅子轉向林瀚儀，似乎正準備解釋自己沒有轉達錯誤，但被吳浩鋒搶先一步答道：「這我知道，只是來確認——」拖長了尾音，直到林瀚儀再度看向自己，才接著說下去：「這次不會出包吧？」

林瀚儀頓了一下，隨即明白吳浩鋒的意思，眼神往螢幕移動的同時，嘴角輕輕上揚，提高音調說道：「放心，已經呈報過了，就算是會把插頭插錯插到鼻孔裡的人——也可以進去喔。」

不曉得是不是錯覺，總覺得今早和嚴拓見面後，林瀚儀的表情一直有些緊繃、甚至連動作都比平常僵硬——看來這傢伙已經打起了精神。吳浩鋒在心底暗忖，定定看了看對自己視若無睹的林瀚儀，扯動下半部臉孔，用長了厚繭的食指摳了摳下顎的短髭，沒有應聲，便轉身走出操控室。

吳浩鋒一離開，林瀚儀隨即站起身來：「這裡交給你們兩個。」不等兩名研究員回應，她將平板電腦摺疊收入研究服口袋，逕自說道：「我也差不多該過去了。」踩著高跟鞋往門口走去。

金屬門扉一關上，女研究員忙不迭將座椅轉向男研究員，用力過猛險些失去平衡，但她不以爲意，伸手按住桌面連身子都還沒穩住，便語氣急促喊道：「欸欸欸！你有沒有發現──」

當機似的，男研究員一臉憨傻望著女研究員，停頓好一會兒才吐出這句話：「發現……什麼？」這是兩人共事這段時間以來，他第一次在她臉上看見這麼興奮的神情。

「高、跟、鞋、啊！這是、這是我認識博士這麼多年來第一次、第一次看到博士穿高跟鞋耶──」說到最後，女研究員的口吻倏地變得嬌嗔，五官生動像是跳起舞來，讓男研究員不禁回想起從前念書時，學校裡那些愛搞小團體、謅傳八卦的少女。

「所以呢？」相較於女研究員的激動情緒，男研究員撐著臉頰問道。

「『士爲知己者死，女爲悅己者容』──這你不懂喔？難怪一直交不到女朋友。」女研究員調侃道。

「《論語》？」

「《戰國策》啦──你國文也太爛了吧？」

「要妳囉嗦──所以妳現在的意思是……」

「今天早上的會面啊──」女研究員眨巴著眼睛，使勁推動椅子，一轉眼挪到男研究員面前，先是扭頭瞥了金屬門扉一眼，接著定定看著他，像是怕被人偷聽到一樣，低聲說道：「說不定博士還在喜歡嚴先生……」

「想太多，我覺得博士不是會吃回頭草的類型。」

「你又知道了？」

「搞不好博士喜歡的人──是吳警官。」

「吳警官?你、是說、吳、吳浩鋒、警官?」女研究員身子猛地往後一縮，顯然從未思考過這種可能性。

「嗯哼——」男研究員揚起音調應道，雙手環扣在胸前，緩緩躺入椅背。

「我、我看你才想太多!」女研究員將歪掉的眼鏡扶正。

「我倒是覺得他們兩個挺合得來的。」

「拜託，如果他們眞的在一起的話，我們也可以結婚了——」女研究員脫口說道。

男研究員愣了住，怔怔望著女研究員，她這才意識自己說了些什麼，連忙解釋道：「只、只是打個比方啦——」隨即扯開話題：「你爲什麼覺得博士喜歡吳警官?」

「『Pavo House』啊，到目前爲止，進去那房間的人，應該沒幾個吧?」

「話是這樣說沒錯啦……不過……不過這次是爲了辦案——是公務上的需求。」

男研究員聳了一下肩膀：「妳要這麼解釋當然也可以。」

女研究員似乎對男研究員的說法不以爲然，好像自己才是強詞奪理的那個人，不想再談論這個話題，她話鋒一轉：「你不覺得『Pavo House』這個名字很奇怪嗎?」

「哪裡奇怪?」男研究員隨口應道，坦白說，就算不叫「Pavo House」，而是叫「Elephant House」，他也覺得無所謂，總而言之就是個名稱。

「因爲百眼巨人Argus，之所以擁有那麼多隻眼睛，並不是爲了獲得更多知識，而是爲了監視和宙斯（Zeus）發生關係，被赫拉（Hera）變成母牛的伊俄（Io）。」

※※※

吳浩鋒一走進會議室，便聽見楊靖飛壓低聲音說話，坐在一旁的郭仲霖，頭上綁著白色繃帶、陷在腫脹臉孔裡的一雙小眼睛，眼神呆滯，不曉得有沒有把楊靖飛的話聽進去。

「你來了。」楊靖飛看向吳浩鋒。

吳浩鋒點了個頭，拉開椅子，坐在郭仲霖對面的位置，不發一語盯著他。

原本就畏畏縮縮的郭仲霖，經過昨晚的事件，似乎顯得更加脆弱，輕輕一碰就會塌散開來。

「郭隊秘……你的身體……眞的不要緊嗎？」楊靖飛湊近郭仲霖，調整溫潤的聲音問道：「身體健康是最重要的……我也認爲，你應該接受醫生的建議，先靜養一段時間，不一定要急在今天——」

「楊檢——」郭仲霖的聲音細得像是一根針，他搶在楊靖飛說完之前開口說道：「楊檢……不用擔心……我……我也很想和他、和他當面對質……問他、問他爲什麼要殺耀賢……到底爲什麼……爲什麼要殺我？」

吳浩鋒靜靜看著楊靖飛，知道這就是他希望得到的答覆。

黃耀賢的死——現任警官之死，讓這一連串命案，再也無法繼續掩蓋下去。

一夜過後，各種形式的媒體大肆報導，現在外頭人心惴惴，「蛇蛻」事件的相關新聞甚囂塵上。深怕負面消息破壞近年來苦心經營的親民形象，警方高層立刻介入施壓，首當其衝的對象，想當然耳，就是楊靖飛。

今天特地去醫院接郭仲霖過來，也是計畫好的吧——

不過……真的是他嗎？殺害黃耀賢打傷郭仲霖的人，真的是伍凡宇？他是怎麼辦到的——吳浩鋒依然認爲這是無稽之談。

比起「指證」，吳浩鋒覺得這比較近似於激動情緒下、失去理性判斷能力的「一廂情願」——「報復」。就是這個字眼。

但若是能藉這個機會進去和他見上一面——

無法否認，吳浩鋒對於「進去『伊甸』」一事，抱持著複雜的情感，既有亢奮，也有一絲恐懼……一想到要暫時放棄自己的身體——

「這邊準備好了。」林瀚儀一踏進會議室便出聲說道。

楊靖飛伸手搭住郭仲霖的肩膀，望向林瀚儀問道：「林所長，這系統不會對他的身體造成負擔吧？應該……不會有生命危險吧？」

和科發所負責人確認對身體有無副作用，也是必要的步驟之一。

「我認爲可能性很低。」

吳浩鋒心想，就算林瀚儀回答的是「不是沒有這個可能」，楊靖飛也不會善罷甘休，肯定會搬出另一套說詞——因爲此刻已經箭在弦上。

「我明白了。」楊靖飛站起身，同時輕輕拍了拍郭仲霖的肩頭示意。

「不等王主任？」林瀚儀將身子側向走廊。

「『偵訊』還是我們比較在行。」吳浩鋒說出今天踏進會議室以來的第一句話，發現喉嚨意外乾啞，聽起來像是另一個人的聲音。

※※※

混合金屬打造而成的通道深處，矗立一道金色門扉——這就是通往「伊甸」的大門，上回吳浩鋒就是在這扇門前，被林瀚儀給「請」了回去。

林瀚儀站在金色門扉前，門扉散發出光亮，讀取了她的資料後，出現虛擬鍵盤，她俯低身子，輸入三分鐘前，踏入通道那一瞬間，從署長和院長那裡收到的密碼。

光芒散去的同時，金色門扉緩緩開啓，明明應該是錯覺，但吳浩鋒總感覺聞到了一股若有似無、古蹟特有的沉靜氣息，尖端科技和悠久歷史的並置交融，看似兩極卻又微妙襯托甚或遙相呼應，令人一時間感到迷惑。

林瀚儀踏出第一步，站在她身後的楊靖飛和郭仲霖尾隨而入，吳浩鋒深吸呼一口氣，也跟了進去。

金色門扉緩緩闔上，空無一人的白色通道，頓時顯得益發清冷。

或許是因爲先前在「Pavo House」受到的感官衝擊過於劇烈，走進這裡，並沒有吳浩鋒原先想像的那樣驚奇——甚至可以說是極其普通的房間。

不算寬敞的房間中央，擺了四張座椅——不，與其說是「座椅」，從吳浩鋒腦海中掠過的第一個想法是「賽艇」。

這就是稍早時候，女研究員提到的「賽艇」。

他接著想起上回和女人一同在電視上看到的賽艇比賽，比自己起初以爲的還更刺激、更具有速度感。

就在吳浩鋒還愣杵在原地時，有過一次經驗的楊靖飛和郭仲霖熟門熟路往裡頭走去，各自站在一艘「賽艇」前方。

「你在發什麼呆啊？」不知道何時來到吳浩鋒身後的林瀚儀，說著推了一下他的背部，沒有防備的吳浩鋒失去重心，冷不防往前踉蹌了半步，林瀚儀的聲音又傳來：「趕快選一艘啊——」

「一……艘？」

所以這東西眞的是「賽艇」？

「有問題嗎？」林瀚儀雙手插進研究服兩側的大口袋，瞅著吳浩鋒問道，皺起眉頭刻意嘆了一大口氣：「你眞的什麼都不懂——聖經裡，『伊甸』是四條河流的源頭，這四條河流分別是『Perath』、『Tigris』、『Pishon』和『Gihon』；也就是說，一次能進去『伊甸』的人，最多就是四個。」她接著又說：「你高中地理至少學過前兩條河吧？幼發拉底河和底格里斯河——」

四個——吳浩鋒心想被林瀚儀擺了一道，原來上回之所以被擋在門外，是因爲即使進來，也沒有空位。

難怪須知後面的字體和字形會不一樣——一面思忖，吳浩鋒一面看向那四艘「賽艇」，終於明白標註在船身上頭的「Pe」、「Ti」、「Pi」和「Gi」分別代表什麼意義。

「最剛開始的時候，只開發出比遜河（Pishon）和基訓河（Gihon）兩條管道……雖然後來『人刑』被迫中止，但研發仍然持續進行，到現在好不容易、眞的好不容易才有這樣的成果……」林瀚儀瞇細了眼睛，用有點懷念、又挾帶著些許捨不得的口吻說道，停頓一下，忽地睜亮眼睛，定定看著吳浩鋒說道：「直到現在，我的記憶都還很深刻，就像那句成語說的一樣——歷歷在目……十年前，執行唯一一次『人刑』的那一天，那名警官，和伍凡宇一起躺在這個房間，送他進『伊甸』。」

突如其來的訊息，像是一柄鐵鎚，狠狠敲向吳浩鋒的後腦杓，他忍不住產生一個聯想——

「那、那名警官叫什麼名字？」

沒有注意吳浩鋒聲音裡的顫抖，林瀚儀搖了搖頭答道：「我不知道，只記得跟他一起來的人，好像喊他『古叔』。」

執行「人刑」的人居然是古叔——爲什麼他從未跟自己提過這件事？

「吳警官，有什麼問題嗎？」見吳浩鋒遲遲沒有就位，楊靖飛冷不防從標註「Pe」的「賽艇」裡探出頭來問道。

「趕快進去吧——」林瀚儀說著，往另一側走去：「坐進去，躺下，閉上眼睛——我就在隔壁的控制室，有問題就按照須知上的步驟進行。」

吳浩鋒還有問題想問林瀚儀，但她已經轉身離開，楊靖飛又語氣不耐催促道：「吳警官，你有問題嗎？」

吳浩鋒只好走向標註「Pi」的那艘「賽艇」。

照理說，刑警的職責是調查案件，若是再說得直接一些，確認犯罪事實、定讞判刑後，就不關他們的事，後續職責將轉交至另一個部門——但是爲什麼古叔要親自執行、送伍凡宇進去「伊甸」呢？

吳浩鋒將自己塞進「賽艇」，思緒漫漶之際，耳邊幽幽響起聲音：「請吳警官躺下——」是「Eva」的聲音。

吳浩鋒照做，緩緩躺了下來，「賽艇」上方張開一面弧狀的玻璃，將他整個人與外隔絕開來，「Eva」的聲音再度響起，空間密閉的緣故，感覺像是「Eva」就窩在自己身邊悄聲絮語：「請吳警官閉上眼睛——」

吳浩鋒緩緩闔上雙眼。

才剛閉上眼睛，下一秒，耳邊瞬間流入泠泠水聲，吳浩鋒立刻睜開眼，發現四周不再是原本的金屬房間，而是一望無際的廣闊河面，而自己就站在一艘獨木舟上，獨木舟沿著河流以穩定的速度往前漂動。

「很不可思議吧——」吳浩鋒扭頭看向發聲的楊靖飛，他站在另一艘獨木舟上，和自己並列前行：「上回第一次進來，我也是這麼覺得——不，其實這次也是……太不可思議了……」

吳浩鋒沒有附和，但他確實有著和楊靖飛相同的心情，儘管不若「Pavo House」那般絢麗、力道直震心靈，可愈是仔細思考，便愈是會感到訝異：這裡明明是虛擬的空間，一切卻如此真實，包括和煦的日光、清新的空氣、響徹耳畔的流水聲、擦過臉頰的微風、船身細微的晃搖，甚至是這副肉體的熟悉感——一切的一切，都讓人深刻體會到科技的進步和懼怖。

縱使「虛擬空間」近年來已經開始實際運用在偵查行動中，主要是犯罪現場的重現和模擬，但大多數情況下，都是室內空間，而且比較近似於3D投影的運用，重點在於「現場」，對於使用者本身的感官真實度並沒有如此細膩精準。

搭乘另一艘獨木舟的郭仲霖，從吳浩鋒另一側趕上。

「你還好嗎？」吳浩鋒撇頭問道。

虛擬空間裡的郭仲霖衣著整齊、毫髮無傷。

「還、還可以。」似乎在思考事情，郭仲霖先是頓了一下，才回過神來喏喏答道。

壓抑不住滿腹疑問，吳浩鋒決定趁著抵達「伊甸」前把握時間，於是出聲問道：「郭隊秘，請問你昨晚和黃警官到了三華堂公園後，發生了什麼事？」

「我知道的……剛剛在車上都已經……都已經跟楊檢說了。」郭仲霖瞥了吳浩鋒一眼，望向前方無盡的河水，語氣平淡。

「反正閒著也是閒著，就再說一次吧。」

「吳警官——」楊靖飛冷不防喊道：「昨晚的事，郭隊秘他，不記得了。」

「不記得了？怎麼可能？」吳浩鋒扭過頭，衝著另一側的楊靖飛一股腦兒說道：「他剛剛不是說要和伍凡宇對質嗎？不是說要問他爲什麼要殺黃耀賢甚至要對自己動手嗎？」

「不只是……不只是昨晚的事……從在1109紀念公園發現管文復屍體之後的事，他統統記不得了……」楊靖飛愈說，聲音益發虛弱，最後，像是擠出渾身力氣，才將接下來這段話推出喉嚨：「包括昨晚發生的事……也是我……是我在醫院……他醒過來的時候——才跟他說的。」

「PTSD——」吳浩鋒想起林瀚儀說過的話，不禁脫口而出。

楊靖飛搖了搖頭：「我想不是，醫生認爲，應該是腦部受到強烈的外力撞擊才會失去記憶——不過幸好……根據醫生診斷，等血塊消去，回想起來的機率很高。」

楊靖飛等於承認了今天進入「伊甸」的事是他一手促成。

引導郭仲霖指證伍凡宇——也就是說……難道楊靖飛……打算強行制裁他嗎？

「是這樣嗎……」心中盤算，吳浩鋒咕噥著，望向郭仲霖，忍不住心想，若是王盛廷也在這裡，肯定會說郭仲霖這傢伙眞是好狗運，後腦杓受到這樣劇烈的撞擊，居然只是昏迷一夜就沒事了——要是當初古叔有他一半的運氣就好了。

要是王盛廷在這裡，他肯定會說出這番不中聽的話——一想到這裡，吳浩鋒一時間像是忘了沉重的心情，嘴角略微上揚。

但是眞的是運氣嗎——

古叔死的時候，吳浩鋒這麼想，然而直到現在，每當回想起來，心底深處的疑慮還是揮之不去——警察這個工作，能得罪的人太多了。

古叔是因爲運氣不好才被撞死？

郭仲霖是因爲運氣好才逃過一劫？

忽然間，吳浩鋒渾身竄起雞皮疙瘩，腦袋深處浮竄出某個想法，某個異想天開的想法——

關於黃耀賢之死。

這一次衣服爲什麼沒有扔在女廁？

這一次爲什麼會留下兇器？

這一次爲什麼沒有成功殺死兩人？

爲什麼「這一次」，和之前有這麼多不一樣的地方？

那個異想天開的想法，迅速在吳浩鋒的腦海中增生、繁殖、擴散、攻城掠地——

後頸猛地扳折將近九十度，吳浩鋒仰起頭，繃出側頸宛如蚯蚓即將破土而出的粗大青筋，朝著湛藍帶著點半透明質地的天空高聲吼道：「林瀚儀，把我們拉出去——」

摸不著頭緒，另一條船上的楊靖飛冷不防一愣：「吳、吳浩鋒——你在做什麼？」他厲聲吼道。

「林瀚儀，把我們拉出去——」

「吳警官，請保持冷靜，系統無異狀。」林瀚儀沒有回覆，倒是「Eva」的溫潤聲音不曉得從哪裡傳來，迴盪在耳邊，距離很近很近。

「妳給我閉嘴——」吳浩鋒用雙手使勁堵住耳朵，一逕嘶吼道：「林、瀚、儀——趕快把我們拉出去！」

楊靖飛想制止吳浩鋒，但吳浩鋒忽然發狂咆哮的模樣令他無從勸攔，甚至突如其來感到畏懼。

「幹——」吳浩鋒惡狠狠罵了一聲，就在楊靖飛還來不及反應過來的瞬間，只見吳浩鋒縱身一跳、高高躍起，往郭仲霖的獨木舟跳去

沒料到吳浩鋒會突然撲向自己，郭仲霖反應不及，被吳浩鋒一把推下船，噗通一聲落入河裡——

「吳浩鋒……你是來搞破壞的啊——」不能繼續容忍他失控的舉動，楊靖飛放聲斥責，似乎終於明白爲什麼吳浩鋒會屢屢補考「科技基礎測驗」，他緊接著喊道：「你——」

話還沒說完，吳浩鋒忽地轉過身，站在郭仲霖落水的獨木舟上，雙手緊緊握拳，幾乎要瞪出那對眼珠子，像是要生吞活剝楊靖飛般定定瞅著楊靖飛：「你、你看什——」楊靖飛不甘示弱，硬是忍住顫抖，從喉腔迸出聲來。

吳浩鋒身手矯健，一個箭步便跳回自己的獨木舟，沒有停留，立刻接連發力，躍至楊靖飛面前；楊靖飛俯身壓低重心，按住劇烈搖晃的獨木舟試圖維持平衡，滿臉驚恐一面留意波光搖盪的水面，一面不時抬眼瞄了瞄吳浩鋒：「吳、吳警官……你、你到底怎麼了……先冷靜、冷靜下來——」

沒有理會楊靖飛的安撫，吳浩鋒伸出雙手，使勁按住楊靖飛的肩頭，楊靖飛感覺對方的指頭深深掐入自己的肩窩，感到疼痛剎那，身子猛地抖顫了一下，下意識閉緊眼睛——

下一秒，一片黑暗中，楊靖飛感覺吳浩鋒將自己拉向他，感覺背脊向後傾斜的瞬間，楊靖飛不禁睜開眼——他發現自己飄浮在半空中，視線越過吳浩鋒的肩頭，一整片萬里無雲的湛藍天空壓入眼底。

再下一秒，眼前忽地一黑，楊靖飛並沒有意識到自己閉上眼睛，只感覺到身體忽然間失重像是被斲斷的樹枝般，重重往下一墜。

※※※

楊靖飛一睜開眼，立刻連滾帶爬跌出「賽艇」，情緒激動吼道：「吳浩鋒你——」

眼前光景，讓楊靖飛怔愣住，一時間頭腦像是當機似的無法運轉。

吳浩鋒用槍指著郭仲霖。

「吳、吳警官……你、你、你在做什麼？」郭仲霖結結巴巴問道。

「把雙手舉起來。」吳浩鋒注視著郭仲霖說道，口吻決然，眼神平靜到令人不寒而慄。

「到、到底發生了什——」郭仲霖聲音分岔。

「吳浩鋒你是白痴啊！須知上的『緊急退出』，不是給你這樣隨便亂用的，這樣做很危險你知不知——」通往操作室的門才剛開啓，林瀚儀的聲音便一股腦兒竄了出來，緊接著踩著高跟鞋的她，快步蹬出，見到眼前光景頓時語塞，臉色瞬間刷白失聲驚呼道：「吳浩鋒、你現在、是在發什麼瘋？」

「我說——把雙手舉起來。」沒有理會林瀚儀，吳浩鋒將全副注意力集中在郭仲霖一個人身上。

「我……我沒有槍……」被吳浩鋒的氣勢震懾，郭仲霖妥協，緩緩舉起雙手囁嚅說道：「昨、昨天被送回警局保、保管……」

「吳浩——」

「吳浩鋒你現在是在發什麼瘋？」林瀚儀冷不防咆哮，氣勢壓過楊靖飛。

「我沒有發瘋。」

「吳警官……你先把槍放下來……有事好好說……」楊靖飛腦筋一轉，決定改變策略，他放輕語調說道：「大家都是同事……站在同一條陣線——沒什麼事……沒什麼事是不能好好說的，不是嗎？」

「誰跟他站在同一條陣線。」吳浩鋒冷冷說道，槍口依舊直指著郭仲霖的胸口，接下來吐出的話語，讓眾人霎時背脊冒出冷汗：「殺了黃耀賢的人——就是『他』。」

「他……殺了黃耀賢……」楊靖飛嘀咕重複道，嘴角抽搐咕噥道：「為、為什麼你會得到這個結論？在剛剛『渡河』、那麼短暫的時間裡——你……你為什麼會得到這個結論？」他皺起眉頭，思索方才「渡河」的交談內容，忽地睜大眼睛：「難道……難道是因為他沒有辦法交代昨晚的事？你認為，他是故意假裝忘記那段時間發生的事……好、好吧，退一萬步來說，就算他『失去記憶』是假裝的，但他後腦杓的傷可是真的，要是一個拿捏不好，有可能留下後遺症，甚至死亡——」

「不可能。」吳浩鋒斷然說道：「『他』不會死的。」

「可是——」

「楊檢——」林瀚儀出聲制止正準備反駁的楊靖飛，瞥了他一眼，隨即別回頭，眼神銳利射向吳浩鋒：「先讓他把話說完。」

吳浩鋒深呼吸一口氣，握住槍柄的指尖停止顫抖，語氣平穩說道：「這一次衣服爲什麼沒有扔在女廁？這一次爲什麼會留下兇器？這一次爲什麼沒有成功殺死兩人……爲什麼『這一次』，和之前有這麼多不一樣的地方──」他將自己當時在腦海中浮現的疑惑，全部傾倒而出。

楊靖飛原本想開口，但感受到林瀚儀的餘光，便退縮抿住了嘴巴。

「在心中向自己提出這些問題、正視這些問題的那瞬間──我突然想到了答案。」吳浩鋒定定看著郭仲霖：「如果他是兇手，這一切就說得通了。」

「我還是不明白──」楊靖飛眉尾下垂眼神充滿困惑，搖了搖頭，儘管有空調，他的襯衫卻已經由裡到外濕透，似乎深怕吳浩鋒若是眞的朝郭仲霖開槍，後果將會不堪設想──不是死一個警官而已這麼簡單。

「『他』眞的很聰明……」吳浩鋒的目光仍然緊緊抓住郭仲霖不放，嘴角浮現若有似無的笑容，忽地側過身，斜睨著楊靖飛：「我們抵達現場、看到屍體的瞬間，想到的第一件事應該一樣吧──」

「不知道這具屍體是黃耀賢，還是郭仲霖……」楊靖飛順著吳浩鋒的話說下去，下意識瞄了一眼高舉雙臂的郭仲霖。

「這裡有一個巧妙的心理陷阱……因爲遲遲找不到衣服還是皮夾任何可以推測死者身份的物件，再加上另一人失蹤、生死未明……在這個前提下，我們心中充滿困惑──死者到底是誰？是黃耀賢還是郭仲霖？這樣的想法，讓我們在潛意識中，不知不覺已經將他們兩個人綁在一起，同時視爲『被害者』。」吳浩鋒一面說道，一面轉回頭，凝望著郭仲霖接續說道：「『被害者』的印象一旦建立，之後的一切就很簡單了──這也是爲什麼『他』昏倒的地點，會在公園內側的游泳池，因爲必須『先讓女廁裡的屍體被發現』，這個誘導才有作用。」

「按照你的推論……這一次，兇手不是『不』帶走兇器……而是『無法』帶走——」楊靖飛咕噥道，手摸往鼻樑，這才想起因爲要再次進入「伊甸」，自己今天也特地改戴隱形眼鏡。

「如果他是殺害黃耀賢的兇手……那麼……管文復夫妻——也是他殺的？」林瀚儀問道，看向郭仲霖。

「目前我還無法下定論，時間倉促，太多地方我還來不及仔細思考——」吳浩鋒接著又拉回話題：「雖然我還沒看過黃耀賢的驗屍報告……但我認爲殺了黃耀賢的人，是『他』……在那種情況下，也只可能是他。」

「這推論也未免太牽強了，根本什麼證據也沒有——而且就像你說的，等看過驗屍報告、經過進一步偵查也還不遲……更何況、這只是……只是其中一種可能吧？最重要的是……犯罪、犯罪動機呢？他爲什麼非殺了黃耀賢不可？」楊靖飛咄咄逼人說道：「雖然黃耀賢瞧不起他、總是等著看他鬧笑話……但這在任何行業都是一樣的……不至於、不至於構成犯罪動機——」

「動機嗎……」

「爲什麼……爲什麼你要這麼急？」林瀚儀按捺不住，咕噥插嘴問道，覺得這不像是吳浩鋒的作風——他雖然看似粗獷，但實際上心思細膩、行事冷靜：「就算……就算對方有嫌疑好了，也沒有必要急著從『伊甸』離開，這種強行中斷的方式，對腦部存在風險，嚴重的話可能會昏迷、甚至精神混亂——」

「我不能讓他逃走。」吳浩鋒語氣平穩，字字力道均勻。

「逃走？」林瀚儀不解，追問道：「逃去哪裡？」

陷入沉思尋找解套方法的楊靖飛，回過神來的同時，手又不自覺又往鼻樑一摸，冷不防岔聲打斷兩人的交談：「我、我認爲，你剛剛的推論……有一個地方不合理，就是他後腦杓的傷——」說著，他看向郭仲霖，接續未竟的話聲說道：「你還沒解釋清楚……撞擊太輕會被懷疑，但若是力道太重，又有可能致命……醫生都說了，他是運氣好，撞擊角度碰巧沒有傷及重要部位，所以現在才能站在這——」

「不是運氣——」吳浩鋒打斷楊靖飛的發言：「是經過精密計算的。」

覺得吳浩鋒開始強詞奪理，楊靖飛佔上風似的冷笑一聲：「精密計算？這怎麼可能——這種事，一般人怎麼可能辦得到？」

「因爲『他』，不是一般人——」像是翻開最後一張王牌，吳浩鋒嘴角緩緩上揚，輕聲說道：「『他』是天才。」

「天……才……」林瀚儀呢喃道，眼睫毛顫抖，臉部肌肉細細抽搐，緩緩扭過頭，一臉驚愕，睜大眼睛瞅著臉上毫無血色、彷彿隨時都會昏厥過去的郭仲霖。

「天才？郭仲霖才不是什麼天才——」

「我知道郭仲霖不是天才。」吳浩鋒附和道。

「所以……你把槍放下……好不好？」無暇顧及吳浩鋒看似矛盾的邏輯，楊靖飛順著他的話說道。

吳浩鋒依舊沒有理會楊靖飛的請求。

「郭隊秘，你趕快解釋一下啊，你和吳警官是不是有什麼誤會？」楊靖飛當起了和事佬，替兩人打起圓場，想給各自製造下台階的機會。

郭仲霖舔了舔嘴唇，才剛張開口，聲音就像是被劇烈顫抖的膝蓋給震回喉嚨，堵咽了住。

深怕錯過時機，楊靖飛趕緊補上空檔：「吳警官，郭隊秘一定是嚇傻了，你也知道他向來膽小怕事，你……你先把槍放下來……聽仲霖他怎麼說——」

「這個人，不是郭仲霖——『他』是伍凡宇。」吳浩鋒突如其來說道，扭頭看向楊靖飛：「這就是你要的犯罪動機。」隨即又將視線拉回到郭仲霖身上，一字一字清晰說道：「好久不見——伍、凡、宇。」

「伍、伍凡宇？」楊靖飛吐出一大口氣，用力按了按後頸：「你、你到底在說什麼啊？」

「這樣還說你沒瘋？」林瀚儀企圖揶揄，卻怎麼也擠不出笑容——因爲吳浩鋒的眼神是如此認眞，讓她一時間表情僵硬，不由得懷疑，該不會瘋了的人，其實是他們這一邊？

「你有病啊？看清楚！他明明、明明是郭仲霖啊——」楊靖飛終於徹底失去耐心，聲音高亢顯得歇斯底里，甚至朝林瀚儀喊道：「林所長，妳、妳說說看——他是、是郭仲霖對吧？」

「我知道這個想法很……很異想天開……」吳浩鋒咕噥道，瞅著郭仲霖的雙眼佈滿血絲，宛如皸裂的彈珠，隨時都會迸爆開來。

「不是、不是異想天開，根本是荒謬透頂……吳、吳浩鋒，我以檢察官的身份命令你——命令你、現在、立刻把槍放下！」楊靖飛情緒激動，雙手握拳，身體大幅度晃動，感覺連隱形眼鏡都快被震出眼睛。

吳浩鋒置若罔聞，額頭滲出豆大汗珠，手背筋絡凸現，像是隨時都會扣下扳機——

「他……是怎麼進去郭仲霖的身體裡的——如果……如果他眞的……眞的是伍凡宇的話。」林瀚儀發出細微的聲音。

楊靖飛瞠目結舌望著林瀚儀。

「他殺了郭仲霖。」吳浩鋒輕描淡寫，像是在陳述一件既定的事實。

「殺了郭仲霖……」林瀚儀沉吟片刻，試圖用自己理解的方式，和吳浩鋒溝通：「你是指……他殺了郭仲霖的……『意識』？」

吳浩鋒點了個頭。

「你們……你們到底在說什麼……這怎麼可能……」完全無法接受吳浩鋒和林瀚儀的對話基礎，楊靖飛用掌心使勁按了按眼壓過高的雙眼。

「所以你認爲，伍凡宇他——逃出了『伊甸』？」林瀚儀加重語氣，逐漸明白吳浩鋒自己剛才提及的「異想天開的想法」。

吳浩鋒又點了個頭。

楊靖飛鬆開手，將希望全放在足以和吳浩鋒對峙的林瀚儀身上。

林瀚儀將雙手緩緩插入研究服的口袋，站姿略顯慵懶，嘴角微微上揚說道：「就算伍凡宇眞的逃出了『伊甸』，他又是用什麼方法瞞過Eva，殺了郭仲霖的意識、佔據他的身體？我不認爲——身爲Eva的母親，我不認爲她會犯這種低級的錯誤。」

「『Eva』沒有犯錯，伍凡宇不用瞞過『Eva』，因爲——」拖長尾音，吳浩鋒緩緩側過頭，越過肩膀，面無表情，定定看著林瀚儀，把剩下的話說完：「因爲『Eva』，也被伍凡宇殺了。」

第五章
歷經漫長等待

17

「如果不是我及時趕到，你眞的會開槍嗎？」坐在駕駛座上的王盛廷問道。

「你眞的想知道？」吳浩鋒咬了一大口漢堡，挑起一邊眉尾問道，眼神沒有一絲笑意。

「算了。」一想到答案，王盛廷後頸髮根就不禁滲出汗水，他撇開頭，往車窗外望去。

夜幕低垂，一顆星星也沒有的天空，被城市光害照得灰白。

王盛廷抓起要價不菲的進口礦泉水，喀啦喀啦扭開，仰頭灌了一口，用手背擦了擦嘴，蓋上瓶蓋的同時出聲說道：「欸，你是認眞的嗎？那個推論……伍凡宇逃出『伊甸』，殺了『Eva』，甚至殺了『郭仲霖的意識』，佔據『郭仲霖的身體』，殺了黃耀賢？」

「你腦筋眞的很好。」聽了王盛廷簡明扼要的彙整，吳浩鋒半是調侃半是肯定說道。

「好歹做到鑑識中心主任了。」

「還經常上電視節目。」

「還和各國警方成立『世界懸案調查中心』。」

「夠了喔。」吳浩鋒瞪了王盛廷一眼，兩人同時笑了一聲。

王盛廷先收住了笑，他斜睨著吳浩鋒說道：「可是目前沒有任何跡象，顯示『郭仲霖』不是郭仲霖，而是伍凡宇——」

「你明明知道那些測驗，一點意義都沒有。」吳浩鋒所指的，是林瀚儀為了終止那場衝突，提議讓郭仲霖接受幾項測試——包括基本資料核對、筆跡鑑定，甚至使用「Walking Shadow」比對「行走模式」，並且從資料庫中抽出一百五十道關於「郭仲霖」的問題。

前三者皆100%相符，但在最後一個階段，答題正確率卻只有87%。

起初楊靖飛大為愕然，以為又要引發另一個危機，反倒是一旁的吳浩鋒不動聲色神情微妙——因為那一百五十個問題，有些過於瑣碎刁鑽，「就連當事人也無法完全答對」，就真實情況來看，才是符合邏輯的情況。

林瀚儀看向吳浩鋒：「這樣可以了吧？」

儘管林瀚儀設下了陷阱，但從眼前這個「郭仲霖」的舉動神態，實在無法判斷他到底是不是故意落進圈套——吳浩鋒只能不甘願點了個頭，結束這場劍拔弩張的插曲。

「林所長是為了化解衝突才這麼做的吧？在那種情況下，還能找出這種方法，也算是難為她了——」王盛廷一面說道，一面緩緩躺入椅背，下意識捏了捏手中的寶特瓶，接續方才未竟的話語說道：「畢竟，說實在的，目前還沒有找到任何證據，能夠證明你的推論是正確的……」他的聲音益發低沉。

坦白說，連立論的基礎都非常薄弱——吳浩鋒知道王盛廷把這句話硬是吞回肚中。

「即使我帶來的解剖報告，證明那把刀刺入黃耀賢心臟的角度，和前面幾具屍體都不一樣——你還是認為自己的推論……是可能的？」沉默片刻，王盛廷打破沉默問道。

「我相信『他』可以想到這一步。」

「伍凡宇在別的方面或許是天才沒錯，可是我並不認為他有犯罪的才能——你別忘了，十年前那件案子，我們沒多久就將目標鎖定在他身上。」王盛廷聳了一下肩頭，不置可否說道，接著有條不紊繼續分析：「另一方面，從客觀的角度來看，就『蛇蛻』案件本身，無論事前計畫或者實際執行，實際上都存在很多瑕疵，尤其跟其它關係更複雜、手法邏輯更縝密的案子相比——之所以受到矚目，我想還是跟他殘忍驚悚的犯案手法，以及兇手本身的話題性有關。」

吳浩鋒將剩下的漢堡一口氣塞進嘴裡，一面大口咀嚼，一面咕噥道：「會不會有這種可能……在獨木舟上被調換回來……」

知道吳浩鋒根本沒在聽自己分析，王盛廷索性先配合他：「調換回來？」他問道：「所以郭仲霖——『郭仲霖的意識』並沒有死？」王盛廷迅速訂正道。

「只是假設而已，我想『郭仲霖的意識』，也有被綁架的可能。」

第一次從「伊甸」回來時郭仲霖曾經跑去嘔吐，難道是因為還不習慣那具身體——

「這種說法，的確可以解釋為什麼郭仲霖會喪失這段時間的記憶……」王盛廷沿著吳浩鋒的思考脈絡推想，忽地瞥向他：「可是，『調換意識』這種事，有辦法在這麼短的時間內辦到嗎？這回我不在現場先不提，可是上次，我和他們四個人一起『進去』的時候，並沒有察覺什麼可疑的地方——」

「『意識』本來就是無形的，而且電腦的處理速度不能用常理思考，再加上又是最先進的人工智慧——」

「人工智慧？你不是說伍凡宇殺了『Eva』？」

「我是指伍凡宇。」

「你的意思是——伍凡宇就是『Eva』？」王盛廷不禁失聲喊道。

「正確來說，是伍凡宇殺了『Eva』，僞裝成人工智慧——存在於電腦裡的天才，不就是最尖端的人工智慧嗎？」他想起男研究員似乎說過類似的話。

「林所長不可能接受這種說法吧？」王盛廷說道——這等於自己的女兒，被自己送進監牢的犯人綁架撕票：「有沒有可能是共犯？就是伍凡宇和『Eva』聯手——」說到一半，王盛廷發現吳浩鋒扭過身，定定注視著自己，他頓時怔愣了住：「怎麼了？」

「你相信我的話？」吳浩鋒冷不防問道：「你相信我說的這一切？」

「我、我必須先選擇相信，才有辦法和你討論下去啊——」王盛廷撇開臉，看起來有些不好意思。

捶了一下王盛廷的大腿，吳浩鋒從喉頭擠出一聲笑聲，收回手後，霎時臉色一沉，低聲說道：「直覺吧。總覺得他那種人，不會有共犯。」他回想起在偵訊室內和古叔對坐，一身潔白、宛如冰雕一般冰冷的伍凡宇，眼神低垂說道：「因爲他不相信任何人，也不會向任何人求助……他不像平凡人一樣脆弱、一樣想依賴其它人。」他抬起眼，和王盛廷對上目光，輕聲說道：「否則十年前，他就不會殺了自己的爸媽。」

接觸到吳浩鋒的眼神，王盛廷的身子忍不住一顫，爲了紓緩僵硬的肌肉，他挪動身子，將寶特瓶塞進一旁的抽屜裡：「但是這麼一來，如果伍凡宇眞的能夠神不知鬼不覺，佔據別人的身體，那麼現在他也有可能不在郭仲霖身上，而是楊靖飛——」

「所以我才需要你的幫忙。」吳浩鋒說著，往車窗外努了努下顎，旋即低聲說道：「出來了。」

「你知道我會幫你。可是……我剛剛話還沒說完，小鋒，伍凡宇他——」聲音戛然而止，王盛廷話才說到一半，突然使勁拽住吳浩鋒的胳膊。

吳浩鋒猛地扭過頭，一臉茫然望著眼神瞬間變得異常銳利的王盛廷，細聲嘀咕道：「你……」

「從今天的情況判斷……」話音幽微，王盛廷冷不防將身體靠逼上去，定定看進吳浩鋒的眼底，一字一字清晰說道：「同樣進入那個空間的『你』——也有可能是伍凡宇吧？」

「那麼，你現在要怎麼判斷，才能決定相不相信我？」放鬆全身力道，任由王盛廷擺佈，吳浩鋒勾起嘴角，泛起若有似無的笑容問道。

「我不相信你——」話才剛脫口而出，王盛廷冷不防鬆開吳浩鋒的手臂，往他的腰部使勁一掐，吳浩鋒忽地弓起身子笑出聲來。見到他的反應，王盛廷眼角肌肉鬆緩開來，鬆了一口氣說道：「但我相信瞬間的反應。」

「你還記得我怕癢？」止住笑後，吳浩鋒瞥向王盛廷說道，眼底閃過一絲寂寥。

「當然記得，以前古叔最喜歡這樣鬧你。」王盛廷話一說完，便俐落打開車門，跨出車外前撂下這句：「這邊就交給你了，對了——」他忽地想起什麼忙不迭彈回身子。

「你覺得我現在像是有空的樣子嗎？」王盛廷還沒開口，吳浩鋒就知道他一定是又要叫自己去看醫生。

「至少先答應我，這個案子告一段落以後——」

「好啦好啦，到時候會去，阿皓眞好命，不用一天到晚聽你嘮叨。」

王盛廷推了一下吳浩鋒的頭，掌心被他的髮尖輕輕扎刺：「放心吧，楊靖飛那邊就交給我……你自己也要注意。」遲疑片刻，他還是補上了最後一句話，接著砰——一聲關上車門。

※※※

吳浩鋒才剛點起菸，手機便震動起來，在未發動、車窗只開了一道縫隙的車內，顯得格外劇烈，用力拉扯自己的大腿。

皺起眉頭，先抽了一口菸，吳浩鋒才側過身子，從牛仔褲口袋裡掏出手機。

「今天不回家？」才剛貼上臉頰，女人的聲音便傳入耳中。

呼出一團煙霧，吳浩鋒手肘靠著車窗說道：「不是傳過訊息了？」

「沒收到，大概是傳漏了吧？」

「怎麼可能，我要掛了。」吳浩鋒撇了撇嘴，又抽了一口菸。

「菸少抽一點。」怕吳浩鋒眞的切斷通話，女人連忙說道。

居然被她說中了——吳浩鋒瞥了照後鏡一眼，

「現在醫學很先進，平均壽命比二十年前多三年兩個月。」脫口而出以後，吳浩鋒訝異自己居然記得這麼清楚。他忽然對自己感到反胃。

「那只是拖得長，不健康。」吳浩鋒可以想像女人此刻正偏著頭，一臉困惑的模樣：「爲什麼醫學明明進步那麼多，香菸卻還是一樣傷身啊？」

爲什麼世界明明進步這麼多，犯罪還是一樣發生——

吳浩鋒認爲自己可以在心底不斷照樣造句下去。

「妳今天話很多。」吳浩鋒笑了一聲，聲音打在車窗上，反彈回來震動他的顴骨。

「我夢到自己懷孕了。」女人冷不防說道。

「怎麼可能。」吳浩鋒立刻回應，蓋過她聲音中的餘韻，聽不出女人的情緒。

「是啊，怎麼可能。」女人笑出聲來。

「妳在幹嘛？」

「現在？醒來就睡不著了，在看電影——」

「什麼電影？」

「不知道，在網路上隨便點的，只有英文字幕，但說的似乎不是英文，片名好像是叫什麼、什麼Eden的——」

「沒聽過，好看嗎？」反手用大拇指摳了摳額頭，擰了擰鼻頭，吳浩鋒又抽了一口菸。

「看不懂。」

「哪裡不懂？」

「男女主角住在一個名爲『Eden』的高科技星球，有一天發現，原來自己生存的這個世界、這整個星球，都是某一群人創造出來的，甚至連『自己本身』都是『人造』的；但他們不甘心屈服命運，決定組織起來，反抗那些人——」

「然後呢？」

「然後男女主角當然讓眾人團結起來，搭乘太空船逃闖出『Eden』，和那些人對決，成功獲勝啊——」

「Happy Ending啊。」吳浩鋒似乎覺得有些無趣。

「我也不知道算不算Happy Ending——結局是，原來還有另一個更大的星球存在，男女主角反抗的那些人，其實也是被創造出來的。」

「不是沒有中文字幕嗎？」

「看別人貼的故事大綱啊。」女人的聲音難掩笑意。

「妳是哪裡看不懂？」吳浩鋒笑了一聲問道。

「我不懂……」女人的口吻很認眞，吳浩鋒心想她現在肯定皺起了眉頭，想像裡的女人眉頭依舊深鎖接著說道：「我不懂爲什麼男女主角非要離開『Eden』不可？明明是個很富裕先進、各項福利和制度都很完善的世界。」

因爲劇情需要——吳浩鋒原本想這麼回答，但不知怎地吐出的卻是：「如果是妳，不會想逃離嗎？」

「沒必要啊。」女人想也沒想，立刻爽朗答道：「人之所以存在——無論什麼方式，本來就是被創造出來的啊。」

「說得也是。」吳浩鋒情不自禁脫口，輕聲應道。

「你……在忙嗎？」感覺吳浩鋒比平時坦率許多，女人愣了一下，吞吞吐吐問道。

沒有回答女人的問題，吳浩鋒逕自拋出另一個問題：「你覺得人，有可能被另一個人佔據嗎？」問題不清不楚。其實他並不期待她會回應自己。就是想說說而已——這和對王盛廷開口是截然不同的感受。

他心底隱隱約約覺得這樣不大合適，尤其是在理應打起萬分精神、繃緊神經的重要時刻。

「有可能喔……」女人的聲音在耳邊響起，他的視線黯淡下來，像是將臉緩緩埋進她飽滿的乳房，透過她胸口的震動把每一個字聽得更清楚：「我有時候會覺得……是不是因爲他附在你身上，你才會願意和這樣的我在一起？啊——這樣說好像有點怪，感覺像是在講鬼故事觀落陰還是都市傳說什麼的……」說到後來有點語無倫次了。

「觀落陰——很有妳那年代的風格。」一如往常，吳浩鋒避開過於柔軟的部份。

「小鋒。」女人喊住他，聲音幽微近似低吟，似乎還挾帶著些許回音。

大概是在浴室裡吧？

他想像倒映在鏡子裡，臉色蠟黃皮膚粗糙的女人。如果把門推開，讓外頭的光線照進來，看起來應該會更嚇人吧？

「幹嘛？」

「謝謝你。」她的聲音顫抖，好像連浴室的瓷磚都要震落了。

「想太多，城市這麼大，找其它人也麻煩。」吳浩鋒點起另一根菸。

鏡子裡的女人似乎笑了一下，還留意不讓自己聽到。

吳浩鋒半張著嘴，似乎想對鏡子裡的她說些什麼……說什麼呢？決定先抽一口菸再說，心跳逐漸加快，他緩緩將濾嘴湊近唇邊——忽然間，視線受到干擾，一道熟悉的人影從醫院門口前匆匆閃過，宛如鑽入排水孔的老鼠，一轉眼便消失隱匿了起來，沒入燈光以外的大片陰暗裡。

這傢伙——

居然真的被我等到了——

發現獵物般，吳浩鋒眼睛隨即一亮，挺直腰背，一手將才剛點燃的香菸用力按熄，側過身時將手機換至殘留濃厚菸味的右手，用空出的另一手扣住車門把手的同時，反射性壓低聲音說道：「現在開始忙了。」

※※※

吳浩鋒略微弓起身子，腳步輕緩如貓，維持著微妙的距離，跟在那道人影身後。光影斑駁，離醫院愈遠，四周益發黯黲鬼影幢幢，吳浩鋒繃緊神經，集中注意力，唯恐一晃神跟丟了人。

忽地，人影一個閃身，便俐落拐入巷子，吳浩鋒連忙加快腳步跟上，只見一輛車身亮黃的計程車安靜駛出，宛如一艘船從他面前平穩迅速劃過。

吳浩鋒趕緊收住步子，撇開臉，身子一側隨即往暗處閃躲。

車頭燈光一遠，他立刻探出頭來，瞇細眼睛，計程車從街燈底下開過的那瞬間，透過車窗若隱若現映照出的身影，他迅速勾勒出車內人影的輪廓。

偷偷摸摸肯定有鬼——藉助牆邊的陰影，吳浩鋒一面暗忖，一面快步往前奔跑。計程車拐出巷弄駛上大街，速度逐漸增快。吳浩鋒衝向停車格，跨上早先準備好的機車，一手戴上安全帽，一手輸入密碼啓動機車電源，雙腳隨即蜷起搭住踏板，宛如滑翔翼一般，機車以極快的速度往前滑去。

計程車逐漸遠離市中心，往郊外開去，車流量銳減，吳浩鋒稍稍拉遠距離以免被對方察覺。

確保對方仍在自己的反應範圍內，吳浩鋒操作機車前方一小塊螢幕，螢幕亮起，秀出目前所在的位置。

地圖映入眼底的瞬間，那些白色交錯的道路，讓吳浩鋒無來由浮現一種強烈的熟悉感——到底是在哪裡看過？他想不起來，總覺得近期內才見過類似的東西。

但爲什麼偏偏就是想不起來？

吳浩鋒益發焦急，感到自己遺漏了一件甚爲關鍵的事物。

你到底要去哪裡——

是要去見誰——

還是打算逃走——

吳浩鋒在腦中拼命思考郭仲霖接下來所有可能的舉動。

忽然間，路旁某樣東西將他的注意力強行拉扯過去——那是一棵高聳入天的梧桐樹。

意識才鬆懈不到一秒鐘，吳浩鋒感覺一股強風猛地撲向自己，他必須緊緊抓住機車握把，才不至於被這陣風勢一口氣遠遠吹飛——回過神來的瞬間，周身風景豁然變得無比開闊寬敞，宛如電影中時間倒轉景物變遷雲朵時散時聚的急速畫面，吳浩鋒感覺自己彷彿騎進了一條時空隧道，回到過去。

這條路線，當初和古叔一起走過好幾次——吳浩鋒心想，周遭泛黃景色停止變動，宛如一張舊照片，帶來一種懷念的熟悉感，像是在街道轉角撞見久未見面的老友。

「蛇蛻事件」案發之初，媒體便大肆挖掘渲染，製造話題性的同時也製造民眾恐慌，但隨著伍凡宇被逮捕、判刑，「蛇蛻事件」正式結案，再加上爆出某政治人物偷情外遇，以及國安高層傳出疑爲國際間諜等消息，伍家血案瞬間失去報導熱度，人們的生活逐漸回到常軌，一天如常日升月落——照理說，一切就此劃下句點。

但那段時間，古叔一有空檔，便會往這裡跑，而喜歡黏著他、嚷著想學偵查技巧的吳浩鋒，自然總是跟著過來——這裡是伍家住的社區，因爲這棵百年梧桐的緣故，被稱爲「梧桐社區」，原本的名字反倒沒幾個人記得。

古叔向附近的居民逐一探詢，有好幾個是當初案發時就詢問過的對象；但這回結案後再訪，古叔關注的焦點顯然和先前不一樣——他問了許多關於伍家四口的家庭概況、平日互動和生活情形。

一旁的吳浩鋒起初抓著筆記本興致勃勃聽著，但到最後興趣全失常常愣在旁邊樹蔭底下抽菸，無法理解明明已經結案的案子，爲什麼古叔還要浪費時間問那些無關痛癢的細節？

「有人被殺↓抓到兇手」，刑警要做的事，不就是這樣而已嗎？

但吳浩鋒確實記得幾件事，例如當古叔問到伍家兄妹的國小老師時，那名女老師提及，到現在還是無法相信伍凡宇會做出那種事，因爲他在學校的時候，是一個非常貼心善良的孩子，看見有小孩子調皮用美工刀割斷青蛙的腿，明明不是自己的錯，他還一面哭著說：「對不起……對不起……」一面幫青蛙將腿縫合回去。

小小年紀就展現天才的一面啊——半是訝異，半是揶揄，當時的吳浩鋒忍不住如此心想。

古叔接著又問了妹妹伍若杏的事，女老師的情緒明顯轉變，頓時難掩氣憤，說她認爲伍氏夫妻不該讓伍凡宇離開伍若杏——她指的是伍凡宇一測出驚人的高智商後，便立刻離開學校，被爸媽帶到T大學設立的精英補習班就讀。

「小杏她原本是個很開朗的孩子，但每天在一起的哥哥，就這樣不見了，從那時候開始，她就像是變了另一個人一樣，一直鬱鬱寡歡，也幾乎不大跟別的小朋友一起玩了。」女老師一面斟酌用詞，一面說道。

如果小杏在伍凡宇身邊的話，說不定他就不會做出這種事了——吳浩鋒知道那名女老師想表達這個意思。他不禁在心中回應：人該做什麼、不該做什麼，都是早已經注定好的事，所謂的「活著」，說穿了，其實就只是「實踐」。

「古叔，你到底爲什麼還要查這個案子啊？都結案了——」想到這時候其它組都在偵查新的案件，一走出校園，感到焦躁的吳浩鋒便壓抑不住衝著古叔的背影喊道。

古叔當時，是怎麼回答自己的呢——

吳浩鋒記得，那時候的古叔，緩緩放慢腳步，最後在開滿炮仗花的圍牆轉角站定，昏黃的夕陽將他的影子拉得又細又長，他將身子微微側向自己，疲憊的眼神中，流露出深沉的寂寥，啞著嗓子說道：「天才，他眞的是天才。」

就在回憶戛然而止的這一剎那，從前方迸射而來刺眼強勁的光亮，照亮一小片夜空，吳浩鋒瞇細眼睛，還來不及反應過來，砰——驚人的爆炸聲響徹耳際幾乎快搗破耳膜，路面果凍般劇烈搖晃震動，機車險些打滑。

吳浩鋒趕緊按下煞車，身體斜傾膝蓋發力狠狠踩住地面增加摩擦阻力，然而強勁的反作用力，像是一雙無形的手一把將他往前拉扯——他先是刻意將身子猛然一晃散去力道，隨即繃住渾身肌肉定住身軀，好讓整個人不至於脫飛出去。

血液沸騰、細胞鼓譟，紊亂的氣息久久無法平復，眼前光景令吳浩鋒震懾不已，恍如不小心闖入銀幕中的電影場景——就在不久前，郭仲霖離開醫院搭上的那輛計程車，此刻已經被一片熊熊火海吞沒。

他怔愣著下了機車，視線搖晃腳步踉蹌，下意識往前踮走幾步，忽然間，響起另一聲爆炸聲，夜空被照得更亮的同時，四竄的火舌也益發張狂，像是一雙雙揮舞求救的手。

18

地檢署外圍滿媒體記者、看熱鬧的民眾，以及舉牌支持恢復死刑的非營利組織，鬧聲轟轟人聲喧騰宛如一場嘉年華會。

各家新聞大肆報導昨晚郭仲霖死於爆炸一事——不僅僅和這幾天的命案聯結，其中幾家更以「當年負責蛇蛻命案的檢警人員一一離奇死亡」為題，甚至連六年前古叔車禍身亡的事也被一併挖了出來。

急促的腳步聲，迴盪在地檢署狹長、略顯幽暗的走廊。

腳步在門前停下，下一秒，門猛地被打開，一踏進明亮寬敞的辦公室，吳浩鋒便衝著坐在桌前、正在處理文件的楊靖飛吼道：「這是怎麼一回事？」

「什麼怎麼一回事？」楊靖飛從螢幕裡抬起眼，推了一下眼鏡，口吻悠然說道：「結案不是皆大歡喜嗎？」而後又低垂眼神回到平板電腦，似乎不把吳浩鋒盛氣凌人的質問當一回事。

「你真的打算對媒體發佈這個消息？」

楊靖飛沒有回答，吳浩鋒當他是默認。

「不管承受多少破案壓力，也不該昧著良心——」

「我沒有昧著良心。」楊靖飛打斷吳浩鋒的話，定定看著他說道：「根據現有的證據，這確實是真相……和你之前所說的一樣，殺害黃耀賢的兇手，就是郭仲霖。」沒等吳浩鋒回應，他扯動嘴角冷笑一聲，又接著說道：「只不過，和你那荒謬的『意識交換論』不同——我們在黃耀賢的警用宿舍裡整理遺物時，找到郭仲霖收賄的不法證據，還搜出了不少現金……我想黃耀賢應該勒索他好一段時間了，而郭仲霖不堪其擾，決定利用這次機會，『搭順風車』殺了他。」

「那麼——殺了郭仲霖的人，又是誰？」吳浩鋒一連往前跨了幾步：「你該不會要說，是那個駕駛計程車的機器人殺死郭仲霖的吧？」

「那個機器人，不只殺了郭仲霖，也殺了管文復夫妻。」楊靖飛不苟言笑，顯然是認眞的：「而且重點是——那並不是普通的『駕駛機器人』。」

「你眞的認爲機器人會殺人？」

「當年的『Hayflick事件』不就證明了嗎？」

「別在那裡模糊焦點，現在討論的是兩起截然不同的案件——你明明再清楚不過，『Hayflick事件』的『兇手』是那個大三男學生，機器人只是『兇器』。」

「按照你這麼看法，嚴格來說，在這次的命案中，機器人也只是『凶器』——」楊靖飛先是摸了摸梳理整齊的瀏海，而後抿緔嘴角，露出勝利似的笑容，字字清楚說道：「因爲『兇手』是伍凡宇。」

「伍……凡……宇……」吳浩鋒細聲咕噥著，忽地回過神來，目不轉睛瞅著楊靖飛說道：「你打算把所有的罪……統統推給一個無法爲自己辯護的人？」

「吳警官，話不要說得這麼難聽，我們可是檢調單位，站在正義的第一線——」楊靖飛纖細的十指相互交扣，輕輕擱在擦拭晶亮、可以清楚映照出天花板雕飾的原木辦公桌上，語氣一派舒緩說道：「我們向來是有幾分證據，就說幾分話……那具機器人，是伍凡宇製作的——」

「伍凡宇製作的……」吳浩鋒嘀咕道，想起偵查管文復夫妻命案之初，自己便曾經想起過，而後在調查中碰上的那具機器人。

「他當年在T大學參與資優培育時，親手製作出來的機器人，這幾年一直收在T大學人科所的倉庫內，十年前因爲和伍家血案無關，所以並沒有當作證物扣押——」楊靖飛露出意味深長的苦笑：「現在想一想還眞是失策……我們要有因爲這個紕漏而被事後懲處的心理準備！……」

言不由衷——

「可是伍凡宇『人』——明明在『伊甸』……」

「他製作了一個分身——」楊靖飛立刻答道，像是練習了無數次的台詞，搬演舞台劇似的揚聲流暢說道：「既然那具機器人的胸前刻著『U』，方便起見，我們就暫且稱之爲『U』好了……伍凡宇將自己『部份的意識』儲存在『U』中——其實也沒有聽起來那麼複雜，換另一種說法來說：他設定了一個定時裝置，一旦倒數結束，噹！時間一到，『U』裡頭的程式就會啓動，按照伍凡宇設定好的排程行動。」

那不是「U」，是「υ」「你指的『設定好的排程』是——」但吳浩鋒清楚眼下還有更重要的事必須追究。

「當然是『復仇』。」

吳浩鋒扭過身，一拳打在牆壁上：「伍凡宇製作那具機器人的時候，他還沒殺死爸媽、燒傷妹妹——甚至還沒被我們逮捕。」

「『人工智慧前導體』——還記得嗎？嚴先生說的那個……Lilith，也就是『初型機器人』——但是和『Eva』不同，像孤兒一樣的『U』，只能靠自己成長、靠自己茁壯，所以才需要耗費十年的時間……」楊靖飛不爲所動答道，忽然間，抬起頭怔愣望向半空中，眼神渙散接續說道：「『U』利用漫佈在我們四周的數百數千甚至是數萬條無線網路，不斷吸收新知，讓自己升級、進化，直到成爲眞正的『人工智慧』。」

「你的意思是，十年過去，『U』成爲眞正的『人工智慧』，開始復仇？」

「你終於理解我的意思了。」

「顧瑾清教授能認同你的說法？她難道沒有提出質疑，辯駁那具機器人有一個致命的缺陷、根本還不算眞正完成……」吳浩鋒腦中忽地蹦出自己以爲忘記了的詞彙：「『能源自體循環』功能……那具機器人並不具備這個功能，沒有能源去做你說的——」

「『能源自體循環』？連我都聽不懂了，你覺得那些早就和時代、和社會脫節的法官大人會聽得懂嗎？機器嘛——不都是充一下電就可以用了？」懶得聽吳浩鋒繼續說下去，楊靖飛從鼻腔深處輕哼了一聲，打斷他的話，隨即重新掛上笑容：「而且，顧瑾清教授也說了……當初伍凡宇自己也承認『U』是『人工智慧機器人』喔。」

「如果只是充一下電就可以用了，那麼，也可能是伍凡宇以外的人。」

「你怎麼還搞不懂？吳警官，我看眞的應該讓你去休假一段時間……你最近有沒有好好照過鏡子啊？你的樣子眞慘，好像一瞬間老了二十幾歲，男人也是需要保養的——啊……說遠了，重點是動機啊！對！命案的核心永遠都是動機……不如換你告訴我，誰有比伍凡宇更充分的動機？」

答不出這個問題，應該說自始至終，吳浩鋒覺得自己從來沒有眞正看透這一連串命案後頭蘊含的意義，他的手沿著冰冷的牆面緩緩垂落，踏進這間辦公室以來，第一次壓低了聲音，語氣透露出挫敗感問道：「那麼……爲什麼伍若杏還活著……爲什麼——我們還活著？」

「這不是明擺著嗎？」楊靖飛說著，迎上吳浩鋒的炯炯目光，輕輕聳了一下肩頭：「因爲我們在兇手再次行兇前，逮捕了『他』——要不然，接下來死的人不是你，就是我……也可能是王主任。」

「你剛剛說『逮捕』？所以那具機器人還——」

「還『活著』喔。畢竟是金屬做的嘛——現在關在特別拘留所內，但燒成那副德性，可能壞掉了吧？眞傷腦筋……也不知道能不能修好，不過我想，大概很難恢復成和原來一模一樣吧……畢竟是『天才』做出來的，我們平凡人修不好也很『正常』。」楊靖飛嘴角的弧度愈來愈大，大到把整張臉都提撐了起來，他放鬆肩膀，一吋吋躺入表面光亮猶如金屬甲冑般的皮革辦公椅：「『機器人管理法案』還躺在議會裡等待委員們討論……我想經過這次的案件，應該會立刻放入議程裡吧——『犯罪推動社會制度的完善』，不是有一位義大利的犯罪學家曾經提出這種論點嗎？」

見吳浩鋒用異樣的眼光注視著自己，久久不發一語，楊靖飛冷不防推開椅子，站起身來，繞過辦公桌，扣住他的肩膀，用力按了按，打破沉默說道：「你那是什麼表情啊……放輕鬆一點——現在是二〇三〇年，二〇三〇年耶，沒有什麼犯罪是不可能。」

科技創造了無限可能，好像一個人眞的可以用任何理由任何方式死過一次又一次——

但是對於吳浩鋒而言，一個無從推翻的說法，並不是眞正的解答，他聲音難掩顫抖說道：「我要見他。」

「見誰？」

吳浩鋒撥開楊靖飛的手：「伍凡宇。」

「如果我說『不』呢？」

「我就會一直調查下去。」

和當年的古叔一樣——

楊靖飛目光如炬注視著吳浩鋒，緊緔的嘴角浮現意味深長的笑容：「我明白了。」他瞇細眼睛，斂了斂下顎：「It's a deal.」走回辦公桌前，垂眼在平板電腦上操作起來。

「我現在就過去。」

「慢走不送。」

「你知道『Walking Shadow』不會相符吧？」吳浩鋒冷不防問道。

楊靖飛頭也沒抬便答道：「會相符喔。」頓了一下，補充說道：「至少數據會相符。」

吳浩鋒又定定看了楊靖飛一眼，才轉身走向門口，就在跨出辦公室的那一瞬間，他忽地想起什麼，踩住腳步，回頭看向楊靖飛問道：「要是再有人死，你打算怎麼辦？」

楊靖飛不疾不徐抬起眼，像是半小時前，吳浩鋒剛踏進辦公室時那樣，推了一下眼鏡，用悠然的語氣說道：「就再找一個兇手囉。」忙不迭又說道：「所以——還請你一定要長命百歲。」

這傢伙在賭——不只是拿別人的命，爲了前途，爲了爬上更高的位子，他寧可把自己的命也搭進去。

「最後一個問題——」吳浩鋒深吸一口氣後說道：「你之所以，選擇這個答案，是因爲『害怕』，還是『相信』？」

「兩者有分別嗎？」楊靖飛說道，眼鏡後頭的雙眼，沒有絲毫光采：「慢走不送。」

※※※

吳浩鋒和林瀚儀並肩走在那條深不見底的銀白色通道上，不知爲何也在場的王盛廷則跟在兩人身後，三人的腳步聲相當一致，輕輕重疊在一塊兒，節奏益發穩定，聽起來踏實沉著許多。

「我看到了新聞記者會——」林瀚儀罕見率先出聲，將臉側向身旁的吳浩鋒說道：「眞相還眞是……令人難以置信……不過——」

「不過什麼？」

林瀚儀面無表情答道：「很像這個時代會發生的事。」

「如果是好事就好了。」身後的王盛廷冷不防插嘴說道。

「總會有好事的。」林瀚儀眼角一彎，苦笑道，硬是擠出笑容的臉反倒更顯疲憊：「但是只要一想到小杏差一點點……差一點點就有可能遭到攻擊——我就覺得、覺得好像快要窒息……」她按住胸口，吞吞吐吐說道。

「妳認爲……這種事……」吳浩鋒細聲說道：「這種事眞的有可能發生？」

「現在不就發生了嗎？」

林瀚儀的反問，讓吳浩鋒半晌答不出話，躑躅片刻才說道：「我是指……伍凡宇在十年前，就憑一己之力，創造出『人工智慧前導體』……甚至在十年後的現在，眞眞正正進化成『人工智慧機器人』——」

「站在科學發展的立場來說，我認爲所謂的『奇點理論』（theory of singularities），也適用於人類個體……畢竟有某些學派認爲，人類是極其精密的機械——而這也可以解釋『天才』的出現，所以，當然有可能……不過……」一面思忖，林瀚儀一面偏著頭，細聲嘀咕道：「不過，我無法理解的部份，反倒是爲什麼……如果……如果伍凡宇眞的在十年前……在十年前就已經發明出可以媲美『Lilith』的『人工智慧前導體』──他爲什麼沒有讓任何人知道呢？」

「『奇點理論』？那是什麼？」王盛廷問道。

林瀚儀說道：「簡單來說，就是認爲在未來……不久的未來，認爲人類可以製造出『人腦』，人類的智能將能夠完全轉移到電腦裡，人類甚至可以和機器完全融合，達到某種程度上的……『永生』。」

「妳認爲那樣的世界眞的會到來？」吳浩鋒突然問道。

「我衷心期盼那天早日到來。」林瀚儀口吻認眞。

話聲甫落，三人已經來到那扇金色大門前。

林瀚儀輸入密碼後引領吳浩鋒和王盛廷進入。

金色門扉無聲關上。

吳浩鋒往上回乘坐的那艘「賽艇」走去，船身上標註著斗大的「Pi」字樣。

「你眞的要一個人進去嗎？」王盛廷問道：「還是我也──」

「這種情況，一個人比較安全。」吳浩鋒自以爲幽默說道。

「都破案了──」林瀚儀睜圓了眼睛說道：「你該不會仍然認爲，伍凡宇眞的有辦法調換意識？」

「不排除這個可能。」吳浩鋒坐進「賽艇」，抬頭凝望著林瀚儀問道：「我一直很好奇一件事──若是科技眞的能做到『任意移轉意識』，對你們這些科學家來說，不是一件劃時代、值得振奮的事嗎？」

「的確是。」林瀚儀想也沒想便坦率答道：「但是那必須奠基在Eva不會被殺，也不會成爲共犯的前提上，才有討論的意義。」

「妳真的，很愛『她』。」吳浩鋒咧嘴說道。

林瀚儀慢慢瞇起眼睛：「也只剩我能愛了。」就在話聲甫落，吳浩鋒想追問她的同時，玻璃罩開展，將兩人徹底分隔開來。

Good luck——躺入椅背、閉上眼睛前一秒鐘，吳浩鋒看見王盛廷用嘴型對自己如此說道。

※※※

和上回相同，獨木舟漂浮在上回那條浩浩湯湯的寬敞大河上。

不同的是，這一次只有吳浩鋒獨自一人。

河面寬廣，粼粼泛現金光，河道兩側是一望無際的碧綠草原，彷彿整個世界的春天全融化在這地方似的。

四周安靜無聲，吳浩鋒不知不覺屏住了呼吸，獨木舟以穩定的速度一路向前流動。

直到遠遠望見那扇通往「伊甸」的門，吳浩鋒才恍然意識到自己一直聳著肩膀、繃緊全身肌肉——才恍然意識到自己有多麼緊張。

當年古叔面對的場景，如今輪到我去面對了——想起古叔的剎那，吳浩鋒放開原先緊緊握住的拳頭，心中的緊張感突然一掃而空，吞下一大口口水，呼吸也隨之順暢了起來。

船身細微震動，獨木舟在岸邊停了下來。

即使是虛擬空間，吳浩鋒依舊身手矯健，一轉眼便俐落跳下船。

吳浩鋒直直走向那扇平凡無奇的木門，在門前站定腳步，閉上眼睛，吸吐長長的一口氣，睜開眼睛的同時，用雙手使勁扯了一下耳垂，隨即按住挾帶著木頭溫潤質地的門扉，往前一推——順著這股力道邁開腳步，第一次，恐怕也是最後一次：他踏進了「伊甸」。

眼前空無一物，一片荒煙漫草，吳浩鋒怔愣著，正摸不著頭緒時，身後的木門自動闔上，霎時間，原本荒蕪的沙地，彷彿大漠中的海市蜃樓、甚或是3D投影一般，浮現出兩棵巨大無比的樹。

「這是——」吳浩鋒不禁嘀咕道，抬頭張望茂盛的枝葉。

「這是『生命之樹』和『知善惡樹』。」聲音如針幽幽刺入耳中，吳浩鋒頓時回過神來，隨即收回視線——釘在不知道什麼時候，悠然站在兩棵大樹正中央、身穿一身白衣的少年。

「終於見到面了。」少年輕聲說道，臉龐上覆蓋了一層透薄如紗的光暈，模糊朦朧看不清楚表情。潔白的肌膚將他的髮色襯得格外深黑，從這一點，可以看出他和伍若杏果然是兄妹。

吳浩鋒壓抑住心中的詫異——少年的模樣，和十年前一模一樣。

彷彿時間真的倒轉，又或者這十年的光陰只是夢幻泡影，站在吳浩鋒眼前的，是身材頎長、四肢纖細的十五歲少年伍凡宇。

這也難怪，對他來說，從十年前的那一刻開始，肉身就等同於死了——吳浩鋒忖度著，喉嚨翻攪一股熱燙滋味。

彷彿能看穿吳浩鋒的心思，少年啓齒說道：「吳浩鋒警官，你變得好壯，也變高變黑了，但不適合留鬍子。」說到最後，他輕輕擺動天鵝般的白皙脖頸。

吳浩鋒抓了抓下顎的鬍髭，撇了撇嘴：「我不是來找你聊天的。」擠出這句話後，似乎找回自己的步調。

「你不說，我怎麼知道，你爲什麼來找我呢？」少年語氣平靜，像是旋風靜止的中心點。

「楊靖飛把所有的罪，都推到『v』身上。」

聽到吳浩鋒的話——或者聽到「v」的瞬間，少年依舊沒有絲毫動搖，緊接著用力道均勻的聲音說道：「是嗎？那個人會這麼做，我並不感到意外。」

「那個『v』……眞的是你創造的？」

「你之所以到『伊甸』，就是想問這個？」少年莞爾一笑，吳浩鋒感覺耳邊傳來樹葉摩娑的細瑣聲響：「如果我的答案是否定呢？你會爲了他，挺身反抗楊靖飛、甚至是反抗整個體制嗎？」

「我——」

「不讓你爲難了。」沒有給吳浩鋒回答的餘裕，少年打斷了他的話，宛如支流之於河川那樣自然而然：「是的，他確實是我在十五歲那年……不對，我現在也還是十五歲，精確來說——他是在二〇二〇年三月六日誕生。」

「根據『Lilith』的數據嗎？」

少年難得露出近似訝異的神情，但只有短短一瞬間：「吳警官應該當科學家的，當警察太可惜了。」聽不出是衷心，還是揶揄。聽不出絲毫情緒。

但吳浩鋒知道自己說中了他沒提到的部份。

「孩子比父母優秀，是推動世界進化的動力——用以前的人的話來說就是『青出於藍而勝於藍』。」

動力——

「『能源自體循環』——你已經……」

「孩子比父母優秀，是推動世界進化的動力。」像是把相同的句子又寫了一遍，字句相同，但筆跡不可能完全重疊，少年微微彎起了眼睛。

「所以……你眞的在那時候……」吳浩鋒口吻遲疑，心中開始感到困惑、甚至是一點點徬徨，冷不防浮現「難道楊靖飛說的都是眞的」的念頭。他抑制住那種想法，繼續說道：「在那時候……就已經在『v』的程式裡，指示『v』在十年後的現在——復仇？」

「不是指示。我無法指示他。」說出這番話的少年，應該要輕輕搖了搖頭，但他沒有，少年宛如陷入決然的靜止中，專注看著吳浩鋒：「和我們一樣，他擁有自己的人格。」

自己的人格——

「這算是在脫罪嗎？」

「這才是你來『伊甸』的眞正目的吧？」瞬間理解吳浩鋒話中涵義的的少年立刻應道。

「你眞的很聰明。」

「我應該說聲謝謝，不過坦白說，我已經聽膩了。」

「你還是沒有正面回答問題。」

「你仔細想一想……」少年緩了一下，才把話說完：「事實上，我回答了你提出的每個問題。」

「人是你殺的嗎？」有了少年的保證後，吳浩鋒隨即銳利問道：「管文復夫妻，是不是你殺的？」

「不是。」少年答道。

「黃耀賢呢？」

「也不是。」

「郭仲霖呢？」

少年抿了抿紅潤的嘴唇：「我知道你會失望，但答案還是，不是。」

吳浩鋒腦袋一片混亂，但少年沒有說謊的理由——難道這一切都只是自己的妄想而已嗎？

「或許你不願意相信楊靖飛，但他的說法，『看起來』，確實是正確的。」少年說道。

如果在十年前就已經發明出可以媲美「Lilith」的「人工智慧前導體」，他爲什麼沒有讓任何人知道呢——千頭萬緒之際，吳浩鋒忽地想起林瀚儀的疑惑，脫口問道：「你爲什麼要創造『*v*』？如果眞的像你所說的，不是爲了復仇……你爲什麼要創造『*v*』？」

「你知道嗎？剛剛那一瞬間，我突然……突然理解了一件事——或許在我當初創造他的時候，就是希望有一天，有人可以、至少有那麼一個除了自己以外的人，可以問我這個問題……」少年斜傾著頭細聲說道，唇角浮現淡淡的笑容，停頓半晌，緩緩吐出了這句話：「因爲我很寂寞。」

「Olive Tree測驗成績出來後不久，我便離開學校、離開家，在T大學進行資優培訓……從那時候開始，就沒有人和我說話……爸爸媽媽嚴格禁止我跟他們以外的其它人接觸、交談，說他們都是白痴，和他們說話會被感染——包括我妹妹。」少年像是陳述別人的經歷一般，平鋪直敘說道：「後來，我逐漸發現，其實爸爸媽媽和其它人一樣，也是白痴，就再也沒有開口跟他們說過任何一句話了。」

「就因爲這樣……就因爲這種無聊的原因……你殺了他們——」

「這不是今天談論的主軸，這部份我十年前就已經說明過了。」少年輕描淡寫說道：「於是我決定，靠自己的力量，創造出一個『朋友』，一個可以和我平起平坐的朋友，或者，雙胞胎——從此他就是我唯一的親人了。我也只需要他一個親人。」

「我已經、已經聽夠你的說法了——」吳浩鋒瞅著少年說道，在拖長的尾音中，吳浩鋒原先急促紊亂的呼吸，竟然逐漸平緩下來，眼神也變得柔和許多，因爲他知道，這將是自己最後一個問題。

吳浩鋒慢慢吸了一口氣，讓虛擬的肺部充滿虛擬的氧氣，血液奔竄，腦袋隨即活絡起來，這是多麼眞實的感受——他一面心想，一面緩緩說道：「現在，輪到你聽聽看我的說法……等你聽完後……我希望你明白，現在，在這裡，只有我們，就只有我們……所以……到那時候，我希望你可以告訴我——什麼才是眞的？」

1.1

直到現在，我還是覺得昨天的一切一切，彷彿只是一場夢境。

我睜開眼睛，盯著潔白的天花板好一陣子，才意識到自己已經醒了過來。

凌晨三點半，離天亮還有一段時間，空調無聲，赤裸的上半身感到涼意，胳膊起了一小片雞皮疙瘩。

我閉上眼睛，等待了幾分鐘，發現再也睡不著，索性又睜開眼，掀開被子身子接連一翻，按住柔軟的彈簧床起身。

一面套上T恤，一面走出臥房，經過客廳時，停下腳步，瞥了一眼螢幕被砸出一個窟窿、碎片四散在地的電視，擱在桌面上的手機，訊息通知燈閃爍出刺眼的光亮，搔了搔額頭，我抓起手機，滑開螢幕。

映入眼中的，是一則新聞短訊。

今天（九月二日）晚間，槍殺楊靖飛檢察官而在逃的吳浩鋒警官，闖入某民宅挾持三位無辜民眾，警方接獲民眾通報，趕到現場準備攻堅時，屋內傳出一聲槍響，大概知道是困獸之鬥，吳浩鋒警官在浴室舉槍射向心臟自殺身亡，警方順利救出三位民眾，此次警方內部擦槍走火引發的衝突，所幸沒有造成任何傷亡……

「沒有任何傷亡……」看到這裡，我高舉手臂，將手機狠狠砸在地上，分不清是手機還是瓷磚的碎裂聲，我轉身走進廚房。

扭開礦泉水，喝了一口，水流過乾啞喉嚨的瞬間，喉頭抽搐了一下，意識一寸一寸甦醒過來，思緒飄回昨天的葬禮——直到現在，我還是覺得昨天的一切一切，彷彿只是一場夢境。

我好希望有人告訴我：這不是眞的。

在場所有人，包括我自己，都是一身毫無情緒的黑色打扮。

我無法再更靠近，總覺得一旦靠近、一旦面對，一切好像就再也沒有轉圜的餘地；我只能站在人群的最後方，望著掛在遠處的那張黑白照片，被框在裡頭的那個人，眼神很清澈，笑起來的樣子和小鋒好像好像，眞的好像好像。

還清晰記得，進去「伊甸」和伍凡宇見面那天，結束時從「賽艇」裡站起身來的小鋒，他跨出「賽艇」，似乎正在思索些什麼，板著臉孔，一臉嚴肅走向我和林瀚儀。

趁著小鋒還沒回過神來，我冷不防伸手，往他的腰際一戳——並不是懷疑他的意識被伍凡宇取代，我只是想看他手足無措的表情、讓他放鬆；果不其然，小鋒身子猛地一縮，從喉頭擠出短促的笑聲，或許是有異性在場的緣故，他硬是憋住笑，一時間卻被嗆著，撇開頭，用力咳了好幾下，眼睛都激出淚光。

結果反倒是我和林瀚儀相視一眼，忍不住笑出聲來。

用力抹了一下眼睛，我的思緒被拉回喪禮，沒有參加到最後，只是靜靜看了好一會兒，就在我準備轉身離開的時候——一個身材豐腴、神情憔悴的中年女人迎面走來。我一眼就認出她是古叔的前妻，兩人結婚時，我吃過他們的喜酒，那時候我還很小，是跟爸媽一起去的。

女人一臉肅穆，雙頰鬆垮妝幾乎上不上去，眼睛紅腫顯然哭了很久很久，她應該不認得我了——女人從我身旁走過，身上散發出淡淡的沐浴乳香氣，一時間我想不出那是什麼植物的氣味。

我不知道小鋒認識她，而且關係相當密切。

女人的表情，讓我不禁想起古叔過世時，參加告別式的小鋒——那場只存在於我夢裡的告別式。

夢裡的告別式，小鋒穿著剪裁合度的黑色西裝，頸子略往前壓，靜靜站在隊伍的最後一排。整場告別式，他很安靜，甚至沒有流下任何一滴眼淚，我湊近，小聲告訴他，讓他別憋著，他說他得知古叔死訊的那晚，已經將一輩子的眼淚哭掉一半。

我開玩笑問小鋒，那麼另外一半眼淚準備什麼時候哭啊？

小鋒回答，總有機會的。

然後夢就醒了。

接下來，我只記得自己將櫃子裡的十幾瓶酒全都喝掉。

再接下來，意識清晰時，已經躺在了病床上，身體纏滿繃帶。

我並不訝異自己受到的震撼，打擊——或者悲傷；我訝異的，是自己居然會用這樣俗套、甚至狗血的方式，來哀悼。來告別。

繞到殯儀館後方，我靠著牆，從西裝內的襯衫口袋裡掏出香菸盒，我不懂爲什麼小鋒總是抽這牌的香菸，我一直想問他，卻總是想以後再問就好了。

我叼起菸，點起火，深深抽了一口，緩緩吐出煙霧的時候——

「請問是……王盛廷先生嗎？」

聽到聲音，我撇頭看去，是一名身穿黑色西裝的男子，西裝領口的造型十分特殊——大概也是來參加小鋒告別式的吧。男子看起來約莫四十歲開外，眼尾略微下垂，讓人聯想到黃金獵犬，氣質沉穩，髮色黑中帶銀，給人一種英國紳士的感覺。

「請問你是……」我沒見過這個人，身為鑑識人員，我有信心可以記住所有打過照面的臉孔——無論生死。

只要皮還沒有被扒掉。

「不好意思，打擾您了，我是『The One』公司的研發部部長，嚴拓。」名叫嚴拓的男子，遞出一張名片。名片相當精緻，反射出透薄的光亮，形成一圈光暈。

「不好意思，我沒帶名片。」我沒打算在小鋒的告別式上認識新朋友。

「沒關係。」對方微笑說道。

「請問，有事嗎？」見他似乎不打算離開，我抽了一口菸問道，開始覺得不耐煩。

「和吳警官說的一樣——」他忽然提起小鋒，接著像熄了燈般，眼神流露出發自內心的落寞：「他說你會來，但不會進去。」

「你知道小鋒他要——」情緒瞬間湧上喉頭，我一時間說不出話來。

「我不知道。」他一連搖了幾次頭，眼神低垂，嘀咕道：「要是……要是我知道就好了……吳警官被通緝前，來找過我。」他抬起頭，定定看著我。

「找你……做什麼？」他顯然在等我追問。

「要我幫他——植入『記憶晶片』。」

我咕噥道：「『記憶晶片』……」

「『記憶晶片』的植入者一旦腦死，便會傳送一封『遺書』到所屬公司的系統，由於『記憶晶片』目前相關的法規還沒制定完全，因此警方無法當作證物扣留，是屬於可以按照植入者意願贈予的遺物。」他有條不紊解釋道，像是在推銷一樣下個月即將推出的新產品。

「記憶晶片」、遺物——

「你的意思是……小鋒他……有話要對我說？」我知道自己的聲音在顫抖，夾在指間的菸在顫抖，甚至連眼眶也在顫抖。

名叫嚴拓的男子抿出淡淡的微笑，點了個頭，語帶哽咽說道：「嗯，我想，是的。」

「他有話要對我說……」

「不過……有一件事，我不知道該不該說……」男子踟躕的態度引起我的困惑，將我從液態的情緒中一把拉了出來。

「爲什麼猶豫？」

「有一件事……我不確定吳警官願不願意讓你知道……但我覺得，這應該——」

「他願意把記憶交給我。」我知道自己的這句話說明了一切。

嚴拓舔了舔削薄的嘴唇：「那天，幫吳警官植入新的『記憶晶片』時，我在他的腦中，發現……發現了另外一枚『記憶晶片』——」

「另一枚『記憶晶片』？」我不懂他的意思，語氣無法克制急促起來：「爲什麼小鋒他會……不對啊……不對……不對……如果他腦中已經有了一枚『記憶晶片』，爲什麼還要你植入……難不成——」

「你想的沒錯。」嚴拓點了點頭：「那枚『記憶晶片』記錄的，並不是吳警官的記憶——」

「不是小鋒他的記憶？那、那會是誰的？」我腦中一片混亂。

「是古召磊的。」

不知道那時候腦袋還行不行？要是能有什麼東西幫自己記起來就好了——

古叔曾經跟我和小鋒在餐廳說過的話，猛地響徹耳側。

※※※

我坐在廚房，注視著窗外天空被升起的太陽逐漸染亮，地板上堆滿了礦泉水空瓶。

回到臥房，我換了昨天回家途中買的POLO衫，套上牛仔褲。

和阿皓道過早，告訴他自己會幫他向小鋒好好告別——當然沒忘記給他一根菸。

你、古叔……然後是小鋒——

如果古叔還在的話，年底就要過七十歲生日——不，可以說是大壽了……不知道退休後的他，是不是眞的能完成那本回憶錄？

有機會的話，好想讀一讀啊——那些自己沒有機會參與的難解案件，到最後，究竟是成功解決？還是眞相依然陷在深潭之中等著誰去打撈？

讀完小鋒的記憶以後，是不是也應該讀一讀古叔的呢？

又不是在玩遊戲——

暗自斥責自己，接著捏破汽泡紙般，用雙手狠狠掐了一下耳垂。

耳垂沒破，但一定很紅很紅，刺燙感細細麻麻蔓延開來。

不知道小鋒想變成什麼植物？離開前，我忍不住思考起這個問題。但階梯都走完了，離開那片樹林，還是想不到。最後我想，我喜歡松樹，不如就種兩棵松樹吧。等未來哪一天，自己也死了以後。

這樣就不會被小鋒抱怨亂花錢了吧——

騎機車前往「The One」的路上，買了小鋒喜歡吃的漢堡當作早餐。

將機車停在外頭的收費停車場，我步行過去，才走了一小段路，轉眼間又抽掉一包菸。

才剛走到公司入口處，便看見熟悉的身影，對方一眼便發現我：「我就知道你會提早過來。」沒有奉承裝熟，一點也不矯揉造作，嚴拓像個大男孩一樣瞇細眼睛，坦率說道。

如果被哪個八卦媒體拍到我們兩人，大概會說我們可以組一個偶像團體出道吧？

「大概是年紀大了，醒了，就睡不著了。」我說。

「其實我昨晚，也沒睡好。」嚴拓說完，逕自笑了笑。

等反應過來的時候，我才意識到自己的手已經搭上了他的肩膀，他稍微一怔，我也被自己的舉動嚇到。但他只是撇過頭，看了我一眼，說了聲：「我們走吧。」

※※※

嚴拓帶著我走進公司，來到一個房間。

「你確定要這麼做？」他問道。

我點了頭。

「關於植入『記憶晶片』有可能產生的負作用，我必須先說明——這不只是你的權利，更是我的義務。」穿上一身潔白研究服的嚴拓說道：「『記憶晶片』一旦植入，和大腦聯接，要移除必須經過三天，否則有很大的機率對腦部造成不可逆的損害。雖然只有三天，但身體還是有可能產生若干負作用，根據國內外文獻資料顯示，普遍症狀有失眠、疲勞、暈眩、頭痛、多夢、記憶混亂零碎還有思緒跳躍——簡單來說，雖然腦部的運作實際上也是電子訊號的傳遞，但現在，由於晶片、也就是積體電路微量發電的介入、刺激甚或干擾，有可能導致神經元功能失常，進而『神經衰弱』。」

神經衰弱——

「植入他人的『記憶晶片』還有另一層風險，對方的記憶有可能以『夢』或者『幻覺』的形式出現，嚴重的話甚至可能導致片段失憶，也就是說，在日常生活中，有可能出現幻聽、幻視或者精神錯亂等症狀……另外……也有學者進一步提出……提出有被對方意識佔據的可能——」

被小鋒佔據？

佔據嗎？

我突然好像能理解爲什麼小鋒認識古叔的前妻了——

小鋒一直以來都是自己一個人承受著這些嗎——

一個人承受著古叔的記憶——

那麼小鋒自己，又承受著什麼樣的命運呢——

「我確定。」這一次，沒有點頭，取而代之，我直視著嚴拓說道。

他按了個按鈕，按入指紋、輸入密碼，門向右開啓。

房間乾淨，中央有一張金屬製成的躺椅，躺椅旁有一台螢幕發亮、正在運作的機器。

我躺上椅子，他走到我身邊，手上拿著一個玻璃皿，我知道裡頭裝著用肉眼看不出來的晶片

嚴拓戴上手術專用的科技眼鏡：「等一下，麻醉過後，我會用機械手臂，從鼻腔將『記憶晶片』植入你的腦中……然後……你會『體驗』浩鋒他生前所經歷過的一切。」

「我想這就是小鋒他，最後那一槍，選擇射向心臟的原因。」我抬起眼看著一片洗白平整、一點縫隙也沒有的天花板：「我想他，希望我這麼做。」

似乎擔心我不理解，嚴拓進一步說明：「你還是會擁有自己的意識，這種感覺，就像是你偷偷躲在浩鋒體內一樣，你可以看見他看見的事物，聽見他聽見的聲音——當然，包括浩鋒自己的說話內容，但你在這過程中，所扮演的角色，是個純粹的旁觀者，無法得知他的想法、無法出聲和他溝通，當然……也無法做出任何改變。」

「我明白。」我收回視線，注視著他說道：「這樣就夠了。」

他點了點頭，往那台機器走去：「那麼我——」

「小鋒他，殺了人，你爲什麼還願意信守承諾？」他話還沒說完，我便逕自問道。

可能是因爲我覺得小鋒也想知道吧——

他偏著頭想了想，擺正頸子的同時，嘴角浮現苦笑嘀咕道：「說實在的……我也不知道，大概是因爲……我眞的——很想和他一起喝酒吧？」

聽著他的聲音，我緩緩閉上眼睛。

我聽見他輕聲笑了一下，大概還搖了搖頭。

聽見他操作虛擬鍵盤時手指飛舞震動空氣的聲音，聽見機械手臂移動的穩定聲響，側頸感受到細微的針扎刺痛，下一秒，我已經失去了意識。

※※※

睜開眼睛，映入眼中的第一個畫面，是嚴拓的臉。

「謝謝你。」小鋒的聲音傳進耳裡，我突然好懷念。

我隨即訂正自己的想法：現在是「我」在說話。

此時此刻，「我」不再是王盛廷，而是二〇三〇年九月二日的小鋒——「我」這麼告訴自己，極力讓自己專注，讓自己和最後一段時間的小鋒融爲一體，把他的所見所聞，當作「我」的所見所聞。

嚴拓搖了搖頭說道：「不用這麼客氣，不過，你眞的不要緊嗎？是不是身體產生排斥？要不要檢查一下……你的臉色看起來不大好，流好多汗。」絮絮叨叨說道，說到最後，他不由得皺起了眉頭。

「我沒事，我差不多該走了。」我說，從金屬躺椅上起身。

「是嗎？這麼趕？不是說要一起喝酒？」

我定定看了他一眼，沒有回答他，拍了一下他的手臂：「先走了。」只說了這麼一句話便匆匆離去。

※※※

我騎著機車，在馬路上疾速奔馳。

將機車停在公寓附近的電動遊樂場外，撬開公寓的後門，我從逃生出口往上爬，一口氣來到七樓。

我按了電鈴，門一下子就開了，應門的是穿著居家服的林瀚儀。

「吳警官？你怎麼會來？有什麼——」她話才說到一半，我便拿出手槍指著她。

我把她綁了起來，讓她坐在客廳的地板上。

她住的地方比我想像中簡陋，東西也很少，這棟公寓甚至比伍若杏租賃的大廈還老舊。

不一會兒，門鈴響了，我開門，是伍若杏，我故技重施，用槍威脅她，把她和林瀚儀綁在一起。

林瀚儀似乎很訝異，忍不住驚呼道：「小杏，妳怎麼會來這裡——」

「不是、不是瀚儀姊叫我過來的嗎？」

林瀚儀看向我，我搶在她問出口之前回答：「那通幽靈電話。」

她旋即恍然大悟，明白我用了什麼手法。

「吳警官，你到底想做什麼？爲什麼要把我和小杏綁在這裡？」

「妳不怕我殺了妳們？」我問。

「要殺，你早就殺了吧？」

「幾個小時前，我殺了楊靖飛。」我說。

林瀚儀和伍若杏一臉詫異，林瀚儀問道，情緒激動，幾乎要從地板上彈起身來：「爲、爲什麼你要

——」

「別急，人還沒到齊——」我將她按回地板，就在這瞬間，叮咚，門鈴再度響起。

林瀚儀小聲嘀咕了句：「會是誰……」

我起身，來到門前，透過螢幕確認來者後，立刻拉開門，一陣風狠狠搧在我的臉頰上，讓我不禁瞇細雙眼。

女研究員一臉驚恐，睜圓了眼睛，我不知道她是因爲看見我手中的槍，還是看見被我綁在客廳裡的林瀚儀和伍若杏。

她們三個人被我綁在客廳裡，背對著背像是撲克牌上的梅花記號。

「現在可以開始了。」我說。

她們三個人蠕動著身子，試圖看向我，但其中有一個人的角度，無論怎麼調整，始終無法看到我。

她們久久不發一語，最後是林瀚儀打破沉默，她問：「開始什麼？」

「開始揭開眞相。」我說。

「什麼眞相？」林瀚儀追問。

「伍凡宇製造的機器人『v』，殺了管文復夫妻；因爲收賄，而被黃耀賢長期勒索的郭仲霖，則利用相同手法殺害黃耀賢藏葉於林以求脫罪；最後郭仲霖又被『v』所殺。」我說。

「這不是大家都知道的事嗎？」林瀚儀說。

她的意思是：這有什麼好說的？

「別急，這只是第一個選項。」我說：「至於第二個選項——黃耀賢被郭仲霖殺害，至於殺害管文復夫妻的兇手，則是伍若杏……妳們可以不用對我的話有任何回應，先靜靜聽我說就好。」照理說，我應該一面來回走動，一面說出這些話，但我實在不願意錯過她們的表情，於是我站在原地動也不動：「這一切，必須從伍若杏十三歲那年，在醫院被強暴的那段影片開始說起——六年前，『Sarga』系統完成，早在幾前年便意外得到那段影片的古叔……不，不應該說是『意外』，是伍若杏妳，匿名寄給他的，希望他幫妳伸張正義。沒有辜負妳的心意，古叔利用這套系統，比對指紋、掌紋……發現影片裡侵犯妳的男子，居然是自己的同仁、也是當年一起承辦『蛇蛻案件』救出妳的楊靖飛和黃耀賢。氣憤的他，立刻衝去質問楊靖飛，要楊靖飛公開認錯、道歉，所以才會在六年前被滅口。」

那場車禍不是意外——

難怪檢警查不出結果——

明明排除了被殺的可能，身爲檢察官的楊靖飛還是來到了現場，而自己還以爲他是爲了送古叔最後一程——

「那跟郭仲霖有什麼關係？」林瀚儀問：「既然……既然侵犯小杏的人是楊靖飛和黃耀賢——」

「影片總得有人拍攝吧？」我問，然後我自己說：「黃耀賢的死，讓楊靖飛決定乾脆趁這個機會殺了郭仲霖徹底掩埋這件事，並將所有的罪推給『v』。」

郭仲霖是因爲殺了黃耀賢才導致自己喪命——真是諷刺。

「你的意思是——『v』並不是人工智慧？而是楊靖飛遙控他去殺人？像『Hayflick事件』那樣？」

林瀚儀提高音調。

沒有理會她，我繼續說：「至於伍若杏殺害管文復夫妻的理由，我想是因爲她在他們身上，看見當年自己爸媽的影子——沒錯，十年前，殺害了伍家夫妻，『蛇蛻事件』的眞正兇手，不是伍凡宇，而是伍若杏。」

「你……你少在那邊胡言亂語——」伍若杏垂眼沉默，倒是林瀚儀挺身而出岔聲喊道。

「妳知道我是從什麼時候開始懷疑妳嗎？」我自問自答：「因爲妳的一句話——」

「一句話……」林瀚儀嘀咕道。

「妳也在場，就是我們上門去找她和管健旭問話那次。」

「她說了什麼嗎……」

我移開目光，注視著始終不肯看著自己的伍若杏說道：「妳還記得，我單獨找妳出來問話——最後結束時，妳這麼說了『我那時候想，如果、如果放棄這麼好的人……十一歲那年，我原以爲，能從頭來過的人生，到這邊，眞的到這裡就徹底結束了。』」

「這有什麼不對嗎？」林瀚儀問道。

「爲什麼是十一歲——而不是皮膚移植完成的十二歲？或者是復健結束的十三歲？會讓妳不由自主說出『十一歲』是新人生開始的合理推論是：因爲爸媽終於死了。」

「每個人的定義不同吧？說不定小杏的意思是，殺害爸媽、傷害自己的哥哥被逮捕以後，就是自己新的人生。」林瀚儀大概認爲自己提出了有力的反駁。

仍然沒有理會她，我繼續說道：「我一直想不通，想不通爲什麼兇手非扒下死者的皮不可？直到我想起伍凡宇，最後對妹妹說的那句話，**我是為了給妳新的人生**——我才明白是什麼意思……我想……伍若杏殺了自己的爸媽後，應該對屍體進行了某種『極不人道的懲罰』……為了不讓警方從那些痕跡上找出蛛絲馬跡、懷疑妹妹，伍凡宇才會索性選擇扒下、燒毀人皮。」

「如果他眞的可以爲小杏做到這個地步——怎麼可能忍心把她燒成那樣？你知道那有多痛苦嗎？」林瀚儀又喊，好像被烈火紋身的人是她自己一樣。

「伍凡宇當然知道。但是他，但是他不得不這麼做——爲了讓妹妹可以『眞正重生』。」眞正重生——我說：「之所以要對妹妹做出那種看似殘忍的事，是爲了掩蓋妹妹——被爸媽家暴的事實。」我接著又說：「因爲兒子伍凡宇是天才，但是女兒伍若杏卻是個非常普通的孩子，這讓她爸媽覺得很丟臉，於是輪流對她施暴……認爲妹妹身上的傷，或許會讓警方認爲比起自己，妹妹有更充分的殺人動機，進而懷疑到她身上，所以伍凡宇才決定這麼做——藉由讓妹妹成為徹徹底底的被害者，得以轉移焦點。」

「這、這也未免太冒險了——」林瀚儀說：「傷成那樣、我在醫院親眼看到的……小杏她有可能眞的死掉——」

「不可能。對伍凡宇來說，那是絕對不可能會發生的事。」我說：「他已經把所有可能性都計算進去，包括燒傷面積、救援時間、醫院距離、醫療技術，甚至是復原的時間——這一切一切，都在他的預測之中。」

除了一年多以後的那段影片——

那段造成他妹妹身心重創的痛苦經歷——

「那麼、那段影片是怎麼來的？」彷彿能看穿我的心思，伍若杏發出纖細的聲音。

「是她寄給蕭艾的。」我看向林瀚儀。

「瀚儀姊……瀚儀姊寄的？」伍若杏瞥向林瀚儀，呼吸變得紊亂：「怎麼……怎麼、怎麼可能？她爲什麼要這麼做？」

「因爲她愛管健旭。」

「別、別開玩笑了……」伍若杏氣若游絲。

「我想她應該是利用無線網路，駭進楊靖飛的電腦，意外發現這段影片，才心生一計想拿來破壞你們。」

「你少胡說八道，小杏！相信我，我沒有……妳知道，我比任何人都希望妳得到幸福——」

「先別急著解釋。」我說：「還有**第三個選項**。先聽完**最後**一個選項。」我看了女研究員一眼：「既然談到影片，這一次，就就影片先說起吧……在這個選項裡，影片，同樣是林瀚儀寄出的，而管文復夫妻，也同樣是她殺的——至於爲什麼林瀚儀要這麼做，理由很簡單，她不想看見妳這麼幸福的模樣……或者，應該說，她不想看見妳『一個人』這麼幸福的模樣。」

「這和剛剛有哪裡不一樣——不都是因爲愛著阿健才破壞我的幸福嗎？」伍若杏擠出全身力氣嘶吼。

「完全不一樣，在這個選項裡，林瀚儀愛的人，不是管健旭，而是——伍凡宇。」我說：「或者，我不該再叫她『林瀚儀』了，而應該稱呼她爲——『Eva』。」

「『Eva』？那個人工智慧？你到底、到底在說什麼？」伍若杏問，似乎以爲我瘋了。

「她想提醒妳，是因爲有伍凡宇的犧牲，才會有現在的妳——但妳卻完全將哥哥排除在自己的人生外，改名換姓，一個人過著幸福快樂的日子。」

「瀚儀姊是『Eva』……『Eva』愛上哥哥……這怎麼可能……」

「在這個選項中，是有可能的。」我說：「伍凡宇進入『伊甸』那天，便對『Eva』提出交換條件，他跟『Eva』說，自己有辦法讓她逃到外面的世界，但條件是，獲得自由到外面以後，她必須代替自己，繼續守護妹妹。『Eva』答應了他，也成功離開那個虛擬的世界。

「作爲當初的交換條件，從那時候開始，伍凡宇便以『Eva』存在於虛擬世界，而『Eva』則以『林瀚儀』的身份，在眞實世界中活下去。但沒想到，在眞實世界生活，和伍若杏相識、在科發所工作，和伍凡宇朝夕相處等種種過程，讓『Eva』產生了人類的感情，那就是——『愛』。

「於是『Eva』開始思索，到底該怎麼做，才能讓伍凡宇和自己一樣，從『伊甸』逃脫，回到這邊的世界？終於，『Eva』想到了一個方法，那就是『讓伍凡宇復仇』。『Eva』開始千方百計搜尋資訊，最後，找到了那段影片——所以伍凡宇才會趁著第一次偵訊，挾持『郭仲霖的意識』，使用『郭仲霖的身體』殺了黃耀賢，至於『我』的行動，甚至是楊靖飛接下來的盤算，自然也都在伍凡宇的掌握中。」

「調換意識——這種事，你眞的認爲做得到？」林瀚儀定定看著我。

「這個名詞妳一定不陌生——Technological Singularity，技術奇異點。」明明是林瀚儀提問，我卻注視著的女研究生回答：「先是試管嬰兒、DNA端粒延長……嶄新的一頁，則是將『人體』當作『載體』。」

人體本身就是一個巨大精細的電子產品——尤其是腦袋。

似乎無法理解我在說些什麼：「但是……那種影片……眞的、眞的有辦法這麼輕易取得嗎……」伍若杏提出自己的困惑：「而且……你——你又是怎麼看到的？」

「『Pavo House』。」我看著林瀚儀，回答伍若杏：「第一次進去『Pavo House』，看到那成千上萬個螢幕的瞬間，我就有一種奇異的感覺，後來才意識到，原來那些文字排版的空行和斷句，並不是催眠的暗示，而是——T市的地圖……也就是說，這整個城市，分分秒秒都被『Eva』和伍凡宇監控著……如果我沒猜錯的話，全面性的監控系統『Spider Collection』早就已經偷偷完成了。」

我不知道，伍若杏有沒有發覺，我並沒有回答她的另一個問題。

「你的最後一個選項，存在一個致命的破綻。」林瀚儀露出微笑說：「如果『我』，眞的是Eva，那麼我唯一進入『伊甸』的機會，只有『217核災』，也就是二〇二一年二月十七日那天……可是那天、那天和我一起進去『伊甸』的人，還有Delta——」林瀚儀試圖扭頭瞥向身後的女研究員：「我和伍凡宇要怎麼避開她的注意殺了林瀚儀佔據她的身體？」

「理由很簡單。」我說：「因爲『提出』交換條件這個想法的人，雖然是伍凡宇，但最剛開始，『想出』這個交換條件的人，並不是伍凡宇……而是——林瀚儀，**真正的林瀚儀**。」我接著又說：「林瀚儀的心願，和『Eva』有異曲同工之妙。林瀚儀希望『Eva』可以獲得自由，來到外面的世界，但同時希望自己能在身旁陪伴著妳、守護著妳——像個媽媽一樣。沒錯，爲了達到這個目的，林瀚儀在『伊甸』殺了Delta……也就是說，妳們身邊這個Delta，其實在這將近十年的漫長時間裡，一直是妳以爲早就被伍凡宇殺了的林瀚儀。」

「你、你到底是怎麼知道的——」始終沉默的Delta突然吼出聲來。

「It's all clear.」我對搭載於林瀚儀體內的Eva說，然後回答她之前提出的問題：「And He is not AI,He is my friend.」

「我的媽媽，不是她，是Lilith。」林瀚儀——或者該說是Eva，目視前方的我，語氣平靜，顯然已經清楚意識到自己正在對話的對象是誰。

「你、你到底是怎麼知道的——」顧不得守護這麼多年的女兒，最後給自己的心碎答案，Delta——或者該說是林瀚儀，聽到Eva的答覆後，益發歇斯底里吼叫著。

和預計的一樣，我沒有理會她，默默轉過身，在心中默默倒數，知道再過1分21秒，警方就要攻堅。

踏進浴室，關上門前，從逐漸收斂的門縫間，我瞥見小杏輕輕撫摸著手腕上我送給她的生日禮物，聽見Delta情緒激動，如此高聲喊道：「這件事、這件事明明、明明只有我和伍凡宇才——」

外頭聲音模模糊糊，我站在浴室裡，看著鏡子裡有些陌生的自己。

我緩緩舉起槍，用恰到好處的力道，抵住自己厚實的左胸口。

我對鏡子裡的人問：「爲什麼要告訴我這一切？」

我答非所問：「人怕不怕癢，是由大腦決定的，並不是身體下意識的反射動作。」

我對鏡子裡的人露出微笑，我說：「謝謝你。」

最後還是輸給了這個傢伙啊，如果還有再一次的機會就好了——

「如果遇到吳警官，也請幫我轉告他這句話……對了，還有，之前在『伊甸』我來不及跟他解釋，胸前那個記號並不是『v』，而是——」我用空出的另一隻手，在半空中劃出了一個很深很深的笑容：「不是笑容喔。」我說：「是union。也就是聯集。」

聯集啊——

「要是有機會再見，我會告訴你他的回應。」我說。

「I'm looking forward to it.」我咧開嘴，那張臉上浮現稚氣未脫卻不顯突兀的笑容：「Now it's all clear. It's time to RESET my life.」

睜開雙眼前，我聽見一聲震耳欲聾的槍響。

心臟劇烈疼痛像是被狠狠刺進一刀。

THE END

要推理18　PG1514

要有光
FIAT LUX

神的載體

作　　者　游善鈞
責任編輯　喬齊安
圖文排版　周政緯
封面設計　楊廣榕

出版策劃　要有光
製作發行　秀威資訊科技股份有限公司
114 台北市內湖區瑞光路76巷65號1樓
電話：+886-2-2796-3638　傳真：+886-2-2796-1377
服務信箱：service@showwe.com.tw
http://www.showwe.com.tw
郵政劃撥　19563868　戶名：秀威資訊科技股份有限公司
展售門市　國家書店【松江門市】
104 台北市中山區松江路209號1樓
電話：+886-2-2518-0207　傳真：+886-2-2518-0778
網路訂購　秀威網路書店：http://www.bodbooks.com.tw
國家網路書店：http://www.govbooks.com.tw
法律顧問　毛國樑　律師
總 經 銷　易可數位行銷股份有限公司
地址：231新北市新店區寶橋路235巷6弄3號5樓
電話：+886-2-8911-0825　傳真：+886-2-8911-0801
e-mail：book-info@ecorebooks.com
易可部落格：http://ecorebooks.pixnet.net/blog

出版日期　2016年2月　BOD一版
定　　價　300元

國家圖書館出版品預行編目

神的載體 / 游善鈞著. -- 一版. -- 臺北市 : 要有光,
2016.2
面； 公分
BOD版
ISBN 978-986-89516-5-5(平裝)

857.8 104027594

讀者回函卡

感謝您購買本書，為提升服務品質，請填妥以下資料，將讀者回函卡直接寄回或傳真本公司，收到您的寶貴意見後，我們會收藏記錄及檢討，謝謝！如您需要了解本公司最新出版書目、購書優惠或企劃活動，歡迎您上網查詢或下載相關資料：http:// www.showwe.com.tw

您購買的書名：________________________________

出生日期：________年________月________日

學歷：□高中（含）以下　□大專　□研究所（含）以上

職業：□製造業　□金融業　□資訊業　□軍警　□傳播業　□自由業

□服務業　□公務員　□教職　□學生　□家管　□其它____

購書地點：□網路書店　□實體書店　□書展　□郵購　□贈閱　□其他

您從何得知本書的消息？

□網路書店　□實體書店　□網路搜尋　□電子報　□書訊　□雜誌

□傳播媒體　□親友推薦　□網站推薦　□部落格　□其他________

您對本書的評價：（請填代號　1.非常滿意　2.滿意　3.尚可　4.再改進）

封面設計____　版面編排____　內容____　文／譯筆____　價格____

讀完書後您覺得：

□很有收穫　□有收穫　□收穫不多　□沒收穫

對我們的建議：________________________________

____

____

____

請貼
郵票

11466
台北市內湖區瑞光路 76 巷 65 號 1 樓

秀威資訊科技股份有限公司 收

BOD 數位出版事業部

(請沿線對折寄回，謝謝！)

姓　名：＿＿＿＿＿＿＿＿　年齡：＿＿＿＿　性別：□女　□男

郵遞區號：□□□□□

地　址：＿＿＿＿＿＿＿＿＿＿＿＿＿＿＿＿

聯絡電話：(日)＿＿＿＿＿＿＿＿　(夜)＿＿＿＿＿＿＿＿

E-mail：＿＿＿＿＿＿＿＿＿＿＿＿＿＿＿＿